令人难以宽慰的
农庄

Stella Gibbons

[英]斯黛拉·吉本思——著
巴 扬——译

新星出版社 NEW STAR PRESS

致艾伦与伊娜

注意:
故事中的情节发生于不久后的将来。

前言

致安东尼·普尔沃斯，ESQ.,
A. B. S., L. L. R.

亲爱的托尼，

一个新手在面对大师的时候，往往会对最美丽、最费力、最叛逆的艺术作品心怀本能的敬意。而我将本书呈于你的面前，怀揣的感情却不止于此。干净的壁炉所带来的乐趣和游戏比赛的激烈程度，你是再清楚不过了。但或许你会允许我借机对此做出一番解释——比我目前暗示过的再详尽一些：我究竟遭受了怎样的"伤残"并耗尽心力，才创造出这本如今摊开在你手上的书。

正如你所知，我已将近十年充满创造力的人生花在了庸碌而喧嚣的报社生涯中。只有上帝知道，这一切对我的纯文学创作造成了怎样的影响。我不敢细想太多——即便现在也是。有些事情（比如初恋和别人的评价），是一个中年女人不愿离得太近去看的。

而这段萧条岁月对我的风格（如果在一位作家面前——他那严肃而晓畅的散文永久地丰富了我们的文学——我可以声称自己拥有这种美好的品质的话）造成的影响，或许更加严重得多。

新闻记者的生活是贫穷、肮脏、野蛮和短暂的。他的风格也是。你在对每个严肃、美好的句子进行润色方面是那么在行，一定可以理解我所面临的任务是有多么艰巨。在做了十年记者，学会用简短的语句准确表达我的意思之后，却发现要想写出既有文学性又讨人喜欢的评论，就要写得好像我不太明白自己的意思，但依然乐意用尽可能长的语句去说些什么一样。

我绝不会假装本书已经实现了那十年前在我脑海中燃烧、轻轻摇曳的纯粹火光。但我们之中又有谁做得到呢？不过如今木已成舟！不管它是什么，不管它的价值怎样，它都是你的。

你看，托尼，我有一笔债要还。在过去的十年里，你的书对我而言远比书更加重要。它们是活力的泉源，是灵魂的纾解，是黑暗中的眼睛。它们（在庸碌而喧嚣的报社生涯中）带给我快乐。有可能不是你想给出的那种快乐，毕竟，我们中有谁能做到万无一失呢？但这仍是快乐啊！

我必须承认，我不止一次地犹豫过想要送你一本书，以此偿还我对你欠下的一小部分债务——用一本……好笑的书。

因为你自己的书……并不好笑。它们是对激烈的思想斗争的记录，在池塘、群山和沼泽等荒野环境中上演。旅行特色是永恒的基本元素，像稻草一样被抛入激情的海洋。你通过人类和乡间风景，描绘出大自然最原始的面貌。点亮你的书页的唯一美丽，是满载着激情的平静以及那成熟的幽默感——它们就像柔和的灯光，笼罩在你笔下的小人物身上。你能将日常的家庭悲剧描绘得如同灵魂浩劫一般生动（《马丁·霍尔的成就》不就用了整整前一百页的内容，深入地分析了一次"恶心头痛"的小病吗？）我会忘记马蒂·埃尔金布罗德吗？我不会。相比起"书"，你写的书更像雷暴。对此我只能简单地说："谢谢你，托尼。"

但说起好笑……并不。

不过不管怎样，我都相信你是心胸宽阔的，一定会原谅我书中的不完美之处。

正因为我想到了成千上万的人，他们与我别无二致，在喧嚣的办公室中庸碌地工作着，甚至不能确定一句话究竟是"文学"还是纯粹的胡扯，我才采用了经由已故的贝克德[①]先生所完善的方法，并用一颗星、两颗星或三颗星的方式，果断地标出我认为更精美的段落。这位好人正是用这样的方式来处理教堂、旅馆和天才的画作的，而似乎没有理由不应将它运用在小说的段落之中。它应该也会对评论者有所帮助。

说起天才，此刻，在我们之中就闪耀着多大的一个群体啊！即使是像我这样技艺生疏的新手——她已将人生中最有创造力的年头耗费在了庸碌而喧嚣的报社生涯中，在订阅自

[①]此处应指德国出版商卡尔·贝克德（Karl Baedeker），他于1827年创立了一家出版公司，因出版了一系列欧洲各国的旅行指南而闻名。

己的作品时,也难免会感到些许的慰藉,并突然变得更加兴奋和平静了一些。

永远亲爱的托尼
你心怀感激的债务人
斯黛拉·吉本思

沃特福德
里昂的转角房,布洛涅滨海区
1931年1月—1932年2月

第一章

父母带给芙洛拉·波斯特的教育是昂贵、重视体育且长期的，于是在她19岁那年，当他们因年度流行的流感或西班牙瘟疫而相继于几个星期内去世后，人们发现她具备了一切所需的艺术素养和高雅气质——除了能让自己谋生的以外。

人们总说她的父亲是个有钱人，但他的遗嘱执行人却在他死后惊恐地发现，他实际上只是个穷光蛋。在缴纳完遗产税，又让债主们心满意足之后，他的孩子只剩下每年一百英镑的收入，并且没有房产。

不过，芙洛拉从父亲那里继承了一种坚强的意志，从母亲那里继承了一双纤细的脚踝，它们一个没有因她一贯的任性而动摇，一个也没有因她曾经被迫参加的剧烈体育运动而受损。但她同时也意识到，这两者都不足以成为她养活自己的工具。

于是，她决定先和一个朋友——斯麦林夫人[①]，一同住在后

[①] 斯麦林夫人（Mrs Smiling），字面意思是"微笑夫人"。

者位于伦敦兰贝斯地区的家中,直到她决定好要去哪里安置自己和那每年一百英镑的收入为止。

父母的去世并没有给芙洛拉带来太多的悲痛,因为她几乎不怎么了解他们。他们沉迷于旅行,每年只在英国待上一个月左右。芙洛拉从10岁起就一直在斯麦林夫人的母亲家度过她的学校假期,而在斯麦林夫人结婚之后,她就转而将假期消磨在其他朋友家中。因此,在父亲的葬礼两个星期以后,在二月的一个阴沉的下午,芙洛拉带着回家一般的心情走进了兰贝斯地区。

斯麦林夫人很幸运,她继承这处房产的时间恰恰好,在后来的日子里,随着时尚潮流从梅费尔①转到了泰晤士河的另一侧,泰晤士河边的石墙附近成了阿根廷妇女和她们的斗牛犬闲逛的广场,那个地区的房租也由此飙升到了可笑的高度。她的丈夫(她是个寡妇)在兰贝斯拥有三幢房子,后来都作为遗赠留给了她:一幢位于老鼠广场,算是这三处里最讨人喜欢的,从它那贝壳形的窗户望去,能看到变化无穷的泰晤士河;而其他的两幢,一幢被推倒了,被一个车库占据了地盘,另一幢则不论用来做什么,都显得太过狭小和不方便了,如今已被改造成了"老外交俱乐部"。

当芙洛拉乘坐的计程车停在老鼠广场1号的门口时,挂在铁制小阳台上篮子里的那盆白瓷天竺葵让她的心情好上了

---

①伦敦的上流住宅区与社交界所在地。

许多。

从计程车上下来向房子走去时,她看到斯麦林夫人的管家斯泰勒已经将房门打开了,他居高临下地看着她,带着勉强认可的神色。她想,他几乎粗鲁得就像一只乌龟;她很高兴她的朋友并没有养什么宠物,否则它们可能会怀疑自己被嘲弄了。

斯麦林夫人正一边在客厅里等她,一边俯视着河水。她是一个26岁的爱尔兰女人,身材娇小,面色白皙,有着一双灰色的大眼睛和一个小巧的鹰钩鼻。她在生活中有两个兴趣。一个是将理性与克制强行送入大约十五个出身富贵的绅士的心胸之中,他们都疯狂地爱着她,并且因为她拒绝与他们结婚而飞到了卢巴人的琼松拉湖或是夸那顿之类的偏远地方。她每周都给他们所有人写一封信,而他们也写信给她(她的朋友们都知道这一点,也为此吃到了苦头,因为她总是将信中冗长乏味的内容大声朗读出来)。

这些绅士们,因为他们在野蛮的异国他乡付出的辛勤劳动和他们对斯麦林夫人的忠诚,被统称为"玛丽的拓荒者们"——此句引自沃尔特·惠特曼的一首意气风发的诗。

斯麦林夫人的第二个兴趣是收集胸罩,并力争寻找到最完美的一个。她被誉为全世界范围内拥有最多和最好的此类收藏品的人,人们希望在她死后,这些胸罩能被留给国家。

在胸罩的剪裁、合身、颜色、结构和正确使用方面,她是个权威专家;而她的朋友们也知道,即便在她情绪极度低落或身体不适的时刻,听到这番急匆匆说出的话,她的兴趣也会被激发出来，她的镇定也会恢复过来：

"我今天看见一个胸罩，玛丽，你一定感兴趣……"

斯麦林夫人性格坚毅，趣味高雅，当难以驾驭的人性将它粗鄙的一面强加于她的生活计划之上时，她对待它们的办法是简单而有效的：她会假装事情并不是这个样子——而且通常一段时间之后，它们就真的不是了。或许基督教科学派①在组织规模上更大一些，却很少能取得如此成功。

"当然，如果你鼓励人们去认为他们自己是混乱的，他们就会变得混乱。"这句话是斯麦林夫人最喜爱的格言之一。另一句是："胡说，芙洛拉。你是在幻想一些事情。"

然而就算是斯麦林夫人自己，也并非没有"幻想"所特有的那种温柔风度。

"好了，亲爱的，"斯麦林夫人说（这时，高挑的芙洛拉弯下腰来吻了吻她的脸颊），"你想喝茶还是鸡尾酒？"

芙洛拉说她想要茶。她收起手套，把外套搭在椅背上，拿起茶和一块肉桂薄饼。

"葬礼很糟糕吗？"斯麦林夫人询问。她知道，波斯特先生——那个以严肃的态度对待游戏却对艺术不屑一顾的大个子男人，并没有受到他孩子的缅怀。而波斯特夫人也没有，她曾希望人们都能过上美好的生活，并仍然是绅士和淑女。

芙洛拉回答说那很可怕。她又补充说，她不得不提的是，

---

① Christian Science，基督教新教的一个边缘教派，认为物质是虚幻的，疾病只能靠精神来治疗。

所有年长的亲戚们却都似乎很享受这一切。

"他们中有谁邀请你去和他们一起生活吗?我是想告诫你这一点,亲戚们总是希望你能同他们一起生活的。"斯麦林夫人说。

"不,记住,玛丽,我现在每年只有一百英镑;而且我不会打桥牌。"

"桥牌?那是什么?"斯麦林夫人一边问,一边茫然地瞥了一眼窗外的河水。"无疑,人们总是用稀奇古怪的方式消磨时间。亲爱的,我认为你很幸运,总算结束了学校和大学里的那些可怕年头,在那儿,虽然你自己并不喜欢这些游戏,却必须得把它们玩个遍才行。你是怎么对付这种事的?"

芙洛拉想了想。

"嗯——首先,我一向是一动不动地站着,眼睛盯着树木,什么都不想。周围总会有一些树的,因为你知道,大多数游戏都是在室外玩的,即使是冬天,树也仍然在那儿。但我发现人们会撞到我,所以我不得不放弃一动不动地站着这种做法,像其他人一样跑起来。我总是追着球跑,毕竟,玛丽,球在游戏中是很重要的,不是吗?直到我发现他们不喜欢我那么做,因为我从来没有接近过它、撞到过它,或是对它做出本该做的任何一件事。

"所以,我干脆跑得离它远远的,但他们似乎也不喜欢这样,因为观众中显然有人纳闷,我独自一人在球场边缘做什么,为什么每次一看到球靠近,我就会远远跑开。

"然后有一天,在一场比赛结束后,他们中的很多人都来找我,说我不好。体育女教师似乎很担心,问我是否真的对长曲棍球(那是比赛的名字)毫不在意,我说是的,恐怕我真不在意。她便说这真遗憾,因为我父亲非常'热衷'于它,那么我到底在意些什么呢?"

"于是我说,好吧,我不太确定,但总的来说我觉得,我喜欢让周围的一切都井然有序而宁静,不必费心思去做什么事情,能够嘲笑别人一点也不觉得好笑的笑话,可以去乡下散步,不用被要求表达对事物的看法(比如爱,比如难道不认为某某东西很古怪吗?)于是她说,噢,好吧,难道我不觉得自己可以试着稍微放松一些吗,就算为了父亲。但我说不行,恐怕我不能。于是此后她便不管我了。但其他人还是说我不好。"

斯麦林夫人点头表示认同,但她告诉芙洛拉,她的话太多了。她补充道:

"现在,说说关于和谁生活这件事。当然,你可以在这里想待多久就待多久,亲爱的。但我想,总有一天你会想去做些工作的,对吗?然后挣到足够的钱,买一套自己的公寓?"

"什么类型的工作?"芙洛拉问,她坐在椅子上,端正而优雅。

"这个嘛——组织性的工作,就像我以前做过的那样。"(因为在嫁给"钻石王老五"托德·斯麦林——一个诈骗犯之前,斯麦林太太一直在当一些活动的组织者。)"不要问我那是什么,确切地说,因为我已经忘了,很久没有做过了。但我相信你能做到。或者你可以做新闻工作。或者记账。或者养蜂。"

芙洛拉摇了摇头。

"恐怕这些我都做不了,玛丽。"

"好吧……那接下来怎么办,亲爱的?现在,芙洛拉,不要懦弱。你很清楚,在你所有的朋友都有工作的时候,如果你没有,你会很痛苦的。何况,每年一百英镑甚至不够你给自己买长袜和扇子的。你将来要靠什么生活?"

"我的亲戚。"芙洛拉回答。

斯麦林夫人震惊地瞥了她一眼,目光里带着质询,因为尽管她有着高雅的趣味,但她也是一个意志坚强、很有道德的女人。

"是的,玛丽。"芙洛拉坚定地重复了一遍,"我才19岁,但我已经注意到了,虽然人们对依靠朋友生活这件事仍然抱有一些荒谬的偏见,但无论是社会还是个人的良心,都没有对依赖亲属的程度加以限制。

"如今我的亲戚多得离谱——我想,你要是能见到他们中的一些人,你会同意'离谱'这个词的——在父母两边都是。父亲有一位单身的表亲住在苏格兰。母亲有个妹妹住在沃辛(这似乎还不够,她还养狗)。母亲有个表姐或表妹住在肯辛顿。另外还有一些远房亲戚,我想是母亲那边的,他们住在萨塞克斯……"

"萨塞克斯……"斯麦林夫人陷入了沉思,"我不太喜欢那个词的发音。他们住在一个破败的农场里吗?"

"恐怕是的。"芙洛拉勉强承认了。"不过,我不必非尝试他们,除非其他所有方案都失败了。我提议,给我提到的这些亲戚们都寄一封信,解释一下情况,然后问问他们是否愿意给我一个家,以换取我美丽的眼睛和每年一百英镑的收入。"

"芙洛拉,太荒唐了!"斯麦林夫人喊道。"你一定是疯了。哎呀,用不了一周你就会死的。你知道,我们两个都讨厌亲戚。你必须和我一起待在这儿,学习打字和速记,然后你可以当别人的秘书,再拥有一套属于自己的漂亮小公寓,我们还可以举办可爱的派对……"

"玛丽,你知道我很讨厌派对。我心中地狱的样子,就是在一个寒冷的房间里举办一场盛大的派对,每个人在那儿都必须好好地打曲棍球。不过你让我跑题了。等我找到一个愿意接纳我的亲戚时,我就会着手改造他或她,改变他或她的性格以及生活方式,以此来适应我自己的品位。然后,等我满意了,我就结婚。"

"谁,请问?"斯麦林夫人粗鲁地问;她的心里七上八下。

"某个我会选择的人。如你所知,我对婚姻有着明确的看法。我一直喜欢'一段婚姻已被安排妥当(a marriage has been arranged)'这句话的发音。所以婚姻应该是被安排的!这难道不是凡人能迈出的最重要的一步吗?我更喜欢这个'安排'的想法,而不是'婚姻在天堂里被缔造好了'的那个。"

芙洛拉这番具有说服力、近乎法国式的、惊世骇俗的言论让斯麦林夫人瑟瑟发抖。因为斯麦林夫人坚信,婚姻是在两个相爱的灵魂的结合下自然出现的,婚礼应该在教堂里举行,并且伴随着所有常见的繁文缛节和欢呼喝彩。她自己的婚姻就是这样诞生和被庆祝的。

"不过我想问你的是,"芙洛拉继续说,"你认为给所有这些亲戚统一发一封通函是个好主意吗?我的效率会让他们印象深刻吗?"

"不会。"斯麦林夫人冷冷地说。"我想不会。这太拖沓了。当然,你必须写信给他们(每次的信都要完全不同;芙洛拉)解释一下现在的情况——如果你真的疯到想继续坚持这个想法的话。"

"不要大惊小怪的,玛丽。我会在明天午饭前写信。我还是今晚就写吧。只是我觉得我们该出门吃饭了,是不是?去庆祝一下我作为寄生虫的职业生涯正式开启。我有十英镑,我要带你去新河俱乐部,天堂般的地方!"

"别犯傻了。你很清楚我们必须得有男人。"

"你不愁找不到他们的。有没有哪位'拓荒者'休假回家了?"

斯麦林夫人的脸上流露出一种幽怨的、母亲般的神色,在她朋友的脑海中,这种神色被同与"拓荒者"们有关的想法联系到了一起。

"比基。"她说。(所有的"拓荒者"们都有一个简短而粗鲁的绰号,很像是奇怪动物的叫声,不过这很正常,因为他们都是从满是奇怪动物的地方而来的。)

"还有你的二堂兄,查尔斯·菲尔福德,他也在。"斯麦林夫人接着说,"高大、严肃、肤色黝黑的那个。"

"他倒是可以。"芙洛拉说,"他有一个好笑的小鼻子。"

于是,在那天晚上八点四十分左右,斯麦林夫人的汽车载着她自己和芙洛拉开出了老鼠广场,她们身穿白色的裙子,头上戴了一圈滑稽的小花环;坐在她们对面的是比基和查尔斯,芙洛拉以前只见过六次而已。

比基说起话来结巴得厉害,但他滔滔不绝,因为结巴的人都很爱说话。他是个三十几岁的普通人,刚从肯尼亚休假回家。他通过证实她们听到的有关那个地方的所有可怕谣言来取悦她们。而身着燕尾服的查尔斯虽然看起来不错,却几乎一言不发。感到好笑的时候,会偶尔发出一声响亮、低沉、悦耳的"哈哈"。他23岁,即将成为一名牧师。大部分时间,他都在凝望窗外,几乎不看芙洛拉。

"我觉得,斯泰勒对这次短途旅行不太赞赏。"他们开车离开时,斯麦林夫人说。

"他看起来又怀疑又担心。你注意到了吗?"

"他会赞赏我的,因为我看上去很严肃。"芙洛拉说,"如果你想看起来严肃一些,一副直鼻梁会大有裨益。"

"我可不想看起来严肃,"斯麦林夫人冷冷地说,"等我不得不去把住在某个难以到达的地方、身处于某种难以想象的关系中的你解救出来,因为你再也没法忍受了的时候,我会有足够的时间去严肃的。你告诉查尔斯这件事了吗?"

"我的天哪，不！查尔斯就是一个亲戚，他可能会认为我是想去赫特福德郡，同他和海伦表妹一起生活，并认为我正拐弯抹角地想获得他的邀请。"

"好吧，如果你愿意，你也可以。"查尔斯说着转过身来，不再研究窗外掠过的闪闪发光的街道了。"花园里有一架秋千，夏天会有烟草花，如果你来，我和妈妈或许会很高兴的。"

"别犯傻了，"斯麦林夫人说，"看——我们到了。你找到靠河的桌子了吗？比基。"

比基设法找到了。当他们面对桌上的鲜花和灯光而坐的时候，透过玻璃地板，可以看到下方流动的河水，也可以在跳舞时从交错的拖鞋间凝望它。透过玻璃墙，他们能看到驳船从外面驶过，船上闪耀着浪漫的红色和绿色光芒。外面开始下起雨来。不久，玻璃屋顶上便汇成了银色的涓涓细流。

晚餐期间，芙洛拉将她的计划告诉了查尔斯。起初他很沉默，她觉得他一定是惊呆了。尽管查尔斯没有一副直直的鼻梁，但"严肃"二字已经分明写在了他的身上——正如雪莱在《朱理安与马达罗》的序言中写到的那样："朱理安十分严肃。"

但最后他开口说话了，像是被逗乐了般：

"好吧，要是你烦得不行了，不论你在哪儿，给我打个电话，我开飞机来救你。"

"你有飞机，查尔斯？我觉得初级牧师是不该有飞机的。它是什么型号的？"

"一架双翼贝利莎蝙蝠，名叫'超速警察2号'。"

"但说真的,查尔斯,你觉得牧师应该有飞机吗?"芙洛拉继续说,她的心情很不好。

"跟这件事又有什么关系?"查尔斯平静地说,"总之,你告诉我,我就会去。"

芙洛拉答应说她会的,因为她喜欢查尔斯,然后他们便一起跳起舞来。四个人坐着喝了很久的咖啡。后来到了三点,他们觉得该回家了。

查尔斯帮芙洛拉穿上她的绿色外套,比基帮斯麦林夫人穿上她的黑色外套。没多久他们就开车回家了,一路穿过雨中的兰贝斯街道,在那里,每幢房子的窗户都被玫瑰色、橘色或金色的灯光所点亮,在这些灯光的后面正举行着派对,那里有牌戏、有音乐,也有一些无聊透顶的活动。雨中的商店橱窗也亮起了灯,里面陈列着一件连衣裙或一匹唐三彩骏马。

"那是'老外交俱乐部'。"当他们经过那个可笑的小房子时,斯麦林太太饶有趣味地说,装满金属花的花篮从它那窄小的窗台垂了下来,楼上的房间里传来了音乐声。"可怜的托德把它留给了我,这真让我高兴。它确实带来了好大一笔钱。"因为就像所有一度贫穷而悲伤、后来变得富有而快乐的人一样,斯麦林夫人从来没有对自己的钱习以为常,她总是幻想着在手中把玩它们的场景,并为她拥有了好大一笔钱这个想法深感陶醉。这令她所有的朋友很高兴,他们会赞许地看着她,就像看着一个拿着玩具的好孩子。

查尔斯和比基就在门口向她们道了晚安,因为斯麦林夫人很怕斯泰勒会请他们进来喝上最后一杯鸡尾酒,芙洛拉咕哝着说那太荒唐了。不过,当她们两人走上铺着黑地毯的狭窄楼梯,悠闲地准备上床睡觉时,她还是觉得十分郁闷。

"明天我就要写信了。"芙洛拉说着打了个哈欠,将一只手搭在纤细的白色栏杆上,"晚安,玛丽。"

斯麦林夫人说:"晚安,亲爱的。"她又补充了一句,说芙洛拉明天会考虑得更清楚的。

第二章

然而,芙洛拉还是在第二天早晨写了信。斯麦林夫人并没有给她帮忙,因为她此时已经走入了梅费尔的贫民窟,要去那里寻找一种新的胸罩,那是她开车经过一家犹太商店时注意到的。另外,她是那么强烈地反对芙洛拉的计划,所以不屑于帮她编造哪怕一句谄媚的话。

"我认为这样做有辱你的身份,芙洛拉。"斯麦林夫人在早餐时大喊,"你的意思真的是,你不想从事任何工作吗?"

她的朋友想了想回答道:

"嗯,等我53岁左右的时候,我想写一部和《劝导》①一样好的小说,不过当然,背景会设定在现代。所以在接下来的三十年左右时间里,我将为它收集素材。如果有人问起我的工作是什么,我就会说:'收集素材。'没人可以反驳这一点。再说,我也正打算这么做。"

---

①英国女性小说家简·奥斯汀创作的长篇小说,首次出版于1818年。

斯麦林夫人喝了些咖啡，用沉默表达着她的不赞同。

"如果你问我，"芙洛拉继续说，"我想我和奥斯汀小姐[①]有很多共同点。她喜欢让周围的一切都是井然有序、舒适宜人的，我也一样。你知道，玛丽。"说到这儿，芙洛拉开始认真起来，她挥了挥一根手指，"除非周围的一切都是井然有序、舒适宜人的，否则人们甚至没法开始享受生活。我不能忍受混乱。"

"哦，我也不能，"斯麦林夫人热忱地喊道，"如果有什么事让我讨厌的话，那无疑就是混乱了。而且我确实认为，若是你和很多无名亲戚生活在一起，你自己也会变得混乱起来。"

"好吧，但我已经下定决心了，所以争论并没有意义。"芙洛拉说，"毕竟，假使我发现自己忍受不了苏格兰、南肯辛顿或萨塞克斯的生活，我总可以再次回到伦敦，优雅地做出让步，然后学着去工作，正如你建议的那样。但我并不急着这么做，因为我相信，去和这些可怕的亲戚们待在一起会更加有趣一些。另外，那里一定还有很多小说素材可以供我收集，或许亲戚们中也有一两个人正过着混乱而悲惨的家庭生活，我可以帮他们打理清楚。"

"你有着最让人反感的弗罗伦斯·南丁格尔情结。"斯麦林夫人说。

"根本就不是那样，你很清楚。总的来说，我不喜欢我的

---

①即简·奥斯汀（Jane Austen, 1775—1817），英国著名女性小说家，代表作有《傲慢与偏见》《理智与情感》《爱玛》《劝导》等。

同胞们；我觉得他们太难懂了。但我的头脑却很有条理，杂乱无章的生活会惹我生气。同样，他们也是不文明的。"

像往常一样，这个单词的引入为她们的争论画上了句号。这两位朋友终于团结在一起了，因为她们都不喜欢被她们称为"不文明行为"的东西——尽管这个短语很模糊，但在她们的头脑中却都有着精准的定义，达到了让两个人都满意的程度。

斯麦林夫人随后离开了，她的脸色被一种微妙的表情所点亮，那是收藏家追寻标本时特有的表情；而芙洛拉也开始写她的信。

在接下来的一个小时里，那些油腔滑调的句子不费吹灰之力地从她的笔下流泻而出，她有着能说会道的天赋，每封信都是为了迎合收信人的特点而写就的，她对自己变化多端的写作风格颇为自豪。

那封写给沃辛的姨妈的信，虽然笔调过于欢快，略有冒犯之意，却也因她那难以言喻的丧亲之痛而得到了中和；写给苏格兰单身叔叔的信则洋溢着甜美的少女风，还有一点调皮，暗示了她不过是一个可怜的小孤儿；而写给南肯辛顿远亲的则是一封冷淡而高贵的郑重书信，虽然语气悲痛，却全然是公事公办的样子。

正当她琢磨要用哪种风格写给萨塞克斯那些不知名的遥远亲戚最好时，他们古怪的地址却让她大吃一惊：

茱蒂丝·斯塔卡德夫人，

令人难以宽慰的农庄（Cold Comfort Farm），
嚎叫村（Howling），萨塞克斯。

但她提醒自己，说到底，萨塞克斯本就和其他郡很不一样，而当人们注意到这些人是住在萨塞克斯的一个农庄时，这个地址也就没有那么不同寻常了。因为在乡下，事情似乎会比在城里更容易、更频繁地出错，这种趋势也自然会反映在当地的命名法则中。

但她还是没法决定以什么样的方式给他们写信，于是最后（此时已经将近一点了，她有些筋疲力尽），她决定发出一封直白的信来阐明她的处境，并要求对方尽早答复，因为她的计划里充满了太多的不确定性，同时她也急于想知道接下来会发生什么。

一刻钟后，斯麦林夫人回到了老鼠广场，发现她的朋友正双眼紧闭靠在扶手椅上，腿上摊着四封准备邮寄的信件。她看上去非常苍白。

"芙洛拉！怎么了？你不舒服吗？又是你的胃吗？"斯麦林夫人惊慌失措地喊道。

"不，不是身体上的病。我只是被我写信的方式恶心到了。真的，玛丽。"她坐直了身体，她说的话使自己精神一振，一下子又复活了过来，"能写出这样既恶心又成功的作品，真是太可怕了。所有这些文字都是艺术品，或许除了最后那个。它们极尽谄媚。"

"今天下午,"斯麦林夫人一边察言观色,一边把话题引向午饭,"我想我们可以去看电影。把那些信给斯泰勒吧,他会帮你寄出去。"

"不……我想我会亲自去寄。"芙洛拉谨慎地说,"你搞到胸罩了吗,亲爱的?"

一片阴影落到了斯麦林夫人的脸上。

"不,它对我没什么用处。不过就是1938年瓦博兄弟设计的'金星'图案的变形而已,它前面有三个弹力剖面,但不是我所希望的两个,何况我的收藏品里已经有这样的了。你知道,我只是开车经过那里时顺道看见的,它当时被折叠起来挂在窗户上,这才让我搞错了,因为第三个剖面被折起来了,所以看上去只有两个剖面。"

"那样会让它更稀有吗?"

"这是自然的,芙洛拉。两段式的胸罩极其稀有;我本来打算买的——但是,当然了,它没什么用。"

"没关系,亲爱的。看——多好的霍克酒啊,喝了它,你的心情会好上许多。"

那天下午,在她们前往威斯敏斯特的洛多庇斯大电影院之前,芙洛拉寄出了她的信件。

第二天早上,暂时还没有收到任何人的回信,斯麦林夫人表示,她由衷地希望亲戚们都不会回信。她说:"我只希望万一他们中有谁回信了,千万别是住在萨塞克斯的那些人。他们的名字都很可怕:太老旧,也不入流。"

芙洛拉表示赞同，说那些名字确实不太吉利。

"我想，如果我发现还有一些亲戚住在令人难以宽慰的农庄（年轻的那种，你知道，比如茱蒂丝表姐的孩子们），他们的名字又叫塞思或鲁本的话，我会决定不去的。"

"为什么？"

"哦，因为那些住在农庄、性欲很强的年轻男人们往往都叫塞思或鲁本，这真是个麻烦事。而且我表姐的名字，记得吧，叫茱蒂丝，这本身就是最不吉利的，几乎可以肯定她丈夫的名字是阿莫斯；而如果他真叫阿莫斯，这就是一个典型的农庄了，你知道它们都是什么样子。"

斯麦林夫人忧郁地说："我希望那里有浴室。"

"一派胡言，玛丽！"芙洛拉喊道，她的脸色变得苍白，"当然有浴室。就算是在萨塞克斯——这也太……"

"好吧，让我们拭目以待，"她的朋友说，"记着，如果你的表外甥中真有哪个叫塞思或鲁本，又或者你想多要一双靴子什么的——那地方一定有很多泥，发电报给我（如果你收到了他们的回信，又打定主意要去那里的话）。"

芙洛拉说她会的。

斯麦林夫人的希望破灭了。第三天，也就是星期五的早上，老鼠广场收到了四封来信，其中一封装在最便宜的黄色信封里。写地址的人一定是个目不识丁的文盲，以至于邮递员在破译它时遇到了一些困难。信封也很脏，邮戳是"嚎叫

（Howling)"的。

"你瞧，我早就说过吧！"当芙洛拉在早餐时把这些"宝贝"展示给斯麦林夫人看后，后者这样说道："真恶心！"

"好吧，先等一下，让我读完其他的，我们把这个留到最后再看。安静点，我想看看格温姨妈说了些什么。"

在悲伤地表达了对芙洛拉的同情后，格温姨妈又提醒她，我们必须咬紧牙关、打起精神，规规矩矩地打好这场游戏。（"总是这些游戏！"芙洛拉咕哝道。）她又说，她很愿意接纳她的外甥女。芙洛拉将进入一种真正如"家庭"般的氛围中，那里充满了乐趣。想必她不介意偶尔帮忙照看一下狗狗们吧？沃辛的气氛令人心旷神怡，隔壁还住着不少快乐的年轻人。"罗斯代尔"总是人满为患，所以芙洛拉是永远也不会感到孤独的。而佩吉，她那么热切地想得到芙洛拉的指导，也很乐意与芙洛拉共享一个卧室。

芙洛拉微微发抖，把信递给了斯麦林夫人。但这个正直的女人让她失望了，读了信之后，她粗声粗气地说："嗯，我认为这封信非常友好，你不能要求什么比它更友好了。毕竟你没指望这些人中有谁能提供给你想要的那种房子，不是吗？"

"我不能和别人共用一个卧室。"芙洛拉说，"所以可以排除格温姨妈了。这封信是麦格纳先生的，他是父亲的表弟，住在珀斯郡。"

麦格纳先生被芙洛拉的信震惊了——太震惊了，以至于他的老毛病又犯了，不得不在床上躺了两天。这就解释了他对她的提议回复得有些迟的原因——而且他相信,这个理由足以让他获得谅解。当然,如果芙洛拉想收起她的纯白羽翼,将她的少女时代栖息在此,他愿意用他的屋檐替她遮风挡雨,不论多久都行。(芙洛拉和斯麦林夫人高兴地叫道:"多好的老人!")不过他担心芙洛拉会觉得有些无聊,因为在这里没人能和她做伴,除了他自己——而他又常常因为他的老毛病卧床不起——另外就是他的仆人、猫头鹰的叫声,还有那位上了年纪且有些耳聋的管家。这幢房子离最近的村庄有七英里的路程,这也可能是它的另一个缺点。不过另一方面,如果芙洛拉喜欢鸟类的话,在三面环绕着房子的沼泽地里,世上最有意思的鸟类生活正等待着她前来观察。他现在必须结束他的信了,因为害怕他的老毛病又来了,它对他还真是深情脉脉。

芙洛拉和斯麦林夫人看看彼此,摇了摇头。

"我早就说过,你看吧,"斯麦林夫人又一次说,"他们全都糟透了。你最好还是和我待在一起,学习怎么工作。"

但是芙洛拉正在读第三封信。她母亲在南肯辛顿的表妹说,她很乐意收留芙洛拉,只是在卧室的问题上会有些小困难。或许芙洛拉不介意住在大阁楼吧,现在那里会在星期二时被用作"西方社会的东方之星"的会议室,在星期五时则被用作"招魂术调查者联盟"的会议室。她希望芙洛拉不是一位怀疑论者,因为有时阁楼里会出现显灵现象,哪怕存在一丝怀疑主义的痕迹,都将对这种环境造成破坏,阻碍现象的发生,而这些观察则为社团提供了与生存有关的宝贵证据。另外,芙洛拉介意鹦鹉还待在阁楼的一角吗？它是在那儿长大的，在它这个年纪，搬到另一间屋子所受到的震惊可能会要了它的老命。

"又是这样，你看，意味着我得和别人共用一个卧室。"芙洛拉说，"我并不讨厌这些现象，但我讨厌那只鹦鹉。"

"速速打开'嚎叫'的那封吧。"斯麦林夫人恳求着，她绕过桌子，来到了芙洛拉一侧。

最后一封信是用廉价的内衬纸写的，字体粗黑，但似乎出自文盲之手：

亲爱的外甥女，

所以，你终于在追求你的权利了。好吧，过去二十年我一直希望能收到罗伯特·波斯特的孩子的来信。

孩子，我男人曾对你父亲做下大错特错之事。如果你来找我们，我会尽最大的努力弥补，但你不可以问我为什么。我会守口如瓶。

也许我们和其他人不同，但令人难以宽慰的农庄里永远有斯塔卡德一家，我们会尽最大努力迎接罗伯特·波斯特的孩子。

孩子，孩子，如果你来到这座注定要毁灭的房子，什么才能拯救你？当我们的命运到来，或许你能帮到我们。

你，爱的，姨妈。

J. 斯塔卡德

这封不同寻常的书信令芙洛拉和斯麦林夫人颇为兴奋。它在如何睡觉的问题上保持了沉默，而她们一致同意，虽然这样做看起来不够积极，但至少有其可取之处。

"也没提到在沼泽地里偷偷看鸟之类的事。"斯麦林夫人说，"噢，我真想知道她男人对你父亲都做了什么。你听他说起过斯塔卡德先生的事吗？"

"从来没有。斯塔卡德一家和我们的联系只是因为结亲。这位茱蒂丝是我母亲的大姐艾达·杜姆[①]的女儿。所以你看，茱蒂丝真的是我的表姐，不是我的姨妈。我想她是糊涂了，对此我毫不惊讶。她生活的环境似乎容易让她变糊涂。嗯，艾达·杜姆老是爱发牢骚，母亲受不了她，因为她真的很爱这个国家，有着艺术家的天赋。最后她嫁给了一个萨塞克斯的农民。我猜他姓'斯塔卡德'。或许现在农庄归茱蒂丝所有了，而在一次邻村发动的部落突袭中，她的男人被掳走了，于是只好改用她的姓氏。又或许是茱蒂丝嫁给了一个姓'斯塔卡德'的人。我想知道艾达姨妈怎么样了？她现在肯定很老了，她比母亲大15岁左右。"

"你见过她吗？"

"没有，我很高兴能这么说。我从没见过他们中的任何一个。母亲的日记本里有一张清单，我是在那上面找到他们的地址的；过去，她每年圣诞节时都会给他们寄贺卡。"

[①]艾达·杜姆（Ada Doom），"Doom"本意是"毁灭、劫数"，同茱蒂丝信中提到的"这座注定要毁灭（Doomed）的房子"相呼应。

"好吧，"斯麦林夫人说，"听上去，这是个可怕的地方，不过又和其他地方不太一样。我的意思是，它听上去确实既有趣又可怕，而其他地方只是可怕而已。如果你真的下定决心要走，如果你真的不打算和我一起待在这里，我想你最好还是去萨塞克斯吧。因为不论如何，你很快就会厌倦它，然后等你尝试过，见识到和亲戚们一起生活是什么样的时候，你就会理智地回到这里，学习怎么工作的。"

芙洛拉觉得还是忽略这段演讲的最后一部分更为明智。

"是的，我想我会去萨塞克斯的，玛丽。我迫不及待地想知道茱蒂丝表姐所说的'权利'是什么意思。噢，你认为她是指一些钱吗？还是一幢小房子？那样我应该更喜欢。无论如何，等我到那里就知道了。你认为我什么时候走最好？今天是星期五，如果下个星期二，我吃过午饭就走呢？"

"嗯，你不必这么快就走，毕竟没有急事。或许你在那里都待不过三天的，所以什么时候走又有什么关系？你们都很着急，是不是？"

"我想得到我的权利，"芙洛拉说，"或许它们是没用的东西，比如很多用光了的抵押贷款；但假如它们属于我，我就要得到它们。现在你走吧，玛丽，因为我要给所有这些善良的灵魂们写信了，这需要一些时间。"

芙洛拉从来搞不懂火车时刻表的情况，而她又太自负了，不愿意问斯麦林夫人或斯泰勒关于通往嚎叫村的火车的事，所以她在信中问她的表姐茱蒂丝，能不能请她介绍几列去嚎叫村的火车,它们什么时候进站、谁来迎接她、怎么接,等等。

的确,在有关农业生活的小说里,从来没有谁做过接火车这样彬彬有礼的事,除非是为了在其他家人的眼皮底下,制造一些卑鄙无耻或激情满满的故事结局;然而,这并非斯塔卡德一家不该养成文明习惯的原因。于是她坚定地写道:"请一定让我知道去噤叫村的火车有哪些,以及你能接到哪些。"然后,她心满意足地将信密封好。那天晚上,为了赶上异地托收,她让斯泰勒及时地把信寄了出去。

在接下来的两天里,斯麦林夫人和芙洛拉过得十分愉快。

早上,她们去罗浮公园冰上俱乐部滑冰,同行的还有查尔斯和比基,另有一位来自坦噶尼喀、绰号叫"斯沃斯"的"拓荒者"。尽管他和比基深为嫉妒彼此并因此大受折磨,斯麦林夫人却能把他们二人牢牢地攥在手心里,让他们不敢表露出痛苦的样子。当她轮流握住他们的手滑过溜冰场时,他们都认真地听她诉说她有多么苦恼啊之类的话,因为她的"拓荒者"中有三分之一的人都叫"古菲",他们正在去往中国的路上,而她已经有十多天没收到他们的消息了。

"我怕这个可怜的孩子会担心。"斯麦林夫人通常会含糊不清地说,这就是她的说话方式,暗示着古菲可能会因狂热的单相思而自杀。而比基和斯沃斯则根据自身的经验得知这或许就是事实,于是他们很高兴地回答:"噢,如果我是你,玛丽,我就不会操心。"并且一想到古菲遭受的痛苦,他们便更开心了。

下午，五个人一起开飞机、逛动物园或听音乐会；到了晚上，他们则去参加派对——也就是说，斯麦林夫人和两位"拓荒者"参加了派对，在那儿又有一些年轻的男士们爱上了斯麦林夫人；而正如我们所知，芙洛拉很讨厌参加派对，于是她便同某位聪明的男士一起安静地享用了晚餐——这是一种她喜欢用来消磨晚上时间的方式，因为如此一来，她就可以尽情地炫耀和谈论自己的事了。

直到星期一傍晚的下午茶时分都没有信件寄来，芙洛拉本以为她的出发时间可能要推迟到星期三了。不过最后一次邮班却为她带来了一张明信片。此时是晚上十点半，她刚结束了一顿夸夸其谈的晚餐，回到了家中。在她读明信片的时候，斯麦林夫人也进来了，她对那场糟心的派对厌恶至极。

"上面说了火车的时间吗，亲爱的？"斯麦林夫人问，"它很脏，不是吗？我真心希望若有可能，斯塔卡德一家能寄一封干净的信来。"

"没说火车的事，"芙洛拉有所保留地回答，"据我所知，这似乎是一些经文，来自旧约，我必须承认，我对此并不熟悉。另外它还反复强调，令人难以宽慰的农庄里永远有斯塔卡德一家，尽管我还没弄明白为什么非要给我留下这个印象。"

"哦，可别说落款是塞思或鲁本吧。"斯麦林夫人害怕地说。

"根本就没有落款。我估计是家里某个不欢迎我到访的人写的。我能辨别出其中提到了什么'毒蛇'。我不得不说，提供一个火车时刻表或许才更有用。但我想，若要指望一个住在萨塞克斯、注定要毁灭的家庭去关注这些琐碎的细节，确实有些不合逻辑。好吧，玛丽，我打算照我的计划行事，明天吃过午饭就走。我会在明天一早打个电报，告诉他们我来了。"

"你要坐飞机吗？"

"不，没有比布莱顿更近的着陆台了。另外我必须省钱。你和斯泰勒可以为我安排一条线路；你会十分享受对此小题大做一番的。"

"当然，亲爱的。"斯麦林夫人说道，而对于即将失去朋友这件事，她现在开始觉得有些不高兴了，"但我希望你别走。"

芙洛拉把明信片丢进火中；她的决心没有动摇。

第二天一大早，斯麦林夫人便忙着查找开往嚎叫村的火车，而芙洛拉则指导着斯麦林夫人的女仆里安特为她收拾行李。不过，即便是斯麦林夫人也无法从火车时刻表中找到多少安慰，她反而比平时更加困惑了。事实上，自从航空路线和组织良好的公路路线占用了以往乘坐火车旅行的三分之一的乘客后，铁路公司就似乎陷入了一种平静的忧愁之中；他们的文字作品中充斥着一种懒散而哀怨的绝望情绪，即使在火车时刻表上，这种影响的表现也十分明显。

有一列前往嚎叫村的火车会在一点半离开伦敦桥。那是一列慢车，会在三点到达戈德米尔。在戈德米尔，旅客们会换乘另一列火车。那是一列慢车，会在六点到达比尔肖恩。在比尔肖恩，这列火车停了。此后，便再也没有火车进出站台发出的慵懒的嘎吱声了，只有一句简单的"嚎叫村（见比尔肖恩）"报站声实实在在地嘲弄着旅客们。

所以芙洛拉决定去比尔肖恩试试运气。

"我估计塞思会驾着一辆双轮马车[①]来接你。"斯麦林夫人说。她们正在享用午餐，虽然为时尚早。

此时，她们的情绪十分低落。芙洛拉朝窗外的兰贝斯地区望去。看到那些可爱的小房子被浅白的阳光洗得干干净净，再想到她即将用斯麦林夫人的陪伴、飞机旅行和可以尽情炫耀的晚餐，去交换令人难以宽慰的农庄里的艰苦条件与斯塔卡德家的粗俗生活，芙洛拉就再也高兴不起来了。

她对可怜的斯麦林夫人发起脾气来。

"玛丽，在英格兰是没有双轮马车的。除了《豪斯曼·哈夫尼茨对胸罩之看法》，你就没有读过其他东西吗？双轮马车原产于爱尔兰，如果塞思来接我，坐的也一定是四轮运货马车或单匹马的马车才对。"

"好吧，我真心希望他不叫塞思。"斯麦林诚挚地说，"如果他真叫塞思，芙洛拉，记得马上给我发电报，还有长筒胶皮靴的事也是。"

车已经停到门口了，于是芙洛拉站起身，整理了一下她深金色头发上的帽子。"我会打电报的，但我看不出这有什么

[①] Jaunting Car，一种轻便的两轮马车，曾是爱尔兰地区的典型交通工具。

用。"她说。

她有一种极度不舒服的感觉,而她也知道,完全是因为自己的固执,她才会踏上这段荒谬而不愉快的"朝圣之旅"的,这让她的情绪变得更加不安和复杂了一些。

"噢,不过会有用的,因为那样我就可以寄东西了。"

"什么东西?"

"噢,合适的衣服和可爱的时尚报纸。"

"查尔斯会来火车站吗?"芙洛拉问。她们已经坐进了车里。

"他说可能会。怎么了?"

"哦——我不知道。我觉得他很有趣。我很喜欢他。"

途经兰贝斯的旅途中没有发生任何小插曲,除了有一次,芙洛拉向斯麦林夫人指出,卡洛琳广场的老警察局旧址上新开了一家花店,名字叫"兰科植物"。

然后车开进了伦敦桥的院子,芙洛拉的火车就停在那里。查尔斯拿着一束花,比基和斯沃斯看起来很开心,因为芙洛拉就要走了,(所以他们热切地希望)斯麦林夫人会有更多时间同他们待在一起。

"人类经过长期的进化和痛苦的探寻,终于学会了彬彬有礼,想知道爱情是怎么摧毁它们的一切痕迹的吗?"芙洛拉一边沉吟,一边从火车车窗里探出身来,注视着比基和斯沃斯的脸。"我要不要告诉他们,明天米格就要从加拿大安大略回来了?算了,我想还是不要了,那样就是十足的虐待狂了。"

"再见,亲爱的!"火车开动时,斯麦林夫人大喊。

"再见,"查尔斯一边说,一边把他的水仙花(直到此刻他才记起来)递到芙洛拉的手中,"忍受不了了就打电话给我,我会开着'超速警察2号'带你离开。"

"我不会忘的,亲爱的查尔斯,非常感谢你。不过我相信,我会觉得这一切很有趣的,也绝不会忍受不了的。"

"再见。"比基和斯沃斯一边喊,假扮出一副遗憾的表情。

"再见,别忘了喂鹦鹉!"芙洛拉尖叫道,就像每个文明的旅客必须表现出来的一样,她也不喜欢这种漫长的道别仪式。

"什么鹦鹉?"他们从快速退后的站台上尖叫回来,就像他们本该做的那样。

但这个问题回答起来太麻烦了。芙洛拉用自言自语来满足自己:"哦,什么鹦鹉都行,祝福你们所有人。"她最后一次朝斯麦林夫人深情地挥挥手,但斯麦林夫人已经坐回马车上了,正打开一本时尚杂志,静下心来准备继续后面的车程。

第三章

****黎明像一只不祥的白色动物,缓缓地爬过唐郡的土地,咆哮的狂风紧随其后,疾速掠过荆棘丛黑色的树枝。这懒洋洋的"动物之光"照亮了令人难以宽慰的农庄的天窗与直棂,狂风则像它们发出的愤怒嚎叫。

农庄蜷伏在一座荒凉的山坡上,周围的田野落满燧石,一直通向一英里远之外的嚎叫村。马厩和外屋环绕农舍而建,形成了一个粗糙的八角形,而农舍自身则是个粗糙的三角形。三角形的左边紧挨着八角形的最远一角,八角形的最远一角则由奶牛的牛棚组成,牛棚又与谷仓平行。外屋是用粗糙的铸石建造的,屋顶是用茅草搭的。农庄的主体坐落在水泥地上,一部分用的是本地的燧石,一部分则用的是珀斯郡的石头,造成了巨大的麻烦和昂贵的花销。

农舍是一座又长又矮的建筑,一部分是两层,其他部分则是三层。起初它只是一个棚屋,归爱德华六世所有,他将猪舍安置在棚屋中,但后来厌倦了,就用萨塞克斯的黏土将它重建了一番。后来他把它拆掉了。伊丽莎白将它重建了起来,用这样或那样的方式加上了许多烟囱。查尔斯一家没管它。但威廉和玛丽又把它拆掉了,然后乔治一世将它重建了起来。然而,乔治二世将它烧毁了。乔治三世又加了个厢房。乔治四世又把它拆掉了。

等到英国进入了维多利亚统治时期、开始盛放贸易和帝国扩张的壮丽花朵之时,原来的建筑已经所剩无几,只有传统的风格仍在延续。农庄就像一头准备跳起来的野兽,蜷伏在高大的摩克山上。如同嵌在砖瓦和岩石中的鬼魂一样,它在每个时期经历的建筑变化都是一段无声的历史。当地人将它称作"国王的突发奇想"。

农庄的前门正对着一片完全没法接近的耕地,耕地位于农舍后头——1835年,雷德·罗利·斯塔卡德突发奇想地把它弄成了这样,所以这家人总是从后门进来,它紧挨着奶牛牛棚对边的院子。一条长长的走廊从房子的二层穿过,然后戛然而止,人是根本进不了阁楼的。这一切都很尴尬。

……伴随着涌入天空的黏糊糊的光线,两英里外的大海传来了一种凝重的声音,如同饱受折磨的蛇发出的嘶叫,坠落在广袤如明镜的海滩上,撞出了一条条锐利的褶痕。

不祥的碗状天空下,一个男人正在农庄正下方的坡地上耕作,燧石在愈发强烈的光线下闪耀着刺眼的白光。当他引着犁耙走过燧石间的垄沟时,瀑布般冰冷的风从他的身躯上掠过。他一次又一次地朝着他的团队粗声大喊:

"向上，努力！嗬，那儿！砰！罐子–罐子！"但大多数情况下，他只是沉默地工作着，沉默就是他的团队。光线下，他的脸好似一块铺平的灰色肉片，面无表情的样子就如同他刚犁过的土地，上面有两只呆滞的眼睛在朝外张望着。

每当他时不时走到田野的一角，被迫将他的犁耙翻个底朝天，以此来掉转方向时，他都会抬头看看那座蜷伏在瘦削的山肩上的农庄，某种类似占有欲的光便在他那双呆滞的眼睛中闪烁起来。但他只是让他的团队再次转个身，看着这条弯弯曲曲的小道穿过酵母味的土地，咕哝着："喂，砰！系上绳子！努力！"与此同时，天大亮了，刺眼的光线渐渐暗淡下去。

由于农庄周围屋子的奇怪形状，光线到达院子的时间总比到达农舍其他地方的要长。阳光穿透老房子最高处的窗户，照在蜘蛛网上，闪闪发光，而在这很久以后，院子仍旧笼罩在一片沉闷的蓝色阴影中。

现在它被阴影笼罩着，耀眼的光却从奶牛牛棚外的一排牛奶桶里冒了出来。

从后门离开房子，你会猛地撞上一堵石墙；石墙正好横穿院子，快到公牛的牛舍之时，骤然拐个九十度的弯，而后一直向大门处延伸。大门通向一个破烂的花园，里面遍布着锦葵、狗尸和油菜。公牛的牛舍紧邻牛奶厂的右角，牛奶厂正对着奶牛的牛棚。奶牛的牛棚正对着房子，但后门正对着公牛的牛舍。从这里开始，一座有着长长屋顶的谷仓将整个八角形的长度进一步延长，一直抵达房子的前门，而后来了个急转弯，结束了。牛奶厂的位置很尴尬——它是老费格·斯塔卡德心头的一根刺。费格·斯塔卡德是农庄的最后一位主人,在三年前去世了。牛奶厂俯瞰着前门,面对着这个三角形的古老农舍建筑群的极值点。

一堵墙从牛奶厂延伸出去,构成了八角形的右侧边界,并在三角形的右端点处连接起公牛的牛舍和猪圈。为了把这一切搞得再复杂些,一道平行于八角形、贯穿半个庭院的楼梯,紧靠着通往花园大门的墙而立。

从散发着刺鼻臭气的牛棚里,时不时地传来牛奶喷溅到金属上的砰砰声。桶被紧紧地夹在亚当·莱姆布莱斯的两膝之间,他的头则被深深压在"没出息"——那头体型庞大的泽西牛——的胁腹之下。他用粗糙的双手机械地拨弄着乳头,嘴唇间飘出一段低声的哼唱,就同唐郡的风一样游离。

他睡着了。他昨晚彻夜未眠,他的思绪随着他的小野鸟、他的小花朵游荡,游荡在唐郡那冷漠而光秃的山间……

埃尔芬,虽然这个名字没被说出口,却有着十分刺耳的音效,就像一颗闪闪发光的珠子,从项链上如喷泉般飞溅而出,声音兀自盘旋在牛棚腐臭的空气中。

这些牲口们没精打采地低着头,站在木头的畜栏边。"没礼貌""没意义""没出息""没目的"轮流等待着被人挤奶。有时,伴着锉刀一样刺耳的声音,"没目的"会伸出它干巴巴的舌头,笨拙地舔舔"没出息"瘦骨嶙峋的胁腹。由于夜间的雨水从房顶落了下来,"没出息"的胁腹现在还是湿漉漉的。

又有时，当"没意义"突然转头，从头顶的木栏上扯下一口蜘蛛网时，它那双呆滞的大眼睛也会转过来。一种低沉、潮湿、充满水汽的光线弥漫在牛棚之中，几乎像是发烧的人眼皮底下闪烁的那种光芒。

突然间，一声痛苦的咆哮，一个杂乱而响亮的声音打破了清晨的静谧，它凶猛地穿过院子，最后消失在一种近似呜咽的嘎吱声中。这是那头公牛——"大生意"醒来了，它在自己黏糊糊、黑魆魆的牢房里开始了新的一天。

这声音吵醒了亚当。他从"没出息"的胁腹下抬起头，困惑地环顾了四周一会儿；然后慢慢地，他眼睛中的恐惧之色褪去了（那双眼睛在他原始的脸上看起来很小，湿乎乎的，死气沉沉），因为他意识到他正待在牛棚里，意识到现在是一个冬日的清晨六点半，而他粗糙的手指正在干一项苦差事，在此时、此地已经干了八十年或更久的时间。

他站起身，叹了口气，走到"没意义"身旁，它正在吃"没礼貌"的尾巴。亚当，这个被用一条"铁链"（从泥土和汗水中锻造出的）同所有愚蠢的畜生联系在一起的人，将尾巴从"没意义"的嘴里拿了出来，然后用他的围巾——他仅有的东西，作为替代品放进它的嘴巴。在他挤奶的时候，它只是咕哝着，然而当他刚一走到"没目的"身边，它就悄悄地把围巾吐了出来，用蹄子把它藏到散发着刺鼻臭气的稻草下头。它不想拒绝吃老人的礼物，那样会伤害他的感情。亚当和所有活的牲口之间存在着一种紧密的联系，一种迟缓、深邃、沉默又沉甸甸的联系；他们知道彼此的简单需求。他们与大地离得很近，而大地上一些古老、残忍而极其简单的东西也渗入了他们的生命之中。

突然，一个阴影落在了木制的门柱上；那不过是白昼的手爪变得暗淡了一些而已，它现在已经将整个牛棚拥入了怀中。但所有的牛还是本能地僵住了。而当亚当再次站起身面对一个"新来客"的时候，他的眼睛里又充满了可怜的恐惧。

"亚当，"站在门口的那个女人说，"今天早上有多少桶牛奶？"

"我不知道，"亚当皱着眉说，"很难说。如果我们的'没意义'能克服消化不良的问题，可能会有四桶。如果不能，那就是三桶。"

茱蒂丝·斯塔卡德不耐烦地动了一下。她的大手有一种特异功能，仿佛能用最微小的手势勾勒出广阔无垠的地平线。她站在那里，为了让她那双痛苦而壮阔的肩膀免受清晨刺骨寒风的侵袭，她裹上了一条猩红色的披肩，看起来就像一个没有边界的女人。任何舞台似乎都很适合她，不论多么巨大。

"好吧，尽量多搞几桶，"她半转过身，死气沉沉地说，"斯塔卡德夫人昨天问我牛奶的事了。她拿我们的产量与这片地方其他农场的比较了一下，她说，考虑到我们拥有的奶牛的数量，我们每桶的价格低了十六分之五。"

亚当的眼中似乎划过了一部奇怪的电影，带给他一种死气沉沉的原始面容，就像一只暴晒在酷热南部的蜥蜴一样。但他什么也没说。

"还有一件事,"茱蒂丝继续说,"今天晚上,你可能要驾车去比尔肖恩接一列火车。罗伯特·波斯特的孩子要来和我们待一段时间。我希望今天上午能听到她什么时候到的消息。稍后我会告诉你。"

亚当畏缩了,他退到了"没意义"感染了的肋腹旁。

"我去?"他可怜巴巴地问,"茱蒂丝小姐,我去?噢,别让我去。我明知道那事儿,怎么还能看着她花朵似的小脸儿?噢,茱蒂丝小姐,我求你别叫我去。何况,"他更为实际地补充了一句,"我大概有六十五年没把手放到缰绳上了,我会让那姑娘心慌的。"

在他说话时,茱蒂丝慢慢地转过身去,现在她站在院子的中央。她缓慢而优雅地转过头回答他,低沉的声音像铃铛般在冰冷的空气中叮当作响:"不,你必须去,亚当。你必须忘记你知道的一切——就像她来到这里后,我们都必须忘记一样。至于驾车,你最好给'毒蛇'套上挽具,组好马车,今天下午去嚎叫村来回跑个六趟,找些手感。"

"塞思主人不能替我去吗?"

她摇摇头,摇落了她脸上冰冷的悲伤。她低沉而尖锐地说:

"你记得他去见新厨房女佣时发生了什么……不,你必须去。"

亚当的眼睛就像他那原始的脸上的一方注满死水的池塘,

突然透出狡猾的光。他朝"没目的"转过身，继续机械地拨弄乳头，用好似唱歌般的音律说：

"啊，那我就去，茱蒂丝小姐。多少次我想到这一天会怎么样到来……而现在我要把罗伯特·波斯特的孩子带回令人难以宽慰的农庄了。是的，太奇怪了。种子开花，花结果子，果子进了肚子。是的，那就去吧。"

茱蒂丝穿过院子里乱七八糟的淤泥粪便，现在从后门走进了农舍。

在占据了农舍中间大部分位置的大厨房里，一团阴郁的炉火燃烧着，浓烟在黑漆漆的墙壁和牌桌上方飘荡。因为年久失修和灰尘遍布，那张桌子变得颜色黯淡，马马虎虎地被用来吃饭。炉火上方悬挂着一个坑洼不平的容器，里面装满了粗糙的稠粥。一个高大的年轻人站在炉火边，忧郁地俯视着容器里翻腾的东西，他的一条胳膊搭在高高的壁炉架上，马靴溅上的泥巴直抵大腿，他身穿着粗麻布的衬衫，一直敞开到腰部。火光随着稠粥缓慢而有节奏地起伏，照亮了他的横膈膜肌肉。

茱蒂丝走进来时，他抬起头轻蔑地笑了一下，但什么话都没说。茱蒂丝慢慢地走过去，站在他的身边。她和他一样高。他们静静地站着，她盯着他看，而他似乎已经走进了稠粥的秘密缝隙之中。

"好吧，我的妈妈，"他最后说，"我来了，你看。我说我会准时吃早饭的，我也信守了诺言。"

他的声音低沉、嘶哑，有种动物般的质感，带着讥讽的温度，如一条性感的天鹅绒丝带，缠绕在这个有着粗犷外表的男人身上。

茱蒂丝的呼吸长时间地颤抖着。她把胳膊猛地戳进披肩下，稠粥发出一声不祥的、不怀好意的声音——它很可能被赋予了生命，所以在动作上与上方跳动的人类激情保持了出奇一致的节奏。

"下流，"最后，茱蒂丝平静地说，"懦夫！骗子！浪子！你昨晚和谁在一起？磨坊里的茉莉还是牧师家的维奥莱特？或者，五金店的艾薇？塞思——我的儿子……"她低沉、干涩的声音颤抖着，但她努力恢复了平静；接着，她的下一句话又像鞭子一样朝他飞去。

"你想伤透我的心吗？"

"是的。"塞思极其简略地说。

稠粥煮沸了，溢了出来。

茱蒂丝跪下，心不在焉地将地板上的粥匆匆舀回容器，忍住了她的眼泪。当她这样忙着的时候，外面的院子里传来了一阵说话和靴子混杂的声音。男人们进来吃早饭了。

为男人们准备好的饭被放在厨房另一端的一张长桌上，离炉火要多远有多远。他们笨拙地组成小队，一队队地走进来，共有十一个人。其中五个是斯塔卡德家的远亲，另外两个是茱蒂丝的丈夫阿莫斯同父异母的兄弟，这样就只剩下四个人，他们在某种程度上与这个家庭并没什么关系。所以弥漫在农庄

43

工人之间的气氛并不全是欢快的，人们很容易理解这点。马克·多勒，那四个人中的一个，曾有人听到他说过这样的话："再有十一个人，我们就组个板球球队，我当裁判。但要是雇我们去抬棺材，每英里六便士，那就更合适了。"

五个远亲和两个同父异母的兄弟走到桌边，因为他们都要和家人一起吃饭。阿莫斯喜欢让孩子们围着他，当然，他从没当着他们的面这么说过，也没有表现出高兴的样子。

显著的家族特征就像一道变幻不定的光，摇曳在七个人凶巴巴、土红色的脸上。迈卡·斯塔卡德是几个兄弟中体型最大的一个，他是个遭到毁灭的巨人，一个膝盖和一个手腕都残废了。他的侄子乌尔克是个身材矮小、满面红光、冷酷无情的坚强男人，有一双和狐狸一样的耳朵。乌尔克的弟弟埃兹拉也是同类人，只不过耳朵不像狐狸而像马。卡拉韦是个沉默寡言的男人，胡子刮得干干净净的，身材瘦削，手指修长灵动，也有一些塞思那样动物般的优雅仪态。而他也将这一点传给了他的儿子哈卡韦，哈卡韦是个年轻、沉默、紧张的男人，会对不值一提的小事大发脾气。

阿莫斯同父异母的兄弟——卢克和马克，身材高大魁梧；他们粗俗而沉默，用一只眼睛瞟着床和木板。

在所有人都坐着时，从门外涌入的刺眼冷光因为两个阴影的到来而变暗了。稠粥再一次煮沸溢了出来。

阿莫斯·斯塔卡德和他的长子鲁本走进厨房。

阿莫斯甚至比迈卡更加高大，更像一具残骸。他沉默地把修剪工具和镰刀放在火炉围栏旁的一个角落里,而鲁本则把耕作用的耙子放到他们的旁边。

两个人沉默地坐下。阿莫斯进行了一段又长又虔诚的祷告,大家沉默地吃了这顿饭。塞思闷闷不乐地坐着,把一条绿色的围巾在他从苿蒂丝那里继承来的壮阔的脖子前系上又解开;他没有碰他的粥。苿蒂丝也只是假装在吃自己那份,她摆弄着勺子,上上下下拍打稠粥,漫不经心地用烧煳的碎片建造城堡。她的目光火辣辣的,有时会失神地转向塞思;而塞思则四肢舒展地坐着,衣带松开,很多扣子没系,为自己强壮、潇洒的男子汉气息而自豪。随后,苿蒂丝那双漆黑得像被囚禁的眼镜王蛇般的眼睛开始转来转去,最后停在她丈夫阿莫斯痛苦的白脑袋和疲倦的红脖子上,接着便像蟑螂一样匆匆躲回眼皮之间了。某个秘密令她噘起了嘴。

阿莫斯突然从他的食物中抬起头,冷不丁地问:

"埃尔芬在哪儿?"

"她还没起床。我没叫她。她早上帮不上什么忙,反倒碍事。"苿蒂丝回答。

阿莫斯咕哝了一声。

"在工作日躺卧是一种不虔敬的习惯。红色的大坑里燃烧着上帝永恒的怒火,散发着刺鼻的臭味,就在那里等着他们。是的。"他闪烁着蓝光的眼睛来回转动,最后落在了塞思身上;塞思正偷偷地看着桌下的一包巴黎艺术画。"是的,对违背第七诫①的人也一样。还有对那些……"他的眼睛又落在了鲁本身上,而鲁本原本希望能研究一下他父亲暴怒时的表情,"对那些等着穿死人的鞋子的人。"

"不,阿莫斯,伙计——"迈卡严厉地抗议道。

"住嘴。"阿莫斯怒吼。迈卡庞大的身躯猛烈地震颤了一阵,但最后还是稳住了。

吃过饭,农庄工人成群结队地走出去,继续他们当天收割芜菁甘蓝的工作。这次收割正如火如荼地进行着,用时很长,也遇到了很多困难。斯塔卡德一家也站起身,走入外面刚下起的毛毛雨中。他们正忙着在废弃的牛奶厂旁边挖一口井。事实上,这项工程早在一年前就开始了,但做起来要花很长时间,因为事情总是出错。有一次(那是可怕的一天,仿佛大自然一度屏住了呼吸,继而趁着一阵狂风呼气一样),哈卡韦跌进了井里。还有一次,在即将完工的时候,乌尔克把卡拉韦推到了井里。不过现在,大家都觉得不用多久就会大功告成了。

上午时,一封从伦敦发来的电报宣称,期待中的客人将搭乘六点的火车到达。

茱蒂丝是自己收到电报的。她在读过后一动不动地站了很久,雨水冲进敞开的房门,落在了她猩红色的披肩上。而后她拖着脚步,慢慢地登上通往房子上层的楼梯。她转头对进屋洗衣服的老亚当说:

---

①十诫,《圣经》所记载的十条规定,由上帝向以色列民族颁布。其中,第七诫指"不可奸淫"。

"罗伯特·波斯特的孩子要乘六点的火车到比尔肖恩。你必须在五点出发去接她。我这就去告诉斯塔卡德夫人,她今天来。"

亚当没有回答。塞思坐在炉火旁,渐渐看腻了明信片,那是他3岁那年,教区牧师的儿子送的礼物,他们曾偶尔一起去偷猎。现在他已经熟悉它们了。梅里亚姆,那个女佣,不到吃完晚饭是不会回来的。等她回来时,她会避开他的眼睛,然后颤抖、哭泣。

他傲慢地笑了,像获胜了一样。他又解开了衬衫上的一枚扣子,懒洋洋地穿过院子走向牛棚,公牛"大生意"正被囚禁在那里的黑暗中。

塞思轻声笑着,敲了敲牛棚的门。

公牛发出一声巨大的痛苦咆哮,仿佛是在对同为雄性的深沉呼唤做出回应。那声音不屈不挠地刺透死寂的天空而去,回荡在农庄上方。

塞思又解开了一个扣子,懒洋洋地走了。

亚当·莱姆布莱斯独自站在厨房里,目不转睛地盯着那些脏盘子,这是他的任务,他得把它们洗干净,因为女佣梅里亚姆晚饭后才能来,并且就算她来了,她也一点儿用处都没有。她的时间就要到了,嚎叫村所有人都知道。每逢二月,地球上难道不到处都是新生命吗?一个笑容扭动了亚当的嘴唇。他把盘子一个个地收集起来,把它们送到水泵旁,就在厨房一角的水槽上方。她的时间就要到了。四月像一个好色的情人，跳上郁郁葱葱的唐郡，那时还会有另一个孩子降临在荨麻弗里奇牧场那间可怜的小屋里，梅里亚姆正是在那里孕育了她令人羞耻的果实。

"是的，狗茴香总有一天会被自己的果实出卖。"亚当咕哝着，朝污渍结块的盘子射出一股冷水，"云来了，太阳来了，就这样。"

他用一根荆棘条无精打采地轻拍着粥盘结了块的边沿时，门外的楼梯上传来一串轻快的脚步声。有人在门槛上停了下来。

那脚步声如蒲公英一般轻盈。假使亚当没有让流动的自来水在他耳边发出那么大的声音，导致他完全听不见其他任何响声，他或许会以为这微弱、踌躇的脚步声是他自己的血液跳动声。

但是突然间，有个像翠鸟一样的东西飞快地穿过厨房，绿色的裙子和飞扬的金发闪着微光，然后，随着通往花园和唐郡的大门被"砰"地关上，一阵银铃般的笑声远远传来。

听到这个声音，亚当猛地转身，他的荆棘枝掉了，还摔碎了两个盘子。

"埃尔芬，我的小鸟……"他低语着，朝敞开的门走去。

一阵刺耳的寂静嘲笑着他的低语；穿过寂静，传来了藤蔓和谷仓的刺鼻臭味。

"我的法利赛人……我的小乖乖……"他可怜巴巴地低语

着。他的眼睛又一次变成了废弃的灰色池塘,在厨房里恍惚地游走,茫然、原始而荒芜,从一片孤寂的沼泽中映照出苍茫的夜空。

他的双手松松地垂在身体两侧。然后他又弄掉了一个盘子。它碎了。

他叹了口气,开始慢慢地朝门口走去。他忘了他的任务。他的眼睛紧盯着牛棚。

"是的,牲口们……"他低声咕哝道,"哑巴牲口们从来不会让人失望。它们知道。是的,把我们的'没出息'抱在怀里也好过抱着小埃尔芬。是的,就像五月沼泽地里的小老虎一样野,嘶。永远不听任何人的话。对,一定是这样。不管酸甜苦辣,随她去吧。啊,但如果他——"黯淡的"灰色池塘"突然变得可怕了,就像一场暴风雨从荒凉的大西洋掠过沼泽——"如果他胆敢伤害她金色的小脑袋上的一根头发,我就杀了他。"

他就这么咕哝着穿过院子,走进牛棚,给牲口们解开了蹄子上的镣铐,赶着它们穿过院子,穿过泥泞而满是车轮印子的小径,走向荨麻弗里奇牧场。他正沉浸在他的悲痛之中。他没注意到"没礼貌"的腿断了,它正尽可能地只用三条腿。

厨房的炉火孤零零的,于是熄灭了。

第四章

漫长而沉闷的一天在不知不觉中迫近傍晚。在吃了顿潦草的午饭之后，亚当根据茱蒂丝的吩咐，把"毒蛇"——一头被阉割了的马——套在马车上，然后驾着马车往嚎叫村来来回回地跑了六次，以此重温他的驭马之术。在吃那顿潦草的午饭时，他曾试图通过大发脾气来避免这件事的发生，但不幸，他的工夫都白费了，因为在把一盘蔬菜递给塞思的时候，那个女佣梅里亚姆突然晕倒了。

她的时间到来得比预料中要早。而在随后的场景中，亚当基于自我安慰和个人安全而在牛棚里上演的"大发脾气"戏码，除了比较像是希腊戏剧合唱队的主剧之外，几乎没能引起任何人的注意。

于是亚当没找到任何借口，只好离开了，接着把一下午的时间都花在驾车往返于嚎叫村和农庄之间上。这让斯塔卡德家的人非常气愤，他们能从他们本该继续挖的那口井旁边看到他；他们认为他是懒散的老人，他们也是这么说的。

"我怎么会认识那姑娘？"亚当和茱蒂丝站在一起，以此作为借口向她恳求不去。他将马车边上的灯笼点亮。冷漠、浩瀚、越发昏暗的天空下，微弱的火焰缓缓升起，如同一团幽怨的鬼火，沉重地悬在无风的黄昏中。"罗伯特·波斯特就像一头公牛，一个大家伙，爱打棒球。你觉得他女儿会跟他一样吗？"

"比尔肖恩根本没多少乘客。"茱蒂丝不耐烦地回答，"等到所有人都离开车站。罗伯特·波斯特的孩子会是最后一个，她会等着看有谁来接她，然后跟你走。"她打了一下那匹被阉过的马的腿。

在亚当阻止它之前，这头巨兽已经跳入了黑暗之中。他们出发了。夜幕降临，如同乌云密布的黑色玻璃钟，让湿漉漉的风景黯然失色。

等到马车抵达距离嚎叫村七英里远的比尔肖恩时，亚当已经忘了他去那里的目的。他粗糙的手掌握住缰绳，他茫然的脸望向漆黑的天空。

***思绪从他顽固地交织在一起的潜意识层渗透进他的模糊意识中；它们不是意识的一个组成部分，而更像是一种难以捉摸的放射形物质、一种黄昏时的补充物，从他四周永不休息的树林、原野中那些昼夜不眠的生物身上而来。黑暗如同巨毯，从未带来安宁，在它下方，绵延数英里的乡村正经历着一年一度的春季生长，饱受着痛苦的骚动：虫子和虫子打架，种子和种子打架,蕨叶跳到树根上,野兔跳到野兔身上,甲壳虫和金雀花也不能幸免。在荨麻弗里奇的河坝下方,鳟鱼的精子被搅动着,嗯,很可能是这样。猎食的猫头鹰尖叫着,长长的声音划破夜空,如同黑暗中的一条红线;死寂中,它们每隔十分钟就交配一次。这一切看起来很混乱,但它的安排比你想象得要更加有条不紊。然而亚当的失聪和失明既来自内心,也来自外部。世俗的平静从他的潜意识中渗出,在他的意识中与正在下沉的平静相遇。有两次,马车被路过的农夫从树篱里拽了出来;还有一次,马车差点刮到教区牧师——他刚从大礼堂里喝完茶,正开车回家。

"你在哪儿,我的小鸟?"亚当双唇紧闭,向漆黑的夜色和没发芽的树木的粗犷轮廓提问,然而它们没有回答。"我曾这样抱过汝吗?"

他知道埃尔芬去唐郡了,她骑着她步伐不稳的小马驹,义无反顾地走入了大庄园,走入了理查德·霍克-莫尼特聪明而讽刺的手掌。亚当的心不安地跳动着,带着莫名其妙的痛苦,眼前浮现出他用随意的手指抚育她的景象……

但最终,马车还是抵达了比尔肖恩,并且是安全地抵达。那里只有一条路,也是通往车站的。

就在被阉割了的巨马"毒蛇"正要穿过售票大厅的入口之时,亚当猛地拽住了它,把缰绳系在了马槽附近的柱子上。

然后,活力从他——一根被吸干的稻草——身上消失了。

他成了一个被思绪压垮的男人，他的身体陷入了一种远古的状态。他是一根树干，一只石头上的蟾蜍，一只树枝上披着茅草的猫头鹰。人类的属性突然离他而去。

他沉思了一段时间，但时间除了自身，并没有给他带来什么。它无穷无尽地旋转在宇宙中的一个亮点上，不断重复着"埃尔芬"和"理查德·霍克－莫尼特"的名字。仿佛时间一旦过去（想必是这样，因为一辆火车进站了，乘客们下车了，然后都被赶走了），就再也没有留给亚当的时间了。

终于，他被一阵隐约的骚动所惊醒，骚乱似乎就发生在马车车厢的底板上。过去二十五年里一直铺在底板上的稻草，总是被一只小脚（穿着结实但好看的鞋子）使劲踢到外面的路上。除了稻草，外加纤细的脚踝和绿色的裙子，灯笼的光亮再也照不到别的东西了；而那条腿做出的动作遮住了灯笼光，使它颇为不安。

从他头顶的黑暗中传来了一个声音："多糟糕啊！"

"呃……呃。"亚当咕哝着，失神地凝望灯笼光外模糊的空气。"不，别那么做，宝贝儿。那些稻草很不错，足够让茱蒂丝小姐去布莱顿参加婚礼了，它也一定用得上。不管稻草还是谷壳，树叶还是水果，我们都要珍惜。"

"只要我没疯，我肯定不会那么做的。"那个声音向他保证，"我可以相信萨塞克斯和令人难以宽慰的农庄里的大部分事情，但我不相信茱蒂丝表姐去过布莱顿。现在，如果你沉思完了，我们能好好相处了吗？我的行李箱会在明天由货车运到农庄，不然（声音继续说，带着一种尖刻的语调），你可能会关心它是否会一直在这儿待到播种。"

"罗伯特·波斯特的孩子。"亚当喃喃地说，抬头看着这张他现在可以隐约见到、灯笼光圈之外的脸。

"呃，我是被派到这儿接汝的，我从没见过汝。"

"我知道。"芙洛拉说。

"孩子，孩子——"亚当的声音开始飙升到了嚎叫的高度。

但芙洛拉却在想别的事。她通过问他是否更愿意让她来驾驭"毒蛇"的方式来检查他的状况，但这却严重损害了他身为男人的自尊心。于是他把缰绳从柱子上解下来，毫不犹豫地驾起马车走了。

芙洛拉坐在车上，用她的皮夹克紧紧护住喉咙来抵御寒冷的空气，小心翼翼地护着她膝盖上装有睡衣和梳妆用品的小箱子。她无法抵挡在最后一刻将心爱的《思想录》悄悄塞进小箱子的冲动，那是法斯·麦格雷神父的著作；她的其他书籍被装在行李箱里，将会在明天送达，但她觉得，如果她的手头有一本《思想录》的话（这本书无疑是有史以来为真正文明的人编纂的最明智的指导手册），让她用得体而文明的状态与斯塔卡德一家见面会更容易一些。

神父的另一本更伟大的著作——《高级常识》（这本书为他在25岁那年赢得了巴黎大学的博士学位），正躺在她的行李箱里。

当马车将比尔肖恩的灯光甩在身后，开始爬上通往唐郡的昏暗的道路时，她的心里正想着《思想录》的事。不知为何，她有些心慌。她很冷，也因为这条路的艰辛（尽管她根本没看路），她觉得自己被弄脏了。想到即将在令人难以宽慰的农庄见到的景象，她的情绪根本振奋不起来。她想起了神父的警告："永远不要在旅途的终点与敌人对峙，除非它恰巧是他的旅途。"但也没能得到安慰。

驾车时，亚当没和她说一句话。但没关系，她原本就不想让他说话，他可以留待之后再对付。不过驾车的时间并未像她担心的那么长，因为"毒蛇"似乎是一匹相当不错的马，走得很快（芙洛拉猜测斯塔卡德一家拥有它的时间还不长），不到一个小时，远处便出现了一个村庄的灯光。

"那是嚎叫村吗？"芙洛拉问。

"是的，罗伯特·波斯特的孩子。"

似乎再也没话可说了。她再次陷入了沉思，这回稍微放松了一点。她很想知道一些问题的答案：她的权利是什么——她的表姐茱蒂丝曾在信中提起过那些权利，谁寄来了那张提到了"一代毒蛇们"的明信片，以及茱蒂丝的男人曾对她的父亲罗伯特·波斯特做过什么错事。

马车现在爬上了一座小山，把嚎叫村甩在了后头。

"我们快到了吗？"

"是的，罗伯特·波斯特的孩子。"

又过了五分钟，"毒蛇"依着自己的心愿停在了一扇大门前。黑暗中，芙洛拉只能隐约看见那扇门。亚当用鞭子抽它。

它一动不动。

"我想我们必须下去。"芙洛拉说。

"不,别那么说。"

"但我必须说。看——如果你继续走,我们就会撞上树篱。"

"所有人都这么做,罗伯特·波斯特的孩子。"

"你或许可以这么做,或许所有人都可以。但我不行。我要下去。"

于是她这么做了。她慢慢地找到一条路,穿过只有微弱的冬日星光在闪烁的黑暗。她沿着树篱间一条泥泞的小路向前走,那里太窄了,马车确实进不去。

亚当提着灯笼跟在她身后,把"毒蛇"留在了门口。

农庄的建筑群好像一团比天空更加昏暗的阴影,现在可以从黑暗中辨认出它来了。芙洛拉和亚当继续往前走,当他们慢慢走近农庄时,一扇门被突然打开,继而一束光射了出来。亚当高兴地叫了一声。

"那是牛棚!是我们的'没出息'给我开的门!"芙洛拉也看见了,确实如此;一盏灯笼照亮了牛棚的门,一头瘦弱的母牛正焦急地用鼻子将门推开。

这可不太妙。

但立刻传来了一个低沉的声音:"是你吗,亚当?"然后,一个提着灯笼的女人从牛棚走了出来,为了看清旅客,她将灯笼高高举过头顶。芙洛拉隐约看见她的肩上有一条红得很夸张的大披肩,还有一团乱七八糟的头发。

"哦，你好。"她叫道，"你一定就是我的表姐茱蒂丝了，很高兴见到你。你人真好，这么冷的天气还出来接我。也特别感谢你邀请我来。多奇怪啊，我们以前都没见过面！"

她伸出手来，但她的手并没有被马上握住。茱蒂丝将灯笼提得更高了些，直勾勾地凝视着她的脸，沉默不言。几秒钟过去了。芙洛拉怀疑自己的唇膏是不是用错了。而后，对于这样的沉默，以及她表姐见到她时直勾勾的凝视，芙洛拉想到了一个不算太可笑的理由；芙洛拉心想，当可怜的印第安人严肃而坚定地凝视哥伦布的脸时，这位伟大的水手一定会有同样的感觉。因为斯塔卡德一家第一次见到了文明人。

但即便如此，这种情况依然会让人感到厌倦；芙洛拉很快就厌倦了。她问茱蒂丝，假如她今晚不见其他家人的话，茱蒂丝会认为她太无礼吗？她能否就在自己的房间里随便吃点东西？

"那里很冷。"终于，茱蒂丝慢吞吞地说话了。

"哦，有炉火，很快就会暖和起来。"芙洛拉坚定地说，"你太好了，我真的这么想，这么照顾我。"

"我的儿子们，塞思和鲁本——"这句话噎了茱蒂丝一下，不过她又恢复过来，用一种更低的声音继续说，"我的儿子们在等着见他们的表姨妈。"

这在芙洛拉看来，连同他们那不祥的名字一起，简直太像一场斗牛表演了，于是她含蓄地笑了笑，说他们真是太好了，但她觉得明早再见他们也是一样的。

茱蒂丝那壮阔的双肩慢慢地、上下起伏地耸了耸，波涛汹涌的动作令她的胸部抖动了一下。

"随你便吧。那烟囱，或许会冒烟——"

"我想很可能会，"芙洛拉笑着说，"但我们可以明天再处理这些事。我们现在能进去了吗？不过首先——"她打开背包，拿出一根铅笔，从一个小日记本上撕下一页，"我想让亚当帮我发这个电报。"

她自有她的办法。半小时以后，她坐在房间里一团冒烟的炉火前，心事重重地吃着两个煮鸡蛋。她认为请求要这种东西吃是最安全的选择，而如果要斯塔卡德家的培根，特别是，万一是亚当来做那些培根的话，则很可能打乱她原本计划的长夜休息。很快，她就准备好去休息了。

她没去观察周围的环境，因为她太困了，也没有心情。她不知道来这里的决定是否明智。她回想了一下茱蒂丝带她去卧室时穿过的那条走廊的长度、荒凉的气氛和错综复杂的盘绕状态，得出了一个结论，假如它们就是这座房子内部的典型样貌，假如茱蒂丝和亚当就是居住在其中的典型人物，那她的任务确实是既漫长又艰难的。然而，她已经犹如离弦之箭，无法回头了；因为假如她这么做了，斯麦林夫人就会摆出一副特殊的表情，放在另一个更老派的女人身上，那就意味着在说："看吧，我告诉过你了。"

而事实上，此时的斯麦林夫人正坐在遥远的老鼠广场，心满意足地阅读电报，上面写着："最可怕的事成真了亲爱的塞思和鲁本也寄些长筒胶皮靴。"

第五章

她下定决心在第二天早上睡个大懒觉,但计划失败了,因为她的窗户底下爆发了一场可怕的争吵。正如她在床上既困倦又愤怒地咕哝时描述的那样,当时还是"大半夜"。

阴沉而死寂的黑暗如同一面毯子,被远处公鸡的尖叫声刺穿。男人的声音在愤怒中飙高,穿透黑暗而来。芙洛拉觉得她认得其中一个声音。

"汝真丢脸,鲁本主人,竟然咬了像喂宝贝儿一样喂你的手。谁能比我更了解哑巴牲口想要的东西?自打'没意义'3岁起,像个鹪鹩一样瞎,我就开始照看它了。比起某些人心里想什么,我更清楚它心里在想什么。"

"不管怎样,"另一个声音喊道,在芙洛拉听起来很奇怪,"'没礼貌'丢了一条腿!它在哪儿?回答我,你个糟老头!我现在带'没礼貌'去比尔肖恩的集市,还有谁会买走它?除了四处想买些怪物加入表演的马戏团老男人,有谁乐意要一头三条腿的牛?"

一声震耳欲聋的绝望大叫。

"谁也甭想把我们的'没礼貌'放进马戏团!这种耻辱会让我死的,鲁本主人!"

"是的,我也会。别管是不是马戏团,只要我能找到买它的人就行。但没人买。是的,就这样。在令人难以宽慰的农庄,东西甭想找到买家。皇后的祸害毁了我们的谷物,国王的邪恶吞了我们的苜蓿,王子的丧命把干草弄得黑了吧唧,母猪瘦得生不出崽子——是的,农庄里到处都是同样的故事。那条腿跑哪儿去了?回答我这个问题!"

"我不知道,鲁本主人。要是我干的,我就不会告诉你了。我知道那些哑巴牲口心里想的啥,从早到晚,它们会出门溜达,四处查看查看,就想看看自己把腿丢在哪儿了。牲口也需要独处,像人一样。鲁本主人,像你那样监视牲口,等着它们赶快死掉,清点它们吃的每一口东西,我真感到丢脸。"

"是的,"另一个声音意味深长地说,"然后数数小鸡掉了多少鸡毛,看看有谁偷走什么没有。"

"好吧,为什么不呢?"那个叫鲁本的人大喊,"马克·多勒,我付你工钱去偷鸡毛、带它们去比尔肖恩卖个好价钱了吗?"

"我不卖鸡毛,要是这么干,我的手就再也握不住犁。是我的南希,我把它们带给了我的南希。"

"哦,你这么做了,是吗?那是为什么?"

"你很清楚是为什么。"第三个声音阴沉地回答。

"是的,你给我讲过一些用漂亮鸡毛给玩偶装饰帽子的故事。好像这些从鸡身上掉下来的鸡毛没别的用处,只能装饰一堆无聊又没用的玩偶。现在听好了,马克·多勒——"

芙洛拉一直在假装自己重新睡着了,但她发现没用。于是她从床上爬起来,摸索着穿过房间,来到那块闪闪发亮的灰色正方形前——代表了窗户的位置。她把窗户推开了一些,冲着黑暗喊:

"我说,能请你们说话别这么大声吗?我太困了,如果你们小声些,我委实深表感谢。"

沉默,犹如雷鸣般有力,紧随她的请求而来。虽然已经快睡着了,但她还是能感觉到,这是目瞪口呆状态下的沉默。她昏昏欲睡,但由衷地希望,这样的沉默能持续足够长的时间,以便她再次进入梦乡;的确,它做到了。

当她再次醒来时,天已经亮了。她在床上翻了个身,尽职尽责地做了一遍清晨的伸展运动,然后看看手表,现在是八点半。

外面的院子和那座老房子的深处没有一丝声响。所有人可能都在晚上死了。

"当然,热水是没希望了。"芙洛拉一边寻思,一边穿着她的晨衣在房间里走来走去。她从水罐里取了一点水(没错,那里有个水罐),在掌心擦了擦,她很开心地发现那是软水。这样一来，她也不介意用冷水梳洗了。她的梳妆台上摆着一排小瓷瓶和陶罐，可以用来保护她白皙的皮肤免受任何恶劣气候的侵害，但得知水是她的盟友，这一点依然令她感到高兴。

她身穿舒服的休闲装，研究着她的房间。她决定喜欢上它。

它方方正正，高得不同寻常，贴着设计大胆却过时的墙纸，颜色是深红加猩红。壁炉很雅致，炉格是篮子形的，壁炉台是大理石的，雕刻得很花哨，由于长时间暴露在外而发黄。壁炉台上放着两个大贝壳，柔和的曲面上五颜六色，从白色到最艳丽的鲑鱼粉色，直接反射在壁炉上方悬挂着的银色老旧大镜子中。

另一面镜子则很长，立在房间最暗的角落，橱柜门一打开它就被挡住了。两面镜子都恰好能照出芙洛拉的样子，既无奉承也无恶意，让她觉得可以轻易地学会依赖它们。为什么如今的人们似乎忘记了怎么制作镜子呢？她想。在格雷夫森德等地废弃的商业和家庭旅馆里，或是在切尔滕纳姆的维多利亚亲戚家的房子里，那些被发现的老镜子总是十分出色的。

一个很大的桃花心木衣柜几乎占满了一面墙。一张圆桌摆在破旧的红黄交织的地毯中间，上面罩着一张设计有大花朵的桌布。床很高，也是桃花心木制成的。被子是蜂窝状的，白色。

墙上挂着两幅钢雕版画，装裱在浅黄色的木质画框里。

其中一幅表现的是安德洛玛刻①注视赫克托耳②的尸体时的悲痛；另一幅表现的是帕尔米拉的女王，被囚禁的季诺碧亚③。

芙洛拉抓起放在宽大窗台上的几本书：奥古斯塔·简·埃文斯（A. J. Evans-Wilson）的《麦卡利亚或圣坛》，格雷斯·阿吉拉尔（Grace Aguilar）的《家庭影响力》，詹姆士·格兰特（James Grant）的《她爱他吗？》以及弗洛伦斯·马里亚特的《她多么爱他》。她把这些宝物放进抽屉，许诺等有时间的时候再好好看。她喜欢维多利亚时代的小说。它们是你吃苹果时唯一能读的小说。

窗帘很华丽，虽然落满了灰尘，却是由豪华的红色织锦制成的，挡住了房间里的光线和空气。芙洛拉把它们卷起来收好，决定必须在今天把它们洗干净。然后她便下楼吃早餐去了。

她沿着一条宽阔的走廊向前走，走廊被脏兮兮的窗户所照亮，窗户上挂着落满灰尘的蕾丝窗帘，一直走下一段楼梯；在楼梯脚下，透过一扇开着的门，她看到一个铺有石头地砖的房间。她在这里停了一会儿，注意到一个很大的托盘——上面显然是一顿丰盛早餐的残留物，就躺在走廊一扇紧闭的门外的地板上。很好。有人是在他们自己的房间吃早餐的；如果别人可

---
①安德洛玛刻（Andromache），希腊神话人物，赫克托耳之妻，底比斯国王厄提昂之女。
②赫克托耳（Hector），希腊神话中的英雄。
③季诺碧亚（Zenobia），公元3世纪叙利亚帕尔米拉王国的女王，因反抗罗马帝国而闻名。

以这样做，那么她也可以。

一股烧焦的粥味从下方飘来。这看上去不太妙。她走下楼梯，高跟鞋紧紧地踩在石头上。

起初她以为厨房里是空的。炉火几乎全灭了，灰烬从地板上呼啸而过，桌子上摆满了令人生畏的残羹剩饭，粥在其中是最主要的部分。通往院子的门开着，风悠悠地吹了进来。在做其他事之前，芙洛拉先走过去，将它轻轻地关上了。

"呃！"厨房后面的水槽附近传来一个声音，"别那么做，罗伯特·波斯特的孩子。要是汝把门关上，我就没法一边刮盘子一边注意牛棚里的哑巴牲口了。是的，我还要注意别的事呢。"

芙洛拉认出，这是在半夜打扰她睡觉的声音中的一个，那是属于老亚当·莱姆布莱斯的。他刚才正无精打采地在水槽边切萝卜，因为提出抗议，他的工作被打断了。

"我很抱歉，"她回答，语气很坚定，"但我不能伴着穿堂风吃早餐。等我吃完，你就可以把它打开了。顺便问一下，有早餐吗？"

亚当蹒跚地走到灯光下，他的眼睛就像原始的燧石上的裂口，镶嵌在磨损的眼窝里。芙洛拉想知道他有没有洗过澡。

"有粥，罗伯特·波斯特的孩子。"

"有面包、黄油和茶吗？我不太喜欢粥。另外你有没有干净的报纸？半页纸大就够了。我想把它放到桌子的一角，以免粥弄到我身上。今天早上似乎有些混乱，是不是？"

"罐子里有茶，还有面包、黄油，浮雕边上，汝自己找，罗伯特·波斯特的孩子。我要干活儿，要集中注意，不能跑来跑去地拿报纸。另外，我们在令人难以宽慰的农庄已经有够多麻烦了，甭拿什么报纸之类的劳什子来烦我们、吓唬我们。"

"哦，是这样？什么样的麻烦？"芙洛拉一边忙着泡茶，一边饶有兴趣地问。她突然想到，这可能是一个了解其他家庭成员的好机会。"你没有足够的钱吗？"

因为她知道，这几乎是所有25岁以上的人都面临的问题。

"农庄有足够的钱，罗伯特·波斯特的孩子。不过这些却是痛苦和毁灭的根源。我告诉汝，"说到这儿，亚当朝听得津津有味的芙洛拉走近了一些，把他那布满皱纹、被无聊岁月磨蚀的脸几乎凑到了她的脸上，"令人难以宽慰的农庄受到了诅咒。"

"真的吗！"芙洛拉说着稍稍退后了些。"什么样的诅咒？这就是为什么一切看起来都这么衰败[①]的原因吗？"

"没有种子，罗伯特·波斯特的孩子，我告诉汝。种子掉在地上就枯萎了，大地也养不活它们。母牛不孕母猪不育，国王的邪恶、皇后的祸害、王子的遗产毁了我们的庄稼。为什么？因为我们受到了诅咒，罗伯特·波斯特的孩子。"

"但是，听着，难道不能做点什么吗？我是说，阿莫斯表姐夫肯定能从伦敦找个什么人或者怎样——（这个面包真不错，

---

①原文用词 "gone to seed"，"seed" 本意为种子。

你知道。你肯定不是在这里烤的。)——或者,或许阿莫斯表姐夫可以把农庄卖了,再买一个没有受到诅咒的,在伯克郡或德文郡?"

亚当摇了摇头。一抹奇怪的神色,类似乌龟眼中渐渐消失的灵性,犹如面纱般闪烁在他的脸上。

"不。令人难以宽慰的农庄里永远有斯塔卡德一家。我们谁都不可能妄想离开这里。我们不这么做是有原因的。斯塔卡德夫人,她叫我们待在这儿。这是她的生命,是她血管里流淌的生命。"

"你是说茱蒂丝表姐?好吧,不过她看起来在这里并不快乐。"

"不,罗伯特·波斯特的孩子。我是说老太太——老斯塔卡德夫人。"他的声音沉了下去,像在喃喃自语,为了听清他的最后一句话,芙洛拉不得不低下她高昂的头颅。

他向上瞥了一眼,似乎在暗示老斯塔卡德夫人已经身处天堂。

"那她是去世了吗?"芙洛拉问,她已经准备好聆听令人难以宽慰的农庄里的全部事情,甚至包括所有家庭成员都靠一个专横的鬼魂来维持秩序之类的事。

亚当笑了——那是一种奇怪的声音,就像含泪愤怒地发出的窃笑声。

"不,她还活着,活得好好的。她的手像铁一样箍在我们身上,罗伯特·波斯特的孩子。但她从没离开过她的房间,除了茱蒂丝小姐,她不见任何人。过去二十年间她从未离开过农庄。"

他突然停下来,似乎他说得太多了。他开始退回属于他的厨房的黑暗角落。

"现在我要刮盘子了。别打扰我,罗伯特·波斯特的孩子。"

"哦,好吧。但我真希望你能叫我波斯特小姐,或者芙洛拉小姐也行,如果你想显得封建一些。我确实觉得每次都叫'罗伯特·波斯特的孩子'太拗口了,不是吗?"

"别打扰我。我要刮盘子。"

芙洛拉看到他果真下定决心做这些工作,便不再理他,心事重重地吃完了早餐。

所以事情就是这样。斯塔卡德夫人就是令人难以宽慰的农庄中的诅咒。斯塔卡德夫人就是"祖母主题",这在所有典型的农业生活小说中都能找到(有时在城市生活小说中也有)。当然,在令人难以宽慰的农庄,控制权掌握在斯塔卡德夫人的手中是一件天经地义的事,芙洛拉本该一开始就想到的。或许是斯塔卡德夫人,或者说艾达·杜姆姨妈寄来了那张提到"几代毒蛇们"的明信片。芙洛拉确信,那位"老太太"就是艾达·杜姆姨妈,不会是其他人。寄一张那样的明信片正符合艾达姨妈的风格。芙洛拉相信,如果芙洛拉妈妈在的话,一定会立刻说:"那是艾达姨妈的典型特点。"

如果她决定把令人难以宽慰的农庄里的生活打理得井然有

序的话，她就会发觉自己做的每件事都会因艾达姨妈而碰壁的。芙洛拉确信事情就会如此，因为艾达姨妈这种喜怒无常的人是不喜欢过井然有序的生活的。暴风雨才是他们喜欢的——无数被"砰"的一声关上的门，下巴被惊得掉落，因愤怒而煞白的脸，角落里幽怨的脸，对着早餐大惊小怪的脸，还有大量的机会用来沉溺于情感，永恒的别离、误解、干涉、窥探，还有最重要的，操纵和耍阴谋。噢，他们是多么享受这一切啊！他们是那种肆意践踏你的宠物集邮册（或者不管是什么东西），然后将余生全部用来赎罪的人，但你宁愿要回你的集邮册。

芙洛拉想起了法斯·麦格雷神父的《高级常识》。这本著作是被当作一部哲学论文而写的。它是一种尝试，不是为了解释宇宙，而是为了让人类接受它的费解。不过，尽管《高级常识》的主题是客观的，但在面对这类"艾达姨妈困境"时，它却能为文明人提供指导。在没有制定具体的行为准则的前提下，《高级常识》为文明人勾勒出一种哲学，并提供了应当自动遵循的行为规则。在《高级常识》没提到的地方，同一作者的《思想录》则经常会给出指导。

有了这样的指导，就不太可能陷入混乱了。

芙洛拉决定，在对付艾达姨妈之前，她会重新阅读《高级常识》的部分内容来振作精神，即著名的章节——《谨慎而大胆地做好准备以应对大纲中未包含物质的双重入侵》。或许她只有时间学习一两页，因为读起来并不是很容易，而且其中一些是用德语写的，还有一些是用拉丁语。不过她却认为，这一事件足够严重,用上《高级常识》完全是合情合理的。而《思想录》则能令人精神振奋,以此抵御日常的痛苦和灾祸;不过说起艾达·杜姆姨妈,这个令人难以宽慰的农庄生活中的关键所在,则又是另一回事了。

当吃着最后一块面包和黄油的时候,芙洛拉突然想到,她在令人难以宽慰的农庄可能会碰到一些饮食上的困难,因为家里的饭很可能是由亚当做的,但她可吃不下亚当做的饭,她也不想吃。她或许不得不接近她的表姐茱蒂丝,然后和她——用老年人爱说的话叫——唠会儿嗑。

总的来说,在神秘和刺激方面,令人难以宽慰的农庄并没有让人失望;她希望艾达·杜姆姨妈能同时提供这两样。她也多希望查尔斯能在这里啊,那样他就能和她一起享受这一切了。查尔斯深爱暗黑风格的谜团。

与此同时,亚当已经结束了切芜菁甘蓝的工作,出门走进长了一棵荆棘树的院子。他从树上折下一根长长的带刺的树枝,又回到了屋里。芙洛拉饶有兴趣地看着他,看着他先是打开水管,将冷水浇到污渍结了块的盘子上,继而开始用他的树枝刮擦粥饭的残垢。

芙洛拉尽自己最大的努力忍耐着,因为她几乎不敢相信自己的眼睛,然后她说:"你到底在做什么?"

"刮盘子,罗伯特·波斯特的孩子。"

"但用一个小的洗碗刷,可能会让你做起来更容易?一个带柄的漂亮小洗碗刷?茱蒂丝表姐应该给你买一个,为什么你不问问她呢?这样可以把盘子洗得更干净,速度也更快。"

"我不想要带柄的小洗碗刷。我用荆棘枝五十多年了,当时有多好用现在就有多好用,我也不想把盘子刮得更快些。它能消磨时间,把我的思绪从我的小野鸟身上移开。"

"但是,"狡猾的芙洛拉建议道,她想起了那天早晨黎明时分吵醒她的谈话,"如果你拥有一个小洗碗刷,并能把碗刷得更快些,你就可以有更多时间同那些哑巴牲口待在牛棚里了。"

亚当停下了手头的工作。这一点显然直击要害。他点了一两次头,并没有转过身来,好像在琢磨芙洛拉的话;于是芙洛拉一鼓作气,乘胜追击。

"无论如何,明天我去比尔肖恩都会给你买一个。"

就在这时,有人轻轻敲了敲那扇通向院子的关着的门;一秒之后,敲门声又重复了一遍。亚当蹒跚地走到门口,嘴里喃喃道:"我的小乖乖!"然后将门一把拉开。

一个裹着绿色长斗篷的身影站在门外,急速穿过房间并登上楼梯,速度快得令芙洛拉只来得及瞥了一眼。

她挑了挑眉毛。"那是谁?"虽然她这么问,但她已经知道答案了。

"我的乖乖——我的小埃尔芬。"亚当一边说,一边无精打采地拾起他的荆棘枝,它刚刚掉进壁炉旁的盛粥容器里了。

"说真的,她总是那么横冲直撞吗?"芙洛拉问,她认为她的表外甥女缺乏礼貌。

"是的,她就像林子里的法利赛人一样狂野、害羞。白天她出门去山上游荡,只和野鸟、兔子和石块在一起。是的,然后在晚上……"他的脸黑了下来,"是的,她也出门,四处游荡,远离爱她、娇惯她、当她是婴儿时就把她抱在怀里的人。她会让我的心碎成渣的,她会的。"

"她上学吗?"芙洛拉一边问,一边厌恶地看着橱柜,想找一块抹布来擦掉鞋子上的灰尘。"她多大了?"

"十七。不,别说让我的小乖乖上学的事,罗伯特·波斯特的孩子。汝等可以把白山楂花或黄水仙花当作我的埃尔芬送到学校去。她是从天空和野外的沼泽里学知识的,而不是从书本里。"

"多烦人啊。"芙洛拉说,她感到又孤单又生气。"大家今天早上都去哪儿了?我想在出门散步以前见茱蒂丝小姐。"

"阿莫斯主人下到排水井里了,看看赛利·露西家的波莉在不在,我们都觉得她掉进去了。鲁本主人去荨麻弗里奇牧场犁地了。塞思主人不知道去嚎叫村的哪里'不正经'了;茱蒂丝小姐在楼上摆弄卡片。"

"好吧,我上楼找她。'不正经'是什么意思?……不,你不用告诉我。我能猜到。午饭是什么时候?"

"男工们在十二点吃。我们要晚一个小时。"

"那我就一点再来。那个——谁——我是说,谁来做饭?"

"茱蒂丝小姐,她做饭。啊,你是担心会由我做吗?罗伯特·波斯特的孩子,省省汝的坏心眼吧,我连一片培根都不会给斯塔卡德家做的。我只给男工们做饭,就这么着。"

亚当准确地洞察了她的心思,这让芙洛拉脸红了,看起来更加明艳。她很高兴能赶紧上楼,不再受他的指责。不过总的来说,做饭的事让她松了一口气。至少在光临令人难以宽慰的农庄期间,她不会挨饿了。

她不知道茱蒂丝的卧室在哪里,但她找到了一个带她去那儿的向导。当她走到楼梯顶端时,身穿绿色斗篷的高个子女孩突然从厨房冲了出来,沿着走廊轻盈地朝她跑来。一看到芙洛拉,她就像被射中一样停了下来,站在那里,仿佛做好准备伺机逃跑一样。"真是惊弓之鸟。"芙洛拉暗想,但还是对她露出一个开心的笑容——或者更准确地说,是对遮住她半张脸的斗篷风帽露出一个开心的笑容。

"你想干什么?"埃尔芬冷冷地低声说。

"茱蒂丝表姐的卧室。"芙洛拉回答,"你愿意当个小天使,为我指下路吗?在一座大房子里,在什么都非常陌生的情况下,一个人是很容易迷路的。"

一双蓝色的大眼睛从手工编织的绿色兜帽下面直勾勾地望着她。芙洛拉若有所思,注意到那是一双漂亮的眼睛,但兜帽的绿颜色却不大对头。

她用充满说服力的话说:"请原谅我这样讲,但我觉得你穿蓝色的衣服会很好看。当然,某些绿色还不错,但我一向认为,暗绿色实在让人不能忍受。如果我是你,我就会试试蓝色——当然,是那些裁剪精良、简洁大方的服饰——但绝对是蓝色。你试试看。"

埃尔芬做了一个粗暴的、孩子气的动作，很不客气地说："这边走。"

她大步流星，沿着走廊大摇大摆地向前走，兜帽掉到了后面。芙洛拉看到了她一头蓬松的头发，但是没有被梳理过。如果穿着得体并得到精心的照料，她或许是一块发光的金子。这在芙洛拉看来很可悲。

"到了。"埃尔芬说着，猛地停在一扇紧闭的门前。

芙洛拉向她道谢。埃尔芬盯着她看了一会儿，又大步流星地走开了。

"必须马上管管她。"芙洛拉心想，"再过一年，一切就都于事无补了，因为就算她从这里逃跑，她也只能去布莱顿开一间茶室，附庸风雅、耍耍心机了。"

想到自己面临的艰巨任务，芙洛拉长叹一口气。她敲了敲茱蒂丝卧室的门，听到一声"进来吧"，便走了进去。

两百张塞思的照片——从出生六个星期到24岁，装饰着茱蒂丝卧室的墙面。她坐在窗前，身穿一件脏兮兮的晨衣，面前的桌子上摆着一包脏兮兮的卡片。床没有铺。她的头发散在脸上，像一窝死气沉沉的黑蛇。

"早上好，"芙洛拉说，"如果你在忙着写信，很抱歉打扰你了。我只是想了解一下，你是想让我自娱自乐、做自己的安排，还是想让我每天早上大约这个时候来看你？我个人认为，如果一个客人能四处闲逛并找到她自己消磨时间的方式，这样会自在得多。我相信你很忙，不愿费心照看我。"

茱蒂丝盯着她的表妹看了很久,接着把她长满了蛇的脑袋往后一仰,浮动着原始气息的空气突然变得稀薄,然后她突然大笑起来。

"忙!忙着给我自己织寿衣,许是这般。不,做你自己想做的事,罗伯特·波斯特的孩子,只要别破坏我的孤独。给我时间,我会为我男人对你父亲做下的错事赎罪。给……我们……所有……时间……"这句话被不情愿地、拖来拽去地说了很多次,"然后,我们都会赎罪的。"

"我想,"芙洛拉彬彬有礼地建议道,"你应该不介意告诉我是什么错事吧?我确实觉得,这样会让事情更简单一些……"

茱蒂丝的手用力一挥,把这些话推到了一边,像失明的野兽般突然躁动起来。

"我难道没告诉过你,我会守口如瓶?"

"当然,请便,茱蒂丝表姐。还有一件事……"

然后,芙洛拉尽可能小心地问表姐,她应该在何时,以及如何支付她第一笔每年一百英镑的费用;芙洛拉原本以为,她必须将钱交给斯塔卡德家保管才行。

"拿好它——拿好它。"茱蒂丝粗暴地说,"我们永远不会碰罗伯特·波斯特的半分钱。你在这里的时候,你就是'令人难以宽慰'的客人。你吃的每口东西都是我们用汗水支付的。本该如此。"

芙洛拉私下感谢了表姐的慷慨,但她也私下决定,她要尽快见到艾达·杜姆姨妈,看看这位老太太是否赞成这样挥霍无度的安排。芙洛拉确信她不会赞同,而且芙洛拉本人也对茱蒂丝的话感到恼火。因为如果她以客人的身份住在令人难以宽慰的农庄,那么对这一家的生活方式进行干涉,就将是极其无礼、不可原谅的行为;但如果她付了钱,她便可以随心所欲,想怎么干涉就怎么干涉了。她之前已经注意到了,在那些既有穷亲戚又有付费客人的房子里,也会出现类似的情况。

但这个问题可以等到之后再解决,眼下还有一些更重要的事需要讨论。她说:

"顺便说一句,我很喜欢我的卧室,但我可以请人洗一下窗帘吗?我相信它们是红色的,我也想确认这点。"

茱蒂丝这时已经陷入了她的冥思遐想之中。

"窗帘?"她茫然地问,抬起了壮阔的头颅。"孩子,孩子,我的孤独罗网已经很多年没被这种琐事打破了。"

"我相信这点。但还是那句话,我可以请人把它们洗一下吗?亚当可以吗?"

"亚当?他的手臂虚弱得没有力量。那个女佣梅里亚姆或许可以,但是——"

她的目光又转向了窗户,敞开的窗扉外正下着蒙蒙细雨。

芙洛拉也望向窗外,想要再试一次。茱蒂丝凝视着一间屹立在荨麻弗里奇牧场尽头的小木屋,它紧邻着院子四周破烂的栏杆。清晰而痛苦的女人哭声正从这间小木屋里传来。

芙洛拉挑起表示询问的眉毛,看着她的表姐。茱蒂丝点点头，垂下了眼帘，与此同时，一股猩红色的鲜血似乎从她的胸脯和脸颊下缓缓流过。

"那就是雇来干活的女佣。"她低声说。

"什么，没有医生吗？"芙洛拉惊慌地问。"难道最好的方法不是让亚当去嚎叫村找一个吗？我是说——在那个阴森森的小屋，一切都——"

茱蒂丝再次像失明的野兽般做了一个否定的手势，仿佛把一堵湿漉漉的否定之墙，插入了她与充满了鲜活生命的世界之间。她的脸是灰色的。

"让她清净点……在这种时候，像梅里亚姆这样的动物最好自己待着。这不是第一次了。"

"太惨了。"芙洛拉同情地说。

"已经是第四次了。"茱蒂丝哑着嗓子低声说。"每年盛夏，当素鸡草在墙上沉沉下垂的时候……都是这样。大自然的手掌心，我们女人都逃不出。"

（"哦，我们逃不出吗？"芙洛拉鼓足勇气想，但她只发出了表达遗憾的嘟囔声，那是她觉得适用于这种场合的。）

"好吧，但无论如何，她是不可能了。"她轻快地说。

"什么可能？"停顿了一下之后，茱蒂丝问。

她刚刚陷入了一阵恍惚的沉思。她的脸是灰色的。

"我是说窗帘。如果她刚生了孩子，她就不能洗窗帘了，对吧？"

"她明天就回来了。这种女人就像原野上的野兽。"茱蒂丝冷漠地说。

她似乎被一阵痛苦的重负压弯了腰，并因太过疲惫而没力气生气，但她一说话，一束轻蔑的光就如毒蛇般突然窜进了她那双被眼皮遮住的眼睛。她迅速地看了一眼摆在桌子上的塞思的照片。照片上的他正待在比尔肖恩流浪者足球俱乐部中心。他那年轻的四肢光滑油亮、曲线优美，黝黑的颜色闪耀着男性的骄傲，似乎对身上穿的那些朴素短裤和条纹针织运动衫感到不屑一顾。他的身体很可能是裸露的，就像他那丰满、肌肉发达的喉咙一样；这副喉咙如同一朵花的雄蕊，从毛衣领子里伸了出来，看起来饱满而骄傲。

"想来他有些胖，但真的非常英俊。"茱蒂丝沉吟，顺着芙洛拉的目光看去，"我想他大概不踢足球了——可能换成'不正经'了。"

"是的，"茱蒂丝突然喃喃地说，"看看他——真是我们这房子里的耻辱。我带他来到世上的日子，他从我怀里汲取的营养，上帝赐给他的用来求爱的、令软弱的女人们蒙羞的舌头，这些无不受到了诅咒。"

她站起身，望向外面淅淅沥沥的雨。

**小木屋里的哭声停了。一种疲惫的沉默，满载着付出巨大努力之后的虚弱，像一股瘴气般从院子里死气沉沉的空气中升起。周围的乡村景致——在雨中迷失、蜷缩的唐郡，露出尖牙般燧石的潮湿田野，被大风的爪子推到一旁的无叶荆棘，毫无生气的河流流经绵延数英里的繁茂草地——这一切，似乎全都被向内折叠了起来。它们的喑哑似乎是在说着："放弃吧。"没人能解释这种神秘的情况。一小时接着一小时，一分钟接着一分钟，只有身体会筋疲力尽地重回原始的苗条状态之中，那种苗条是宽容一切、理解一切的。

"好吧，茱蒂丝表姐，如果你确实认为她几天内就会回来的话，也许我今早会去看看她的小屋，为窗帘的事做些准备。"芙洛拉一边说，一边准备离开。茱蒂丝一开始没有说话。

"第四次，"终于，她低声说，"他们四个。可爱的孩子们。呸！那个畜生，还有爱！他——"

这时芙洛拉意识到，谈话不太可能为她带来什么好处了，于是她便匆匆离开了。

"所以他们都是塞思的孩子。"她一边想，一边在卧室里穿上她的雨衣。"真是太糟了。我想在任何别的农庄，大家都会说这做了个坏榜样，但显然不适用于这里。我想，我必须看看能对塞思做些什么……"

她穿过院子里地毯般的淤泥和稻草，一路上谁都没遇见，除了一个人，她通过他做的事情判断出他就是鲁本。

院子里的鸡跑来跑去，他正忙着收集掉落了一地的鸡毛，并将它们的数量与鸡身上空空的"鸡毛窝"做比较。她想，这一定是一种预防措施，为的是防止马克·多勒把鸡毛拿走送给他的女儿南希。

鲁本（如果真是他）太过全神贯注，以至于完全没有看到芙洛拉。

第六章

芙洛拉朝小屋走去,有些不安。她没有任何有关"分娩"的实践经验,因为她的那些朋友们即使结婚了,也都还没有孩子,而且她们中的大多数人还太年轻,只是把婚姻看作一个遥不可及的国度。

但通过阅读女性小说家们的作品,特别是那些未婚女性小说家的作品,芙洛拉已经对"分娩"有了生动的认识和了解。这些作品对不幸的已婚姐妹们进行的描写通常会长达密密麻麻的五六页,或是稀稀疏疏的八九页,每行内容都包含七个字和三个三个排在一起的数不清的逗点。

另一种流派则以谨慎而聪明的方式,对"分娩"一笔带过:"真抱歉——我来晚了——亲爱的——我——刚刚——生了个——孩子——我们——去哪里——吃晚餐?"这样的冷静态度让芙洛拉在深感好奇的同时,也认为它同样令人惊恐。

她有时会想,用"她被一个不错的小伙子抱到床上"那种老套的、无疑是偷懒的方式来描述这件事,是否并非最好的表达方式。

而第三种女性小说家则通过在26岁时写下一部好的、严肃的小说处女作的方式,将文学与母性结合起来;然后她们结婚、生孩子,经历分娩之后再给媒体写写《我该如何养育我的女儿》之类的文章,署名格温妮丝·布拉奇恩小姐,内容是这位才华横溢的年轻小说家,今天早上产下了一个女儿。在私人生活中,布拉奇恩小姐就是尼尔·麦克林蒂斯太太。

芙洛拉的一些朋友被这些有关分娩的细致描述吓坏了,更别提有多反感了,她们不得不跑去动物园贿赂饲养员,以此让自己相信,至少母狮子是在体面的独处中完成了一生中最伟大的事件的。看着母狮子在阳光下轻拍着它们矮墩墩的幼崽,这样的场景也会让人感到欣慰。毕竟,母狮子没有给报纸写文章,详细叙述她们是"如何养育幼崽"的。

芙洛拉也学会了"阅而不读"的艺术;如今,每当她一目十行地扫过关于笨重的外形、汗水、嚎叫或是床柱之类的短语时,她就把这些书放回书架上,阅而不读。

想到这些,她十分欣慰。同时,一个声音对她的敲门声做出了回应:"谁啊?"

"从农庄来的波斯特小姐。"她从容地回答,"我能进来吗?"

一片沉寂。"一个受到惊吓的人。"芙洛拉心想。最后,那个声音犹疑地喊道:

"乃找我做什么?"

芙洛拉叹了口气。奇怪的是,那些过着小说家们所谓"丰富的情感生活"的人，似乎都有些反应迟钝。对这些人来说，最常见的行为就是陷入恐惧和怀疑的复杂罗网之中。她已经准备好做一番冗长的解释了，但突然又改变了主意。她为什么要解释呢？的确，有什么可以解释的？

她推开门走了进去。

令她欣慰的是，里面没有汗水，没有嚎叫，也没有床柱，只有一个年轻的女人——她猜测是梅里亚姆，那个女佣——正坐在一个油炉旁读书，而一向有着敏锐感觉的芙洛拉一眼就认出，那是《奥尔加夫人的解梦书》。屋里没有孩子，她很困惑。但她太过欣慰了，也并不关心原因是什么。

这个女佣（当然了，她闷闷不乐，看起来就像一个成熟的水果）正盯着她看。

"早上好，"芙洛拉愉快地开口了"你觉得好些了吗？斯塔卡德夫人似乎认为你一两天内就会回来，所以如果你好了，我想让你清洗一下我的卧室窗帘。你什么时候能去农庄取它们？"

那个女佣蜷缩着，离炉子更近了一些，盯着芙洛拉看；而芙洛拉则饶有兴趣地发现，她的样子正符合"受尽折磨的哑巴"模式。女佣声音低沉、有气无力、慢吞吞地说：

"乃为什么要来这里，嘲笑我的耻辱呢——我昨天才摆脱我的麻烦。"

芙洛拉稍稍定了定神，说起话来。

"昨天？我还以为是今天？你一定——呃——我刚才听见

了什么？——那么，你十分钟前不是在哭吗？我和斯塔卡德夫人都听到了。"

一个阴沉的微笑触动了这位女佣的性感嘴唇。

"是的，我有点搞错了。我记得我的麻烦是在昨天。我的时间来时，斯塔卡德夫人并不在厨房，她怎么知道我经历了什么、怎么经历的？事情发生的时候我从不多说什么。某些人说得太糟糕了。妈妈说这是因为我精神振奋，吃得很饱。"

听到这些，芙洛拉既欣喜又惊讶。有那么一秒钟她在想，会不会是女性小说家们得到的有关"分娩"的信息都错了？不，并非如此。她回想起来，她们常常会给自己留下一个可钻的空子，那就是偶尔创作出一个原始的女人，一个像开花的青梅那样接近大地的生物，而且这个青梅生物从未因分娩而烦恼过，她会带着婴儿大步流星地离去，就同以往一样。显然，梅里亚姆就属于青梅这一类的生物。

"事实上，"芙洛拉说，"我很高兴听到你这么说。你什么时候能把窗帘摘下来？后天？"

"我从没说过要洗你的窗帘。要给仨娃找吃的，又来了第四个，还要照顾我妈妈，这还不够我受的吗？等素鸡草再次出现在荆棘丛里，我又在漫长夏夜里感到那么难受的时候，谁知道我身上又会发生什么事呢？"

"只要你运用智慧，看出它是并不存在的，就什么事都不会发生。"芙洛拉坚定地反驳，"我能坐在这个凳子上吗——谢谢你，没关系，我可以拿手帕当坐垫——我会告诉你，怎样看出这一切都没发生的。完全不必在意素鸡草——顺便问一下,素鸡草是什么东西?听我说。"

芙洛拉用冷静的言语,认真地、详细地向梅里亚姆讲解了预防过多素鸡草的方法,并解释了漫长夏夜对雌性造成的灾难性影响。

梅里亚姆听着,眼睛越睁越大。

"这是罪恶!这是公然打大自然的脸!"她终于害怕地大喊了出来。

"一派胡言!"芙洛拉说,"大自然在她自己的位置上待得好好的,但绝不能允许有谁把事情弄得一团混乱。现在记住,梅里亚姆不会再有素鸡草和没经过预防的夏夜了。至于你的孩子,如果你替我洗窗帘,我就付给你一笔钱,可以给孩子们买任何想吃的东西。"

对于芙洛拉应对素鸡草的论调,梅里亚姆似乎不太信服;但最终,她还是同意第二天去清洗窗帘,这让芙洛拉很满意。

芙洛拉一边做最后的安排,一边若有所思地环顾小屋。这是那种被用"悲惨的"来形容的小屋,但芙洛拉通过经验丰富的眼睛却看出,这间小屋明显是经过打理的(虽然从外表上看并不像)。她非常确信"青梅"并没有听说过"打理"这种过程,所以她很想知道这些工作是谁做的。

当她戴上手套时,门上传来了急促的敲门声。

"是妈妈。"梅里亚姆说,她叫道,"进来吧,妈妈。"

门开了,一个身影——从脚跟到贝雷帽,外加闪闪发亮的黑色小眼睛——吸引了芙洛拉的注意。门槛上站着的似乎是一条铁锈黑色的大披肩，一顶帽子在盘成球形的头发上闪着危险的光，而"球"则像皇冠般高高地顶在脑袋上。

"早上好，小姐。真是糟糕的一天。"大"披肩"将一把大伞收了起来，发出"啪"的一声。

在萨塞克斯，竟然有人用这么礼貌和正常的方式称呼芙洛拉，着实让她吃了一惊，她几乎忘了回答。但习惯毕竟是强大的，她迅速恢复了理智，欣然表示赞同，说这一天确实很糟糕。

"她是从农庄来的。她想让我为她洗卧室的窗帘——我的麻烦才刚刚结束一天。"梅里亚姆说。

"'她'是谁？猫妈妈？"披肩被猛地打开了，"和这位女士好好说话。你一定要原谅她，小姐。她更像她父亲那一边的。啊！对我来说，那一天真是黑暗的日子。我和艾格尼·比特尔（Agony Beetle）[①]好上了，后来离开西顿汉姆，去了萨塞克斯（我家所有人都住在西顿汉姆，小姐，已经有四十年了）。洗窗帘？好吧，我从没想过还能活着听到令人难以宽慰的农庄里有谁说想要洗东西。他们这习惯可能是从老亚当开始的——不管他叫自己什么。她会为你洗的，小姐。明天下午我会亲自把它们带给你，并为你装上。"

芙洛拉回答说这样非常好，而这也体现出，令人难以宽慰

[①] 艾格尼·比特尔（Agony Beetle），字面意思是"极度痛苦的甲壳虫"。

的农庄的气氛造成了一种累积效应:当她和一个看似拥有平常人特质的人说话,并且这个人仿佛也意识到(尽管是模糊地意识到),任何人在开始享受生活之前必须要将窗帘洗干净,必须让生活大体上井然有序的时候,她几乎被感动了。

她想着是否应该问候一下婴儿的安康,但又觉得这样做不大得体。恰巧在这时,比特尔夫人对女儿提出要求:

"好吧,你难道不问问我,他怎么样吗?"

"我知道。没必要问。他会没事的。他们都这样。"她闷闷不乐地回答。

"好吧,你这么说真没必要,听起来就像你不希望他们没事似的。"大"披肩"尖刻地说,"上帝知道,他们不太受欢迎,小可怜儿们。但既然他们来到世上了,我们就得把他们好好养大。我也会的。这对我有好处。再过四年,我就可以用得上他们了。"

"怎么用?"芙洛拉在门口问。迄今为止,这条大"披肩"一直表现出令人敬佩的品格,她是否就要在此时暴露自己的缺陷了?

"把他们四个训练成一支爵士乐队,"比特尔夫人迅速回答,"我在《人民新闻》上看到的,他们会在西部的夜总会里演出,一晚上的收入就能高达六英镑。好吧,我就想,正如你可能会说的,这是一支为我准备的乐队,有他们四个真好。他们都是小家伙,和我是一家人,我可以在他们学习演奏时监督他们。这就是我要用大量的牛奶把他们好好养大,看着他们早早上床睡觉的原因。因为到那时,如果他们必须等奶牛们回家之后再去夜总会演奏一整夜的话,他们得使出浑身力气才行。"

虽然芙洛拉十分震惊,但她却觉得,尽管比特尔夫人的计划可能有点冷酷无情,但至少是有组织性的,这比把养育四个胚胎音乐家的事交给他们的母亲或是(一个更黑暗的想法)艾格尼·比特尔祖父他本人,对他们未来生活起到的引导作用要好得多。

于是芙洛拉愉快地告别了梅里亚姆和她的母亲,说她过段时间再来看望新生儿,之后便离开了。

**在她走后,小木屋如同坠入了一个昏暗的低谷,变得无精打采起来,而将这个低谷刺透的,唯有从比特尔夫人的个性中散发出的耀眼光束。这道光束似乎将两个女人身上所有悸动的、尚未成型的欲望,从无数捉摸不定的细线汇成了整齐的一条。

梅里亚姆蜷缩在她的凳子上,粗犷的身体轮廓延展开来,就像在永远拥挤而丰饶的土地上历尽千辛万苦生长起来的大自然产物一样。

她低声说了几句下流话,开始将芙洛拉劝告她做的事告诉她妈妈。她的音调扬起……落下……扬起……落下,喉间发出的音节夹杂着比特尔夫人挥动扫帚的嗡嗡声。中间有一次,比特尔夫人猛地打开窗户,咕哝着说这个地方足以让黑人都窒息,但除了这次小插曲外,一直是梅里亚姆在絮絮叨叨说个不停,同大地发出的声音一样沉闷单调。

"好吧,你不必这样'嗡嗡嗡嗡'地说,就像在和牧师忏悔似的。"在梅里亚姆说完、自信地得出结论后,比特尔夫人说,"这对我来说不算新闻,虽然我不确定怎么做,或者要花多少钱……但毕竟,现在我们知道了,多亏了这位山坡上来的'管闲事小姐'。我敢说,她并没有那么好,大老远跑到这儿来,厚颜无耻地和你说这些,真是孩子气。不过无论如何,她看起来确实像偶尔会洗澡的,而且她也没把自己涂抹得花里胡哨,就像如今大多数人那样。她告诉你的那些事,我可理解不了,你要当心,这是不对的。"

"是的,"她的女儿表示赞同,缓缓地高声说,"这是罪恶的。这是公然打大自然的脸。"

"是的。"

停顿了一下,比特尔夫人手拿扫帚站在那里,眼睛紧紧地盯着油炉。然后她又说了一句:

"不过,或许值得一试。"

第七章

芙洛拉的情绪一向是温和平稳的,但到了第二天的午饭时间,连绵不断的雨水、农庄在她眼前仿佛腐朽崩塌的凄凉惨状,以及她的亲戚们的外貌与性格,共同形成了一股强大的力量,使她产生了一种既不寻常也不愉快的忧郁感。

"这可不行。"她一边想,一边从她的卧室窗户望向外面被雨水浸湿的乡村,她曾在那里整理散步时摘下的花蕾和树枝。"我可能是饿了,午饭可以让我恢复精神。"

但转念一想,这顿午饭很可能是斯塔卡德家的某个人做的,孤独地参与其中或许会让她感觉更糟。

昨天的餐饭她吃得很不错。一点钟的时候,茱蒂丝为她准备了一块肉饼和一些甜食,放在冒烟的炉火边,就在牛奶厂隔壁一间贴有褪色的绿色墙纸的小客厅里。芙洛拉也在这儿喝过下午茶、吃过晚饭。那两顿饭都是比特尔夫人端上来的——真是令人愉快的惊喜。似乎每逢梅里亚姆分娩时,比特尔夫人就会前来农庄接替她女儿的工作。芙洛拉的到来正好赶上了其中的一次——正如我们所知的那样，这种事经常发生。比特尔夫人也每天都来为艾达·杜姆姨妈准备餐饭。

但目前为止，芙洛拉还没有见过塞思、鲁本或其他任何一个斯塔卡德家的男性。茱蒂丝、亚当、比特尔夫人以及偶然瞥见的埃尔芬，就是她对农庄居民和仆从的全部了解。

然而她不满意。她想见见她年轻的表外甥、她的姨妈艾达·杜姆，还有阿莫斯。要是她都没有见过任何斯塔卡德家的人，又怎么能插手令人难以宽慰的农庄里的事务，把一切打理得井然有序呢？但现在，当这一家人坐在食槽边，她甚至还不敢大胆地走进厨房做自我介绍呢。这样的行为会降低自己的尊严，从而影响她未来的权力。一切都很难办。或许茱蒂丝并没有主动打算阻止芙洛拉与家里其余的人见面，但到目前为止，她却只促成了这个结果。

不过在今天，芙洛拉决定去见见她的表外甥——塞思和鲁本。她认为下午茶时间会为她制造一个很好的机会。如果斯塔卡德一家不喝下午茶（很可能他们确实不喝下午茶），她就自己准备，然后再告诉他们，她打算在到访的这段时间，在获得他们名义上的许可的情况下，每天下午都这么做。

不过这一点可以之后再考虑。眼下她正准备去嚎叫村，看看那里有没有小酒馆能让她吃个午餐。在任何别的人家，这一举动足以终止她在此地的居留权。但在这里，甚至不会有人注意到她的消失。

于是，一点钟的时候，芙洛拉已经坐在了"死囚"沙龙酒吧——嚎叫村里唯一的酒馆,询问老板娘莫瑟太太①做午餐了吗?

莫瑟太太回答说没有;与此同时,一个象征着感激的微笑颤抖着掠过了她的脸庞,就像一个眼看着别人掉进大坑而自己却逃过一劫的人露出的笑容一样。

"至少,八月只开张两天,不是总开的。"她愉快地补充了一句。

"你不能假装现在就是八月吗?"芙洛拉质问道,她饿极了。

"不能。"莫瑟太太言简意赅。

"好吧,如果我去肉铺买一块牛排,你会帮我做吗?"

出人意料的是,莫瑟太太说她会的;更令人惊讶的是,她又补充了一句,说芙洛拉可以吃些他们自己吃的东西。芙洛拉有点轻率地接受了这个提议。

最后事实证明,他们自己吃的是苹果馅饼和蔬菜,所以芙洛拉吃得很好。在肉铺老板那儿耽搁了好长一段时间后,芙洛拉拿着她的牛排回来了——肉铺老板都以为她疯了;然而在她看来,似乎从她买下那块牛排,到现在它被做成棕黑、可口的样子摆在"死囚"酒吧的客厅里,只不过是短得令人惊奇的一小会儿。

就算莫瑟太太在一旁的徘徊也没能让她扫兴或是破坏胃

---

①莫瑟太太(Mrs Murther),字面意思即"谋杀太太","Murther"本意是"谋杀"。

口。莫瑟太太似乎是听天由命的,而不是感到绝望的。她的脸庞和举止令芙洛拉想起了她所熟悉的伦敦东区佬的话:"哦,得了,别发牢骚了。"尽管芙洛拉也知道,在嚎叫村听到这句话的频率原比想象中还要多,因为那里的所有人都觉得他们必须发牢骚,而且要一直发下去才行。

"我得走了,去看看另一位先生的晚餐。"莫瑟太太说。她已经徘徊很久了,直到确定了芙洛拉得到了盐、胡椒、面包、叉子以及想要的其他一切东西。

"还有一位先生吗?"芙洛拉问。

"是的,他待在这儿。一个写书的作家。"玛丽·莫瑟回答。

"他会是……"芙洛拉轻声咕哝,"他叫什么名字?"(因为她想知道自己是否认识他)

"麦八阁[①]。"不可思议的答案。

芙洛拉根本不相信,但她正忙着吃饭,顾不上投入一场又长又累的辩论。她认定这位麦八阁先生是一个天才。天才往往会通过单边执行契约的方式改变自己的名字。

这到底是有多无聊啊,她想。难道她在令人难以宽慰的农庄要做的事还不够多吗?偏偏又来了一个叫"麦八阁"的天才,就待在离农庄一英里以外的地方,而他又很可能会爱上她。

因为她从以往的经验中得知,知识分子和天才们很少倾心于和他们自身脾气性格相仿的女性,他们的鞋子和发型都十分

---

① 麦八阁(Mybug),字面意思是"我的小错"。

古怪，却被她这样虽然保守却很正常、着装得体的人所吸引，而对于上述这些天才和知识分子们意志坚定的求爱，她则往往感到既恐惧又惊慌（更不用说厌恶了）。

"好吧，他都写些什么书？"她问道。

"他在写有关另一个也写书的年轻人的书；然后他的姐妹们假装这些书是她们写的，然后没过多久就都因为肺结核死了。可怜的小东西。"

"哈！布兰威尔·勃朗特[①]的人生。"芙洛拉想。"我早该料到了。一段时间以来，男性知识分子对于'一个女人写下了《呼啸山庄》'这个想法越来越不满。我想他们中迟早会有谁写出这种东西的。好吧，我必须躲开他，就这样。"

她继续吃起了苹果馅饼，但这回没有那么舒服了，她的速度更快了一些。因为她很紧张，害怕麦八阁先生会突然进来，然后爱上她。

"别慌，他从来不会在两点半以前回来。"莫瑟太太读出了她的心思，安慰道，同时又有些尴尬地欲言又止。

"不论什么天气，他都会去唐郡的。一切还满意吗？那就是一英镑六便士，谢谢。"

走在回农庄的路上，芙洛拉感觉好多了。她决定花一下午的时间整理一下她的书。

当她穿过院子的时候，里面传来了生命的声音。木桶在母

[①]布兰威尔·勃朗特（Branwell Brontë），英国画家、作家，勃朗特家族唯一的儿子，著名作家"勃朗特三姐妹"艾米莉·勃朗特、夏洛蒂·勃朗特、安妮·勃朗特的弟弟。

牛牛棚里咔嗒作响，嘶鸣声从昏暗的公牛牛棚里传来。"它一定从没被放出去过，也没见到过阳光下的田野。"芙洛拉心想，她将这个想法记了下来，以便将来再做处理。鸡舍里传来了交战的声音，但却见不到人影。

四点时，她想下楼去找些茶喝。她不愿费心去偷窥她的小客厅，看看桌子上是否放着自己的茶。于是她便径直走进了厨房。

毫无疑问，厨房里是没人准备喝茶的；一看到饭桌上昨天晚餐时留下的炉灰、食物残渣和胡萝卜碎屑，她就意识到自己之前太过乐观了，竟还期待着什么。

但她并未气馁。她给水壶加满水，在火上添了些木柴，然后把水壶放在上面，用亚当的干毛巾（她用钳子夹着毛巾）把桌子上的晚餐残渣擦干净，在伤痕累累的白镴茶壶四周摆上茶杯和茶盘。她找到了一条面包和一些黄油，但没有果酱，当然，也没有任何类似的具有女性气质的东西。

水壶里的水烧开了，就在她正要冲上前抢救的时候，一道阴影遮住了房门；鲁本站在门边，带着一种既震惊又愤怒的表情，看着芙洛拉准备茶点的英勇举动。

"你好。"芙洛拉抢先说，"我想你一定就是鲁本了。我是芙洛拉·波斯特，你的表姨妈，你或许知道。你还好吗？看到有人进来喝茶，我真高兴。快请坐。你要加奶吗？不加糖……当然……或者你想加吗？我是加的，但我的大多数朋友都不加糖。"

*** 昏暗的光线刺穿了低矮的窗户,那个男人的巨大身躯一动不动,仿佛被光线凿出了危险的线条。他的脸湿透了,在灰色的皱纹后面,思绪就如山洪暴涨般汹涌澎湃。对这片土地的爱就像酵母菌,在他的血管里缓慢地发酵,而一个女人……该死!该死!她要从他的手里将它夺去。女人味十足、年轻、肤色柔和、无礼的女人。他的目光突然犀利起来。打败她。打败。守住、看住、紧紧看住这片土地。这片土地,因渴望雨水而结霜的土地上的那些犁沟,具有旺盛的繁殖力的雨水之矛,肿胀、缓缓爆开的种子壳,母牛的气味和叫声,公牛在"那些时候"为它的新娘踩出的小路。全是他的,他的……

"你需要一些面包和黄油吗?"芙洛拉一边问,一边递给他一杯茶。"哦,别管你的靴子。亚当可以之后把泥巴擦干净的。快请进。"

被打败了。鲁本进来了。

他站在桌子旁,面对芙洛拉,使劲地吹着茶,目不转睛地盯着她看。芙洛拉没有介意。这很有趣——就像在和犀牛喝茶一样。此外,她也为他深感遗憾。在斯塔卡德一家的所有人中,看起来,他从生活中得到的乐趣最少,毕竟,这一家的大部分人都找到了自己的一些乐趣。阿莫斯从宗教中找到了,茱蒂丝从塞思身上找到了,亚当从哑巴牲口那里找到了,埃尔芬从穿着古怪的绿裙子、在雾蒙蒙的唐郡跳舞中找到了,塞思从"不正经"活动中找到了。但鲁本似乎什么都没找到。

"是太烫了吗?"她问道,面带微笑地把牛奶递给他。

浑浊的曲线发出呜呜声,被吹入了茶杯柚木色的深处。他继续吹,并盯着她看。芙洛拉想让他放松一些(如果他知道放松是什么意思的话)。于是她从容不迫地继续喝茶,暗中希望有些黄瓜三明治就好了。

沉默了七分钟之后,鲁本瞟了一眼芙洛拉的手表。他的脸明显地战栗了一阵,他的喉咙里传来一连串低沉的噪声,这让芙洛拉以为他就要对她说话了。她就像一个正在拍摄一家十四头狮子的摄影师一样小心翼翼,没有做出任何反应。

她的自控力颇有成效。又过了一分钟,鲁本说出了以下这句话:

"从五点钟起,我犁了两百条沟。"

芙洛拉觉得这句话太难回应了。这是抱怨吗?若是如此,一个人可能会回答:"亲爱的,你也太差劲了!"但另一方面,这也可能是自夸,在这种情况下,正确的回答则应该是:"伙计,好样的!"或者更简单点说:"太棒了!"但她的回答最终还是落在了一句相对安全的话上:

"是吗?"声音是轻快和兴致勃勃的。

她立刻看出她说错了话。鲁本的眉毛垂了下来,下巴突了出来。太恐怖了!他以为她在怀疑他说的话!

"是的,我做到了。两百。两百条犁沟,从蒂克尔便士角到荨麻弗里奇牧场。是的,没有别人的帮助。你能做到吗?"

"的确不能。"芙洛拉诚恳地回答,而她的"守护神"(她后来觉得，它一定是加班过度了）促使她补充了一句："不过，你看，我也不该想要做到。"

这句坦白的话看似无辜，却对鲁本产生了惊人的影响。他"砰"地放下杯子，猛地把脸凑向前，紧紧地盯着她。

"那你就是做不到了，嗯？是的，不过你就得付一大笔钱雇人来帮你做了。我要说——简直是浪费农庄的钱。"

芙洛拉开始明白是怎么回事了。他以为她在打农庄的坏主意！

"我的确真的不会。"她迅速反驳道。"我根本不在乎蒂克尔便士角是不是被犁过。我也不想和荨麻弗里奇牧场扯上任何关系。我会——"她和蔼地笑着，对鲁本说，"我会让你代我去做所有事。"

但令她惊恐的是，这样努力的结果却对她非常不利。

"让！"鲁本大喊，把桌子捶得砰砰响。"让！对一个照料着病怏怏的土地、对每一寸土地上的素鸡草都了如指掌的男人来说，这是多么火辣辣的用词。让……是的，一个好词——"

"我真觉得，我们还是说清楚这件事为好。"芙洛拉打断他的话，"这会让事情容易得多。我不想要这个农庄。真的，我没有。事实上。"她犹豫着，不知是否应该告诉他，"人人都想拥有农庄"这个想法在她看来简直就是不可思议的。但最后，她觉得这样做还是不太礼貌，也不太友好。"嗯，我从来没有这样的想法。我对农牧业一无所知，我也不想了解。我更想把它留给对它了如指掌的人，就像你。哎呀，光是想想收割素鸡草和其他的那些事，就有多混乱啊！你一定看得出，我是这世上最后一个学得会犁沟的人。我确定你会相信我的话。"

又一阵战栗，比第一次那种略微复杂一些，再度掠过了鲁本的脸庞。他似乎就要说话了，但却没有开口。他"砰"地放下茶杯，最后盯着芙洛拉看了一眼，跺着脚走出了厨房。

这次会面的开端虽然不错，但结尾却不太让人满意；不过，芙洛拉并没有因此乱了心神。很明显，虽然他目前还不相信她，但他心里却是希望如此的，这样一来，战斗就已经打赢了一半。当她凭着不错的运气说出"不想犁沟"那句话后，他差点就相信她了；只不过，他粗鲁和多疑的天性阻止了他。等到下一次她再度向他保证，她是不会觊觎令人难以宽慰的农庄的，鲁本就一定会相信她说的都是真话了。

炉火现在烧得很旺。芙洛拉点了一根蜡烛，这是她从卧室拿下来的，然后又做了些针线活来打发时间，一直做到她在自己的房间吃晚餐的时候。她正在做一条衬裙，用抽纱的刺绣来点缀它。

过了一小会儿，就在她安静地做活之时，亚当从院子里进来了。为了不淋雨，他戴了一顶帽子。那顶帽子如同经历了——谁知道是怎样黑暗的时间，它失去了正常的形状、颜色、尺寸以及那些将帽子定义为帽子的微妙的族群记忆联系，现在就像是某些隐秘生长的大自然产物，如同附着在别的物体身上的苔藓、海绵或真菌。

他用手指夹着一束荆棘枝，芙洛拉推测那是他刚刚从院子里的某棵树上折下的。他炫耀般地将它们举在胸前,仿佛在举着一支火炬。

他穿过厨房,从帽檐下不怀好意地瞥了芙洛拉一眼,但什么也没说。他把荆棘枝小心翼翼地放在水槽上方的架子上,然后又打量了她一遍;但她仍在做针线活,一言不发。于是在重新摆放了一两次荆棘枝并咳嗽了几声之后,他咕哝道:

"是的,要是没有像它们一样可以刮盘子的东西,它们也够我用的了,能一直用到米迦勒节。是的,对好马来说,绳子就像缰绳一样好用。诅咒如乌鸦般飞回家,歇在谷仓和别人怀抱里。"

显然,他还没有忘记芙洛拉提起的用小洗碗刷洗盘子的建议。等他拖着脚步走后,她心想,下次再去嚎叫村的时候,一定要记着给他买一个。

但还没想完这件事,芙洛拉就听到外面的院子里传来了脚步声,一个年轻人走了进来——仅剩下一种可能,他是塞思。

芙洛拉抬起头,露出一个清高的微笑。

"你好吗?你是塞思?我是你的表姨妈,芙洛拉·波斯特。我想你来得太晚了,已经没有茶了……除非你愿意给自己做些新鲜的。"

他像慵懒而优雅的美洲豹一般走到她的身边,倚靠在壁炉架上。芙洛拉立刻就看出,他不是那种能用邀请喝茶来讨好的人。她做好准备了。

"你做的是什么?"他问。芙洛拉知道,他希望那是一条女士内裤。她镇静地抖开衬裙上的褶皱，回答说那是一块下午茶布。

"是的……女人的无聊事。"塞思低声说（芙洛拉很想知道，他是怎么做到把声音降了半个八度的）。"女人们全都一个样——忙着做些毫无用处的衣服装饰，她们真正想要的是男人身体里的血液和心脏，还有他的灵魂和尊严……"

"真的吗？"芙洛拉一边说，一边在她的工具箱里找剪刀。

"是的。"他低沉的声音中带着刺耳的音符，奇怪地交织成一种好似动物发出的声音，比如白鼬或黄鼠狼的叫声。

"那就是女人想要的全部——一个男人的一生。等到把他绑在她们毫无用处的衣服装饰和温存中之后，他便动弹不得了，因为她们对他的渴望，就像男人血液里的哭叫声一样——你知道接下来会发生什么吗？"

"恐怕我不知道。"芙洛拉说。"你介意把壁炉架上的那卷棉花递给我吗？就在你耳朵边。非常感谢。"塞思机械地递过去，然后继续说。

"她们会吃掉他。就像母蜘蛛吃掉公蜘蛛那样。这就是女人们做的事——如果一个男人放任她们的话。"

"的确。"芙洛拉评论道。

"是的——但我说的是，如果一个男人放任她们的话。而我——我是不会放任任何女人吃掉我的。相反，是我吃掉她们。"

芙洛拉认为，在这个时候，保持一种看似欣赏的沉默才是最好的对策。事实上,她发现很难用语言来回复他,因为,毕竟他的谈话——她以前也加入过这样的谈话(在布鲁姆斯伯里的派对上,还有切尔滕纳姆的客厅里)——主要是一种通过耍手段来占领地盘的行为,一种在游戏正式开始前擅自挪棋的举动。不过就她而言,假如其中一个选手对这一切感到有些厌烦,只想知道她能否在那天晚上睡觉前喝点热牛奶的话,游戏也就玩不下去了。

的确,在布鲁姆斯伯里和切尔滕纳姆,绅士们不会因为自卫而说太多有关"吃掉女人"的话,但无疑,这正是他们的本意。

"吓到你了,嗯?"塞思说,他误解了她的沉默。

"是的,我认为这很可怕。"芙洛拉好脾气地迎合他,回答道。

他笑了。这笑声听起来很残忍,就像白鼬把脚踩向兔子的脖颈时发出的噼啪声。

"可怕……是的!你们都很像。你就和其他人,和你们所有那些伦敦佬一样。像小学生似的,说话拐弯抹角。我敢说,你连我说的一半都不明白,对吗?幼稚。"

"恐怕我没听到全部,"她回答,"但我相信这非常有趣。有时间你一定要告诉我有关你的工作的所有事。现在,当你——呃——不吃人的时候,你一般都会在晚上做什么?"

"我去比尔肖恩。"塞思闷闷不乐地说。他那男性的骄傲火焰有些暗淡了。

"玩飞镖?"芙洛拉问。

"非也……我会和一群老男人玩孩子的游戏?不,我是去看有声电影的。"

当塞思这段抑扬顿挫的话说到最后一个词时,一个余音袅袅、伤感惆怅、近乎柔声细语的音符,闯入了他那动物般古怪的声音中。这促使芙洛拉把手头的针线活放到了膝盖上,抬头看了他一眼。她若有所思地注视着他那不规则但却很英俊的面庞。

"有声电影?你喜欢它们吗?"

"全世界没有比它更好的东西了,"他激动地说,"我母亲,这个农庄,唐郡的紫罗兰,或者任何东西,哪个都没它好。"

"的确,"他的表姨妈沉吟道,仍在若有所思地盯着他的脸,"那很有趣,的确很有趣。"

"我有七十四张洛塔·芬查尔的照片。"塞思透露说,在谈论起自己的激情时,他变得就像那些被形容成"几乎和人类一模一样"的猴子。"是的,还有四十张詹妮·卡罗尔的,五十五张劳拉·瓦尔的,二十张卡莱恩·'大树'的,十五张西格丽德·'大漩涡'的。是的,还有十张帕内拉·巴克斯特的。都是签了名的。"

芙洛拉点点头,表现出既有礼貌又感兴趣的样子,但对于这些突然发生的事,她丝毫不清楚应该采取怎样的计划;而塞思在猜疑地瞥了她一眼后,突然有了一种背叛自我的感觉——他竟然和一个女人谈起了爱情之外的东西。他很生气。

于是他咕哝道,他要去比尔肖恩看《甜蜜的罪人》了(他显然是被这场有关激情的讨论挑起了情绪),便离去了。

夜晚余下的时光在静谧中流逝。晚餐时,芙洛拉吃了一张鸡蛋饼,喝了一些咖啡,这些都是她在自己的起居室里准备的。晚餐后,她完成了衬裙的胸部设计,读了一章《麦卡利亚或圣坛》,然后在十点时上床睡觉了。

这一切都让人很愉快。脱衣服的时候,她进行了一番思考,认为她对令人难以宽慰的农庄进行的"井然有序"改造运动可以说是进展得相当不错的,特别是当她想到,她在这里才待了不过两天而已。她向鲁本表示了友好。她指导了女佣梅里亚姆并将"预防艺术"传授给她,还洗好了窗帘(它们如今挂在烛光下,看起来不仅气派,还是猩红色的)。她发现了塞思那炽烈的热情的源头,它不是女人,而是有声电影。她已经想到了一个计划,可以充分运用在塞思身上,不过她可以之后再考虑细节问题。她吹灭了蜡烛。

不过(她一边想,一边把凉凉的额头靠在冰冷的枕头上),这种在她自己的卧室、孤独而安静地过夜的习惯,绝不能让她忘记自己的"改造计划"。很明显,她必须与斯塔卡德家的人一起进餐几次,然后学着了解他们。

她叹了口气,睡着了。

第八章

接下来的一周,她在与阿莫斯见面这件事上遇到了一些困难,与此同时,也没有一个人提起要将她介绍给艾达·杜姆姨妈。每天早上九点,芙洛拉都看着比特尔夫人蹒跚地走上楼梯,手中的托盘里装满了香肠、果酱、粥、烟熏鲱鱼、一大壶浓茶,还有被芙洛拉尖刻而勉强地认作半条面包的东西。不过只要比特尔夫人一走进艾达姨妈的房间,那扇门就会被永远地关上;而当比特尔夫人出来的时候,她也不怎么说话。有一次,她听到芙洛拉正在谈论从老斯塔卡德夫人卧室里端出来的空盘子,便说:

"是的……你可能会说,我们今天早上有点吃不饱了。我们只有两份粥,两个煮鸡蛋,一份腌鱼,还有半罐去年夏天亚当从牧师集市偷来的果酱。不过,上帝知道,这足够让我们保持身体健康了。"

"我还没见过我的姨妈。"芙洛拉说。

比特尔夫人忧郁地回答说,芙洛拉并没有错过太多,她们便不再谈论这件事了。因为芙洛拉不是那种会质疑用人的人。

但就算她曾有过质疑，在她看来，比特尔夫人也显然不是泄露秘密的那类人。芙洛拉觉得，她并非完全不认同老斯塔卡德夫人的看法。曾有人听她说，即使她两岁时曾在柴棚里看到了恶心的东西，但令人难以宽慰的农庄里至少还有一个人懂她。芙洛拉不清楚这第一句话可能是什么意思，或许是当地的一句土话吧。

但无论如何，如果姨妈不想见她，她便不能要求与姨妈见面；当然，如果姨妈想见她的话，她一定会命令别人把她带到面前的。也许老斯塔卡德夫人知道芙洛拉要去把农庄打理得井然有序，所以打算采取一种消极抵抗的政策。在这种情况下，早晚都要采取行动，打入敌人的堡垒。但可以先等等。

此外，还有阿莫斯。

她从亚当那里了解到，他每星期都会去教堂给"颤抖的弟兄们"教会布道两次，这是一个宗教派别，总部位于比尔肖恩。她突然想到，她可以找一个晚上陪他一起去，然后在开车前往镇上的漫长路途中对他下手。

于是，在她到达农庄后的第二个星期四晚上，她的表姐夫在喝过茶后走进厨房（因为他认为晚餐很难吃，所以从来不吃）。她朝他走过去，态度坚决地说：

"你今晚要去比尔肖恩给'颤抖的弟兄们'布道吗？"

阿莫斯注视着她，仿佛是第一次见到她一样（或者是第二次）。*** 冬日渐渐下沉，如一颗黄褐色的柠檬，跳动在摩克山的唇边，苍白、锐利的光线穿过敞开的屋门，投射在厨房里。他巨大的身躯如被狂风折磨的荆棘般粗野，在落日微薄而柔和的火焰上投下影子，显得黑乎乎的。稀薄的空气中，扇子状的树林像老化的骨架一样承受着侵蚀，身边似乎环绕着众多明亮而无形的幽灵，它们属于无数逝去的夏天。冷风的波浪好似玻璃，拍打着任何碰巧在室外的人的眼皮。高处，一些白垩色的云在苍白的天空中飘动，天空弯弯曲曲地勾出了唐郡的轮廓，像一个倒置的、巨大的香槟壶。嚎叫村则形似一头精疲力竭的畜生，蜷缩在山谷中，结了霜的屋顶像花椰菜的叶子一般又脆又紫，又如同即将迎接春天的野兽。

"是的。"阿莫斯终于说。他身穿厚重的黑色棉布衣服，这让他的腿和胳膊看起来和排水管一样。他还戴了一顶结实的小毡帽。芙洛拉猜想，或许有些人会说，他正行走在一个令人毛骨悚然、烟雾缭绕的地狱中，而这个地狱就是他自己受到的宗教折磨。但无论如何，他只是个粗鲁的老人罢了。

"他们会被烧死在地狱里的。"阿莫斯满意地补充道，"我也一定会告诉他们。"

"好吧，我也能一块去吗？"

他看起来并不惊讶。事实上，她在他的眼中捕捉到了一道胜利的光，仿佛他早就在期待她能看到自己的错误，然后找他和"弟兄们"寻求灵魂慰藉一般。

"是的……汝可以来……汝这等可怜的罪人。或许汝认为，若汝走到我身边，鞠躬和颤抖，汝就会逃过地狱之火的劫难。

但我告诉汝,不能,太迟了。汝会在剩下的日子里被火烧灼。会有时间让汝说说犯下了什么罪过的,但时间不多。"

"我必须大声说出它们吗?"芙洛拉有些惊慌地问。她突然想到,她以前从一些朋友那里听到过类似的习俗,那时他们正在宗教生活的伟大中心——牛津——接受教育。

"是的,但不是今晚。非也,今晚会有太多人大声说出他们的罪过了,上帝没时间听你这样新来的绵羊说话。况且,或许圣灵并不能感化你。"

芙洛拉确信它肯定不能。于是她便上楼戴好帽子,穿上外套。

她的确很想知道"弟兄们"教会是个什么样子。在小说中,那些在日常生活里未能获得乐趣与兴奋、继而转投宗教的人们,往往都是灰头土脸、唉声叹气的。或许"弟兄们"里的人都是灰头土脸、唉声叹气的……尽管她所过的生活与小说家们描述的迥然不同,因为这一切都太真实了。

莫格灯笼刚刚被点亮,光线下的院子被涂满了层层金光和高耸的阴影(这个灯笼是特别用来在晚上游逛时携带的,为的是看看是否有流浪猫在追母鸡)。

"毒蛇",这匹被阉割的、身形巨大的马被套上挽具,固定在了双轮轻便马车上;刚才,亚当被人从牛棚里叫出来套马,而现在的他紧紧抓住缰绳,被甩动得在空中上下摇摆。

那头巨大的牲口有19个4英寸那么高,它邪恶地将头猛地一摆,亚当虚弱的身体便飞入了黑暗,飞过莫格灯笼画出的金色光圈，消失在视线外了。

然后他又掉了下来，像一只歪歪扭扭的灰色飞蛾掉进了光里；这时，"毒蛇"又猛地低下头去，嗅起了它脚边臭气刺鼻的稻草堆。

"走吧。"阿莫斯对芙洛拉说。

"有小毯子吗？"她一边说，一边靠在炉火边取暖。

"没有。罪过在汝的骨髓里燃烧，会让汝暖和。"

但芙洛拉可不这么想，她急忙跑进厨房，取了她的皮大衣回来，此前她一直在缝补皮衣衬里上的一个小裂口。

当她抬起脚迈向台阶时，亚当从她脑袋旁边一闪而过，像一只苍老的田凫般痛苦地哀号着。他闭上了眼睛，灰色的脸庞紧绷着，如同带了一副殉道者的崇高面具。

"请放开缰绳吧，亚当。"芙洛拉有些痛苦地催促道，"它会伤到你的。"

"不。这是在训练我们的'毒蛇'。"亚当虚弱地说。接着，阿莫斯打了一下"毒蛇"的小腿，那牲口就像被射中一样，猛地将头一摆，亚当便又被从光圈中甩入了黑暗，再也看不见了。

"哎……你看吧！"芙洛拉责备地说。

阿莫斯咕哝着："是的，老傻瓜。"他又打了一下马，马车突然向前冲去。

芙洛拉非常享受驾车前往比尔肖恩的感觉。这件大衣很保暖，让她心情不错，掠过脸庞的寒风也令她兴奋不已。除了摇曳的莫格灯笼下泥泞的道路，以及没有星星的天空下绵延不绝的唐郡轮廓，她什么也看不见。不过，正在发芽的树篱散发出清新的气味，空气中弥漫着一种春天即将到来的感觉。

阿莫斯一言不发。事实上，斯塔卡德家就没有一个人曾进行过正常的谈话；芙洛拉发现，在吃饭时，这种状况是尤其难熬的。农庄里的每顿饭都是被静悄悄地吃掉的。如果有谁在用来吃饭的、食不下咽的二十分钟里开口说话了，那也不过是提出一些尴尬的问题，而一旦有人做出回答，势必会导致激烈的争吵。比如，举个例子，有人会问（只要有任何一个家庭成员没出现在餐桌旁）："为什么XX没来吃饭？"或者"为什么没再犁一遍那块鸟不拉屎的地？"总的来说，芙洛拉更喜欢他们沉默时的表现，尽管这让她觉得自己是在出演一部不怎么令人愉快的德国高雅电影。

但她现在是单独和阿莫斯在一起，机会非常宝贵。她开始说话了：

"阿莫斯表姐夫，向'弟兄们'布道一定很有趣。我真羡慕你。你是事先准备好布道的内容，还是边讲边补充？"

阿莫斯花了点时间去琢磨这个问题，他那庞大的身躯又明显变大了一圈，在一段令人不安、似乎无穷无尽的停顿之后，芙洛拉确信，他正因愤怒而膨胀起来。她小心翼翼地瞥了眼马车的一侧，想知道万一他要打她，她能否有机会从那里跳下去。但是地面看起来泥泞不堪，令人不快，离得也很远。终于，阿莫斯用一种控制得不错的声音回答了这个问题，她松了一口气。

"汝不得以如此不敬之语说起上帝之道,就像《家庭先驱报》里的异教徒故事似的。这道不是事先准备好的。它落入我的心灵,就像吗哪从天而降,落入饥饿的以色列人的肚腹。"

"真的!真有趣!所以在你去那里之前,并不知道要说什么?"

"是的……我知道那里会有烈火的烧灼……或是永恒的折磨……或是罪人将遭到审判。但我不知道那些话确切该怎么说,直到我挺直而坐,环顾他们所有人罪恶的脸庞,等待所有人急切地听我说话。然后我就知道要说什么了,然后我就说了。"

"还有别的人布道吗?还是只有你一个?"

"只有我自个儿。黛博拉·柴科波顿,有次她也试图站起来布道,但两个人可不好。她不能。"

"是灵不起作用了吗?"

"不,它起作用了,但我没得到。我想,耶和华的道路是黑暗的,以致出了差错,本应为我留存的灵却降到了黛博拉身上。所以我就用老《圣经》将她击倒,让魔鬼从她的灵魂里出来。"

"那它出来了吗?"芙洛拉一边问,一边努力保持着科学探究的精神。

"是的,它出来了。我们再也听不到黛博拉布道了。如今是我独自布道。"

芙洛拉从中察觉到了一种自鸣得意的情绪，于是赶忙抓住机会。

"阿莫斯表姐夫，我非常期待能听你讲。你很喜欢布道吧？"

"不。那是可怕的折磨，是在我灵魂深处燃烧的烈火。"阿莫斯纠正说。（芙洛拉认为，他就像所有真正的艺术家一样，不愿意承认自己从工作中得到了无穷的乐趣。）"但这就是我的使命。是的，我要告诉'弟兄们'，当猩红色的熊熊火焰即将舔舐他们的脚，就像狗舔舐《圣经》上耶洗别的血迹一样时，他们要准备好遭受折磨。我必须告诉所有人，"——这时，他在座位上稍稍转了转身，芙洛拉觉得他正在用意味深长的目光注视她——"噢，地狱之火。是的，这个词在我的嘴里燃烧，我要把它像火焰一样喷向全世界。"

"你应该为比'弟兄们'更大的教堂会众布道。"芙洛拉提议，她突然想到一个非常好的主意，"你知道，你不能把自己浪费在比尔肖恩的几个可悲罪人身上。你为什么不开上一辆福特货车，在有集市的日子里去全国各地布道呢？"

她这么说是因为她确信，等她想开始着手改造农庄时，阿莫斯的宗教顾虑很可能会对她造成阻碍，而假如她能摆脱他，让他踏上一次漫长的布道之旅，她的任务就简单多了。

"在去别的地方之前，我要先待在离我最近的土地上。"阿莫斯严肃地反驳道，"再说了，要是开着一辆福特货车去全国布道，我看起来就太过自大了。我要考虑的是上帝的荣耀，而不是我自己的荣耀。"

他竟然如此机敏,让芙洛拉颇感惊讶,但她同时也意识到,这正是宗教狂热人士们获得安慰的方式:他们一般都会先挖掘自己行为的动机,再从中找到一些有损尊严的理由;这些理由所包含的"罪恶"令他们心满意足。不过她想,她已经从他的一些话中听到了一丝表示遗憾的意味——"一辆福特货车",并得出结论,这样的旅行一定是相当吸引他的。于是她再次展开攻势:

"但是,阿莫斯表姐夫,这难道不更像是把你个人的可怜灵魂放在上帝的荣耀之上吗?我是说,如果有很多罪人因你的布道而发生变化,那么就算看起来自大一些、丧失了你神圣的谦卑,又有什么关系呢?我认为,为了拯救其他人,你一定要准备好犯下罪过——至少,如果我想开着一辆福特货车在全国各地布道,我会做好这种准备的。你明白我是什么意思,对吗?若你想看起来谦虚、不考虑这趟旅行,那么实际上,你认为更有价值的是你的灵魂,而不是传播上帝之道。"

能在演讲的最后做出这样的结论,她很自豪。她认为这里蕴含着一种恰到好处的微妙气氛,一种扬扬得意的氛围(它指出了罪人身上虽然无比巨大却未被察觉的罪恶),辨别出所有旨在揭露宗教思想运作方式的演讲。

总之,这对阿莫斯产生了积极的影响。马车急速驶过城镇郊区的房屋,一阵停顿之后,他用嘶哑、沉闷的声音说:

"是的,汝说的是真的。或许我有责任去寻找更大的天地。

我会考虑的,太可怕了。一个罪人永远不知道魔鬼为了行骗会怎么装扮自己。又要和新的罪过斗争了,那就是关心我是否太过自大的罪过。在我布道的时候,我如何才能分辨出,我是因自尊心而犯下了罪过,还是因拯救灵魂而做了正确的事?若是后一种情况,那么要我自大一些,也就不足为道了。是的,如果我的确拯救了他们,那么自大一些又有什么不对呢?是的,这是一条黑暗、迷茫的道路。"

他咕哝着,声音极低,芙洛拉只能勉强听到他的话。但她足以理解其中的意思,坚定地做出她的回答:

"是的,阿莫斯表姐夫,这一切都很难。但我认为,尽管困难重重,你还是应该认真考虑一下,是否有可能让更多人听到你的布道。你拥有号召力,你知道的。任何人都不应忽视号召力。你难道不乐意向成千上万的人布道吗?"

"是的,非常乐意。但那样是自命不凡的。"他悠然神往地回答。

"你又来了。"年轻的同伴责备他。

"就算是自命不凡又有什么关系——和成千上万罪人的灵魂相比,你的灵魂重要吗?他们可能会被你的布道所拯救。"

这时,马车停在了一家小酒馆外,就在离大街不远的一方小院子里,芙洛拉也如释重负,因为这场对话似乎进入了一个恶性循环,只有当其中一个参与者因筋疲力尽而亡或崩溃的时候才能终结。

阿莫斯让芙洛拉赶快从马车上下来。

"快点,"他喊道,"我们必须赶紧离开魔鬼的房子。"芙洛拉不以为然地回头,她看了一眼这家酒馆暖烘烘的窗户,觉得很漂亮。

"礼拜堂离这里远吗?"她一边问,一边跟随他走上大街,街边小商店里散发出的粗糙黄光照亮了冬夜的黑暗。

"不远,在这儿。"

他们在一幢楼前停下。起初,芙洛拉以为这是一个非常大的狗窝。门是开着的,可以看到里面朴素的松木墙壁和座椅。"弟兄们"中已经有几个落座了,有几个正急急忙忙地进去找他们的座位。

"我们必须等礼拜堂里面满了再进去。"阿莫斯低声说。

"为什么?"

"就像所有灵魂一样,他们害怕看到布道者站在他们中间。"他站在阴影里低声说,"他们害怕让我站在他们中间,害怕承受地狱之火的折磨。当我站在讲台上咆哮,某种程度上会让他们害怕,但那虽然残忍,却还比不上让我在布道开始前站在他们中间、像他们一样交流赞美诗,或是用我的眼睛注视他们、读取他们的思想。"

"但我想,你那样做是想吓唬他们?"

"是的,我想吓唬他们,只是用了宏大和颂扬的方式。我也不想把他们吓得太厉害,让他们不敢回来听我布道了。"

在"弟兄们"挤进"狗窝"时,芙洛拉一边观察他们的脸,一边暗忖阿莫斯可能低估了他们的神经强度。她很少见过这么健康、这么强壮的观众。

比起她在伦敦曾经研究过的观众,眼前的这些观众可谓毫不逊色,尤其是比起一个星期六的下午,她在电影社团的见面会上见过的那些观众——虽然只见了一次。那次她是陪一位朋友去的,她自己并不情愿。这位朋友对电影院(作为艺术形式)的发展情况很感兴趣。

她们观看了一部名为《是》的日本生活电影,是一家挪威电影公司在1915年与日本演员合作拍摄的。电影时长一小时四十五分钟,包含了十二个特写镜头,描绘了睡莲一动不动地躺在肮脏池塘上的景象,以及四次自杀行为;一切都显得极其缓慢。

芙洛拉在沉思中回忆起,当时她身边的所有人都在低声说,它的节奏模式有多么迷人,它的质量有多么令人兴奋,它的装饰造型有多么抽象。

但一位坐在她身边的小个子男人却一句话都没说,只是不停地擦他的帽子,吃着装在纸袋里的糖果。(她猜测)一定是有什么东西将他们的气场连在一起了,因为在电影对一张很大的、正流泪的日本面孔进行第七次特写的时候,那个小个子男人递给她一包糖果,低声道:

"薄荷奶油糖,一定要尝尝。"

芙洛拉心怀感激地吃了一个,因为她特别饿。

最后,灯光终于亮起来了。这时,芙洛拉欣然发现,这个小个子男人的穿着是得体而传统的;而对小个子男人来说,当他看见芙洛拉整洁的头发和剪裁考究的大衣时,他的目光也是既怀疑又喜悦的,仿佛就要脱口而出:"我想,你就是利文斯通博士?"①

然后,在芙洛拉那趣味高雅的朋友的好奇目光下,他说他的名字是厄尔·P.内克,来自贝弗利山庄的好莱坞。他隆重地将自己的名片递给她们,并问她们是否愿意和他一道去喝茶?他看起来就像最可爱的小动物,所以芙洛拉无视了朋友高高挑起的眉毛(就像所有过着放荡生活的人一样,这位朋友在思想上极为传统),说她们很乐意去。于是她们就去了。

喝茶期间,内克先生和芙洛拉就看过、欣赏过的各种电影交换了意见,那些电影本质上都很无聊。内克先生告诉她们,他是新英国电影制片厂的客座制片人,电影制片厂的地址位于温多弗。他问芙洛拉和她的朋友,会找时间来参观电影制片厂吗?一定要趁早来,内克先生说,因为一到秋天,他就要带着英格兰最棒的男女演员回好莱坞了,这是每年的惯例。

不知为何,她从没找到时间去拜访内克先生,尽管自从他们第一次见面以来,她和贝克先生已经吃过两次饭了,他们也很喜欢对方。他把他那苗条、富贵的情妇莉莉的一切都告诉了芙洛拉。莉莉拍了一些无聊的戏,占用了他即将和妻子在一起所需的时间和精力。但他必须得拥有莉莉,因为在贝弗利山

---

① 1869 年,时任《纽约先驱报》的记者亨利·莫顿·史丹利被派往非洲,寻找英国传教士戴维·利文斯通。两人见面时,史丹利的提问"我想,你就是利文斯通博士?"成为著名语句。

庄,假如你没有情妇,人们就会认为你很古怪;而另一个原因是,如果你所有时间都同妻子在一起,并坚信这是正确的,说你喜欢你的妻子,为什么你他妈不该这样呢,那么报纸就会登出大标题为《好莱坞沙皇的家庭幸福》的文章,你还不得不为他们提供照片,内容是你的妻子倒掉了你早上喝的巧克力,并为蕨类植物浇水。

所以对这种事根本没办法,内克先生说。

不过,好在他的妻子很理解这事,他们还一起玩了个名曰"躲避莉莉"的游戏,这又成了他们目前的另一个乐趣。

如今,内克先生身在美国,但他很快就要飞往英格兰,于是他在上一封信中告诉芙洛拉,时间将是晚春。

芙洛拉心想,等他来时,她要邀请他同她在萨塞克斯共度一天的时间。她想同内克先生聊聊这里某个人的情况。

当她站在壮观的电影院对面,出神地看着"弟兄们"的成员走进礼拜堂之时,她想到了内克先生。电影院里正在上映一出激情满满的精彩戏剧,名叫《其他妻子的罪恶》;或许,塞思正尽情地陶醉其中。

"狗窝"里几乎已经满了。

有人正在门边,用那架呼哧呼哧响的可怜小管风琴演奏一支震耳欲聋的曲子。越过阿莫斯的肩膀,芙洛拉发现,除了那架管风琴,这个礼拜堂就像一个普普通通的讲演厅,离门最远的另一边有一个小小的圆形讲台,上面放着一把椅子。

"你就在那里布道吗,阿莫斯表姐夫?"

"是的。"

"茱蒂丝或两个孩子里有谁来听过你布道吗?"她试图找些话说,因为她对眼前的一切感到越来越沮丧,但又不想被这种情绪打败。

阿莫斯皱起眉头。

"没有,他们趾高气扬,像亚哈一样骄傲,眼睛滴落着油脂,他们没看见上帝已在他们脚下掘了坑。是的,那个家庭既可怕又邪恶,我被诅咒了。上帝的手重重地落在令人难以宽慰的农庄上,把苦酒压进了我们的灵魂。"

"如果你真的这么想,为什么不卖掉它,再找一块真正好的土地,另买一座农庄呢?"

"不……令人难以宽慰的农庄里永远有斯塔卡德一家。"他沉重地回答,"那是老斯塔卡德夫人——就是嫁给费格·斯塔卡德之前的艾达·杜姆。她反对我们离开农庄。她永远不想看到我们离开。这是对我们的诅咒。鲁本等着我走,好拥有这个农庄。但他永远都得不到它。我要先把它留给亚当。"

芙洛拉还没来得及对这个威胁所暗示的前景表达她强烈的沮丧之情,他就一边向前走一边说:"快满了。我们可以进去了。"然后他们便进去了。

芙洛拉在靠近出口的一排座位末端坐了下来;她觉得还是坐在门边为好,以防阿莫斯的布道和不通风的状况造成双重作用,令她难以承受。

阿莫斯走向一个几乎正对着小讲台的座位,朝坐在同一排的"弟兄们"缓缓投去两道若有所思的目光;他的目光似在承诺,即将到来的雄辩将是十分可怕的。随后他坐下了。

现在,"狗窝"里挤满了人,管风琴开始演奏一种和曲调有点像的声音。芙洛拉发觉,她左边的一位女士正把一本赞美诗诗集塞到她的手上。

"这是第二百条,'主啊,我们该怎么办'。"这位女士用聊天的语气大声说。

通过以往广泛的阅读经验,芙洛拉推测,人们在专门从事礼拜活动的建筑里往往习惯于小声说话;不过她也已准备好学习新的方式。于是她带着愉快的微笑拿起书,说了声:"非常感谢。"

那首赞美诗是这么写的:

> 主啊,我们该怎么办,
> 当加百列吹响号角,在大海与河川、沼泽与沙漠、山峦与浅滩之上,
> 地球或许会燃烧,而我们将要颤抖。

芙洛拉对这首赞美诗颇为赞同,因为歌词暗示了一种坚定的目标,暗示了一条清晰的道路(在面对不如意的可能状况时),这让她感到了共鸣。于是,她用悦耳的女高音使劲唱了起来。

指挥合唱的是一个脾气暴躁、极度邋遢、头发又长又灰的

老头,他站在讲台上,手里挥舞着什么东西。芙洛拉在历经了从怀疑到震惊的情感变化后,最终确定那是一根厨房的拨火棍。

"那是谁?"她问她的朋友。

"安不尔福斯老哥。等我们开始颤抖时,由他来领抖。"

"那他为什么用一根拨火棍来指挥音乐呢?"

"为了让我们想到地狱之火。"这个答案很简单,而芙洛拉则没胆量说,在她看来,这个目标根本没能实现。

坐着唱完那首赞美诗后,每个人都将双腿交叉,让自己更舒服一些,而阿莫斯却以让人害怕的从容姿态,从他的座位上站起来,登上小讲台,坐下。

他慢慢地打量"弟兄们",用了大约三分钟。他的脸上带着一副极度厌恶和轻蔑的表情,与一种神圣的悲伤和怜悯混杂在一起。他做得相当不错。芙洛拉从没见过任何东西能企及这种高度,除了亨利·伍德爵士[1]的那张脸——在他正要举起指挥棒指挥《英雄交响曲》的第一小节时,停下来凝视几个走进女王大厅隔间的迟到者的那张脸。她对阿莫斯更感兴趣了。这个男人是艺术家。

最后他终于开口了。他的声音像一口破碎的钟,撞击着寂静的空气。

---

[1] 亨利·伍德爵士(Sir Henry Joseph Wood,1869—1944),英国指挥家,曾通过"伦敦年度逍遥音乐会"向英国观众介绍了数百部新作品。他去世后,该音乐会被命名为"亨利·伍德逍遥音乐会"。

"汝等可怜的爬虫,汝又来此地了吗?汝等是像宁示(Nimshi)、罗波安(Rehoboam)的儿子一样,偷偷地从你们那注定要毁灭的房子里走出,前来听汝将有的遭遇吗?汝等,年老的和年幼的、生病的和健康的、妇女和童贞(汝等不太可能还是童贞的,世界现在是邪恶的)、老人和年轻小伙,是来听我讲述地狱之火巨大的猩红色火舌的吗?"

接下来是一个长久而有效的停顿,再加上对亨利爵士的进一步模仿。唯一的声音是煤气灯邪恶的嘶嘶声(连同随之而来的气味,真够人受的),它照亮了大厅,越过"弟兄们"的脸,从他们的鼻子上投下锋利的阴影。

阿莫斯继续说:

"是的,汝等来了。"他轻蔑地笑了一会儿。"汝等几十个。汝等上百个。像耗子来到谷仓一样。像收获时节的田鼠一样。这对汝等有什么好处?"

第二次停顿,加上更多对亨利爵士的模仿。

"没有。一丁点好处都没有。"

他停顿了一下,深吸了一口气,突然从他的座位上跳了起来,用他最大的音量咆哮道:

"你们全都该下地狱!"

"弟兄们"的脸上掠过一种兴致勃勃和心满意足的神情,他们重新摆了摆胳膊和腿的位置,就像他们在听到坏消息的时候,想尽可能坐得舒服一些似的。

"该下地狱。"他重复道,他的声音低沉下来,变成一种激动人心的低语。"哦，当汝等每天生活在邪恶中，如此轻率地使用这个词时，可曾停下来思考它意味着什么？不，汝没有。汝等从不停下来思考任何东西意味着什么，不是吗？好吧，我来告诉汝。它意味着无尽的可怕折磨，汝可怜的罪恶身躯伸展开，躺在地狱最深处的火坑里，躺在炽热的烤架上，而魔鬼会戏弄汝，在汝面前挥舞冰凉凉的果冻，再将汝朝着可怕的床绑得更紧一些。是的，空气中充满了臭气和尖叫，来自烧焦的肉体和你最亲近的人……"

他猛吞了一大口水；而在芙洛拉看来，他喝得还不够多。她觉得自己也很需要喝一杯水了。

阿莫斯的声音现在变得温和而带欺骗性，语调就像在闲聊。他凸起的双眼慢慢地扫过他的听众。

"当汝等把蛋糕从烤箱中取出，或者拿火柴点燃一根不敬上帝的香烟并烧到了手，汝等知道那感觉是怎样的，不是吗？是的，刺痛得厉害，让人恐惧而痛苦，不是吗？汝等就跑去拿些黄油拍在手上来止疼。是的，但是（此处有一个令人印象深刻的停顿），地狱里不会有黄油！汝等的整个身体都会被烧灼，刺痛到无法忍受的地步，汝等发黑的舌头会伸出汝等的嘴，而汝等干裂的嘴唇会试图尖叫着要一滴水，但不会发出任何声音，因为汝等的嗓子更干了，胜过沙质的沙漠。而汝等的眼睛则会像巨大的红色热球，打击着汝等枯萎的眼睑……"

就在这时，芙洛拉安静地起身，向坐在她旁边的那个女人道歉，然后迅速穿过狭窄的过道，走到门口。她打开门走了出去。阿莫斯描述的细节，那逼真的氛围和气味使这个教堂的内部同地狱的样子相当接近，犹如在他的陪同下进行了一次地狱之旅。她觉得，她可以在别的地方度过一个更愉快的晚上。

但是在哪里呢？新鲜的空气闻起来芬芳香甜。她在门廊上戴好手套，重新恢复了镇定。她琢磨着是否应该去看看《其他妻子的罪恶》，但想想还是算了；一整个晚上，她已经听够了关于罪恶的事了。

那她该做些什么？她不能回农庄，除了有阿莫斯的马车可坐，因为农庄距离比尔肖恩有七英里远，而在冬季的月份里，去嚎叫村的末班公共汽车在六点半就发车了。现在已经快八点了，她很饿。她生气地上下打量着整条街——大多数商店都关门了，但离电影院几扇门远的地方，还有一扇门是开着的。

它叫"帕姆的客厅"。那是一家茶室，但芙洛拉觉得它看起来相当阴森。窗户里面有蛋糕，全都与让人扫兴的小盒子混杂在一起，盒子是用白色木料、酒椰叶纤维小包和绣有冬青的亚麻包做的。不过既然那里有蛋糕，很可能也会有咖啡。她过马路走了进去。

但她一进去就立刻意识到，她这是刚走出地狱之火，就又步入了一个无聊的夜晚。因为某个她认识的人正坐在一张桌子旁。她依稀记得，她曾在伦敦波尔斯威特夫人举办的派对上见过他。他应该就是那位麦八阁先生，只可能是这样。他看起来就是那个样子，当然了，那就是他。商店里没有其他人。他抢占了要地，她逃不出去了。

第九章

她进来时,他抬头看了她一眼,看起来很高兴。他的面前有一些书籍和纸张,他正忙着写作。

现在芙洛拉真的生气了。毫无疑问,她已经听了一个晚上毫无意义的谈话了,她受够了!她想,现在是时候放纵一下,沉浸在那种故意的无礼中了,而只有习惯了礼节的人才有权那么做。她在桌旁坐下,背对着那个应该是麦八阁先生的人,拿起一份画有地精图案的菜单,希望吃份最好的……

一个女服务生穿着有待熨烫的褶边印花长连衣裙,为她带来了咖啡、一些普通饼干还有一个橘子。她给橘子加了些糖,现在已经享用起来。女服务生之前警告过她,说我们打烊了,但这似乎并不能阻止芙洛拉坐在商店里享受她的加糖橘子,她对"我们打烊了"并不介意。

就在她准备开始吃第四块饼干的时候,她意识到有人从身后向她走近。她还没来得及打起精神,就听见麦八阁先生的声音说:

"你好，芙洛拉·波斯特。你相信女人有灵魂吗？"他就站在那儿，站在她的上方，脸上露出一种大胆而古怪的笑容，俯视着她。

被问及这样的问题，芙洛拉并不惊讶。她知道知识分子们——像吉卜林先生笔下的双色巨蟒[①]——总是这样谈话。于是她愉快地回答（但这是发自心底的）："恐怕我并不太感兴趣。"

麦八阁先生笑了一下。显然，他很高兴；她又舀了些橙汁，很好奇为什么。

"是吗？好姑娘。只要你对我坦诚，我们就相安无事。事实上，我对她们是否有灵魂也不感兴趣。身体比灵魂更重要。我说，我可以坐下吗？你还记得我，对不？我们十月在波尔斯威特夫人的派对上见过。看看，你不觉得这是在打断别人的谈话，对不？波尔斯威特夫人告诉我你住在这里，我就想会不会遇上你。你很了解比莉·波尔斯威特吗？我想，她这个人很迷人……这么简单，这么快乐，是个擅长结下友谊的天才。他也很迷人……当然，有点同性恋，但相当迷人。我说，那橘子看起来不错……我想我也得要一个。我喜欢用勺子吃东西。我可以坐在这儿吗？"

"好吧。"芙洛拉说，因为她看出，她的时间到了，她逃不掉。

[①] 即著名英国作家鲁德亚德·吉卜林（Rudyard Kipling，1865—1936）的作品《大象的孩子》（Elephant's Child）中的角色 Bi-coloured Python-Rock-Snake。

麦八阁先生坐下来，转身向女服务生招手。女服务生走过来告诉他，我们打烊了。

"我说，这听起来稍微让人有些尴尬。"麦八阁先生一边笑，一边打量芙洛拉。"好吧，小姐，听着，别介意，就给我拿一个橘子和一些糖，好吗？"

女服务生走了，而麦八阁先生又可以把心思放在芙洛拉身上了。他把手肘撑在桌上，把下巴托在手上，直勾勾地看着她。由于芙洛拉只是继续吃她的橘子，他不得已只好用"嗯？"开启这场游戏。芙洛拉的心沉了下去，她意识到，这个开场白正是那些决意爱上你的知识分子们所惯用的。

"你在写一本书，是吗？"她匆忙说，"我记得波尔斯威特夫人告诉我你在写，是关于布兰威尔·勃朗特的生活吗？"（她认为最好是运用莫瑟太太在死囚酒吧巧妙传递给她的信息，并隐瞒她只见过一次波尔斯威特夫人——斯麦林夫人的宠儿——的事实，也要隐藏她认为她是个特别讨厌的女人的想法。）

"是的，那将是极好的一本。"麦八阁先生说，"当然，这是一本心理学研究之作，我得到了很多新东西，包括他在创作《呼啸山庄》期间，写给住在爱尔兰的老姑妈普拉蒂夫人的三封信。"

他犀利地瞥了一眼芙洛拉，想看看她有什么反应，是会大笑，还是会茫然而惊讶地瞪大眼睛，但她脸上那温和且颇感兴趣的表情并没有改变，所以他不得不加以解释。

"你看,很明显,这是他的书,而不是艾米莉①的书。女人是写不出这本书的。那是男人的东西……我也得出了一个结论,是有关他的酗酒问题的——你看,他并不是真正的酒鬼。他是一个了不起的天才,是第二个查特顿②——而他的姐妹们讨厌他,因为他是个天才。"

"我认为大多数当代的记录文本都认同的是,他的姐妹们与他感情深厚。"芙洛拉不带个人色彩地说,能做到这点她很高兴。

"我知道……我知道。但那只是她们的诡计。她们嫉妒她们那聪明的兄弟,她们被这种嫉妒吞噬了,但她们担心,如果她们显露出这一点,他就会带上他的手稿,永远地离开伦敦。她们可不想让他那样做,因为这会毁掉她们的小游戏。"

"什么小游戏?"芙洛拉问,她有点难以想象,夏洛蒂、艾米莉、安妮会玩一个小游戏。

"当然是把他的手稿当作她们自己的流传出去喽。她们想让他待在她们的眼皮子底下,这样就能偷走他的作品,卖掉它,买更多酒喝。"

"给谁买酒?布兰威尔?"

"不——给她们自己。她们都是酒鬼,但安妮是最差劲的。布兰威尔很喜欢她,他经常假装在黑牛酒吧一醉方休,为的是

---

①艾米莉·勃朗特(Emily Jane Bronte, 1818—1848),19世纪英国作家,"勃朗特三姐妹"之一,文学名著《呼啸山庄》的作者。
②即托马斯·查特顿(Thomas Chatterton, 1752—1770),英国的天才诗人。

给安妮弄到杜松子酒。如果布兰威尔没有树立起——只有上帝知道他到底怀着怎样的奉献精神——那种假名声,被人当作聪明、鲁莽、懒散的酒鬼,酒馆老板是不会让他弄到酒的。老板为年轻的勃朗特先生能在他的酒馆买醉而自豪,因为这将当地的顾客引到了酒馆,布兰威尔就可以赊账为安妮搞来杜松子酒了——安妮想要多少就有多少。他秘密地一天工作十二个小时,写《雪莉和维莱特》,还有,当然了,《呼啸山庄》。我从三封写给普拉蒂老夫人的信中得到了证据,能证明这所有的一切。"

"但是这些信件,"芙洛拉被这样的"自说自话"深深地吸引了,她问道,"事实上有没有提到他正在创作《呼啸山庄》的事呢?"

"当然没有,"麦八阁先生生气地反驳,"像个心理学家一样看待这个问题吧!这里有一个男人每天工作十五个小时,他在创作一部惊人的杰作,而这几乎吸收了他全部的精力。他几乎没有空闲时间吃饭或睡觉。他就像一个发电机,靠疯狂的生命力驱动自己。他身体的每一个碎片都专注在完成《呼啸山庄》的事情上。凭着仅剩的那么一点精力,他给身在爱尔兰的一位老姑妈写了信。现在,我问你,你还能期待他会提起,他正在呕心沥血地创作《呼啸山庄》这件事吗?"

"是的。"芙洛拉说完,麦八阁先生剧烈地摇了摇他的头。

"不——不——不!他当然不会。他想离开它一会儿,离开这使他魂牵梦萦、吞噬着他的生命力的工作。他当然不会提起它——连对他的姑妈都不会。"

"为什么连对他的姑妈都不会呢？他这么喜欢她吗？"

"她是他生命的激情所在。"麦八阁先生简单地说，他的声音里闪耀着庄严感。"想想，他从未见过她，她不像其他那些包围着他的女人，她们死气沉沉、瘦骨嶙峋。她象征着神秘……女人……难以捉摸而不可征服。当然，这是变态的，又使他对她的热情更加强烈。这段存在于老妇人和年轻男子之间的关系既脆弱又微妙，而它留给我们的只剩下三份简短的书信，没别的了。"

"她从未回信给他吗？"

"如果她回了，那她的信就是被弄丢了。但他给她的信已经足够用来研究了。它们是小小的杰作，是被压抑的激情。它们充满了温柔的小问题……他问她，风湿病怎么样了……她的猫，托比'是否退烧了'……德瑞唐德瑞的天气怎么样……哈沃斯的天气就没有那么好……玛莎表妹怎么样（通过那些简单的词语，我们看到了玛莎是个什么样的形象啊！一个没受到教化的爱尔兰毛丫头，高颧骨，一头柔软的黑发，她的嘴唇里有清澈的血液！）……对布兰威尔来说，在20世纪40年代的伦敦，公爵在暴风雨般的'玉米改革'中运用手腕与帕默斯顿较量的事是完全无关紧要的，因为普拉蒂姑妈的安康才是首要的。"

麦八阁先生停顿了一下，喝了一勺橘汁，恢复了精神。芙洛拉坐着思考她刚刚听到的话，就她之前从朋友那里获得的经验来看,通过给老姑妈写信来让自己得到工作上的放松,这可不是天才男人的习惯;事实上,这项任务通常会落在天才男人的姐妹和妻子身上。而芙洛拉觉得,更有可能的是,是由夏洛蒂、安妮和艾米莉去被迫应付那些大吵大闹着要收到书信的老姑妈们的。然而,或许夏洛蒂、安妮和艾米莉在某一天早晨突然共同决定,今天该由布兰威尔给普拉蒂姑妈写信了;当他写这三封信的时候,她们轮流负责拖延进度,谨慎地安排时间间隔,将它们在以后的日子里寄出。

她看了一眼手表。

现在是八点半。她想知道"弟兄们"什么时候会从"狗窝"里出来。到目前为止,还没有他们将被释放的迹象。在"狗窝"里,他们的歌声像雷鸣般轰隆作响,而且每隔一段时间就会停顿片刻,这时芙洛拉就会认为,他们一定是正在颤抖。她打了个小哈欠。她困了。

"你要给这本书起什么名字?"

她知道,对于自己写的书,知识分子总会对书名大惊小怪。传记的书名尤其重要。《维多利亚时代的远景》——描述批评家托马斯·卡莱尔(Thomas Carlyle)人生的书,去年还不是在媒体上凉得透透的,因为所有人都认为它是一本无聊的回忆录;而《圣人之誉》,一本关于1840年至1873年排水系统改革的无趣的历史书,则像新出炉的蛋糕一样热销,因为所有人都认为这是对维多利亚时代的道德准则的攻击。

"我在犹豫,是选《替罪羊:布兰威尔·勃朗特研究》,还是《猎豹精神：布兰威尔·勃朗特研究》——你知道的……一种猎豹般的精神，美丽而迅捷。"

芙洛拉确实知道。这是引用自雪莱的《阿多尼》。普及教育的缺点之一，就是不论什么人，都会从他们喜爱的作家身上获得某种"相似性"。这让人产生了一种奇怪的感觉：就像看到一个陌生的醉汉正穿着自己的睡袍。

"你最喜欢哪个？"麦八阁先生问。

"《猎豹精神》。"芙洛拉毫不犹豫地说，这并非因为她真的没有犹豫，而是因为她一旦犹豫，就势必会引发一场冗长而乏味的争论。

"真的……那很有趣，我也喜欢。某种程度上它更加狂野，不是吗？我的意思是，它确实给人一种感觉，好像一个野生动物被束缚住、套上了枷锁，嗯？而布兰威尔的肤色则很像——野生红豹的肤色。我在整本书中都称他为'猎豹'。当然，这其中还涌动着一股象征主义的暗流……"

他什么都想到了，芙洛拉寻思。

"一只豹子不能换掉身上的斑点，最终布兰威尔也不能。他可能会对姐妹们的酗酒问题担起责任，同时出于某种反常的牺牲意识，他会让她们声称他的书是她们的。但最后，作为天才的他会在最昂贵的金子上，用火焰烧出最黑的斑点。如今在欧洲，没有一个聪明人真的相信是艾米莉写出了《呼啸山庄》。"

芙洛拉吃完了她的最后一块饼干，刚才她一直留着它，充满希望地看着对面的"狗窝"。她仿佛觉得,现在唱起的赞美诗中有种声音,很像人们走出教堂之前播放的那种赞美诗的曲调。

不说话的时候,麦八阁先生就一直垂着下巴,直勾勾地盯着她,所以当他突然再次开口时,芙洛拉丝毫没有感到惊讶:

"你介意散散步吗?"

现在,芙洛拉陷入了可怕的窘境之中,她迫切地希望"狗窝"的门能打开,阿莫斯能像个火热的天使一样前来拯救她。因为,假如她说她喜欢散步,麦八阁先生就会一边拽着她走上好几英里,一边滔滔不绝地谈论有关"性"的话题;但假如她回答说,她只喜欢适度地走走,他就会一边让她坐在湿漉漉的台阶上,一边试图去吻她;而再假如,她回避他的问题,说她讨厌散步,他便会要么怀疑她在怀疑他要吻她,要么一边让她坐在脏兮兮的茶室里,一边谈论更多有关"性"的话题,并问她对此有什么感觉。

除了站起来冲出茶室,似乎真的没有什么办法能摆脱他。

但麦八阁先生仍保持着同样低沉的声音,不让她做出这个决定。

"我想,如果你愿意的话,或许我们可以一起散散步。我最好提醒你——我是——很脆弱的。"

他冷笑了一下,依然看着她。

"那么我们最好把散步推迟到天气好一点的时候。"她愉快地说,"万一你感冒了,你的书就会受到影响,那就太糟糕了。

并且，如果你的肺很脆弱，那么怎样小心都不为过。"

为了将这件事撇开并发出一声冷笑，麦八阁先生似乎付出了不小的努力。

按照原计划，他的下一句话应该是用更加低沉的声音说："你看，我觉得，对待这些事应该绝对坦诚才对，芙洛拉。"

但不知怎的，他没有说出来。他不习惯和像芙洛拉那样干净的年轻女子谈话。

这的确推迟了他的攻势。他转而用一种平淡的声音说："是的……哦，是的，当然。"然后快速地瞥了她一眼。

芙洛拉正一边若有所思地摆弄她的长手套，一边将她的目光锁定在正从"狗窝"里鱼贯而出的"弟兄们"身上。她害怕会错过阿莫斯。

麦八阁先生突然起身，将双手插进口袋，盯着她看。

"你是和别人一起来的吗？"他问。

"我的表姐夫正在对面的教堂里，为'颤抖的弟兄们'教会布道。他会驾车送我回家。"

麦八阁先生喃喃自语道："天啊，多有趣。"然后他又说："哦……我想我们可以散步回去。"

"有七英里的路，而且我想，我的鞋子可能不够结实。"芙洛拉坚决地予以反驳。

麦八阁先生讽刺地笑了，嘟囔了一些"将了国王一军"之类的话，但芙洛拉已经看到阿莫斯从"狗窝"里走出来了，她知道救援到了，所以并没有在意是谁被将了一军。

她愉快地说："恐怕我得走了。我的表姐夫在找我。再见。非常感谢你告诉我你的书的情况。真有趣。或许什么时候我们会再见面……"

甚至芙洛拉还没来得及阻止，这句话就从她的"社交词库"中无意地溜了出来，而麦八阁先生则对此欣然接受，并急切地说，如果他们再次见面，那将会非常有趣。"我把我的名片给你。"他拿出一张又大又脏的名片，芙洛拉有些不情愿地把它放进了包里。

"我提醒你，"麦八阁先生又补充了一句，"我是个古怪、喜怒无常的家伙。没人喜欢我。我就像被人用指节敲到不敢握手的孩子——但若你愿意挖掘，里面会大有宝藏。"

芙洛拉不愿意挖掘，但她还是露出一个微笑，感谢了他的名片，然后匆匆穿过马路，和在马路中间站得笔直的阿莫斯会合。

当她朝他走过去时，他向后退了一步，指着她说了一句话：

"通奸者！"

"不——该死，阿莫斯表姐夫，那不是陌生人。是我以前在伦敦一个派对上认识的人。"芙洛拉抗议道，她对这项不公正的指控感到有些愤怒，尤其是当她想到自己对麦八阁先生的真实感受时。

"那是一回事——是的，甚至更糟，从魔鬼之城伦敦而来。"阿莫斯冷冷地说。

然而,他的抗议显然更多是形式上而非情感上的,他没再对这件事多说什么。他们沉默地驾车回家了。只听到他说了一句话,意思是"弟兄们"被他的讲道深深打动了,而芙洛拉没有留下来"颤抖",她因此错过了很多。

对此,芙洛拉回答,她确信自己错过了不少,但她那软弱和罪恶的灵魂实在承受不住他强有力的雄辩。她又补充了一句,坚定地说,他真应该考虑一下那个开着福特车周游全国的想法。他重重地叹了口气,说她无疑是被指派来引诱他的魔鬼。

不过,种子还是播下了。她的计划正在成熟起来。

直到在自己房间的烛光下瞥了一眼麦八阁先生的名片,她才发现他的名字不是"麦八阁"(Mybug),而是"梅耶尔堡"(Meyerburg);并且,他住在夏洛特街。但这两个事实却不足以振奋她的精神。不过,因为那天的种种兴奋之事,她后来睡得很深,中途没有醒过。

第十章

现在是三月的第三个星期。充满生殖欲望的美梦激发了大量幼崽的诞生。素鸡草正处在萌芽状态。芜菁甘蓝已经收割完毕，但甜菜的收割工作尚未开始。

这意味着迈卡、乌尔克、阿莫斯、卡拉韦、哈卡韦、卢克、马克和其他四位农庄工人，要把大量的时间花在忙这忙那上面。

当然，塞思在春天总是最繁忙的；亚当被比斯滕·豪森雇去照顾一两岁大的小羊；鲁本在为下一次收割做准备，不论是一年中的旺季还是淡季，他从不休息。但对于斯塔卡德家的其他人来说，时机已经成熟，可以开始争吵和恶作剧了。

至于芙洛拉，她过得相当快活。她被卷入了好多的密谋计划之中。只有那些通常对秘密谋划事情不感兴趣、为人坦诚的人，才能在第一次面对它的时候，尽情享受到它全部的乐趣。而如果同时有好几个密谋计划，彼此间又存在着混杂纠缠和互相破坏的危险，这种乐趣甚至会变得更加强烈。

当然，有些密谋计划比其他的要进展得更好。不过，她想让亚当用洗碗刷（而非荆棘枝）来刷碗的计划，已经令她失去信心了。

一天，当亚当吃完早餐走进厨房时，芙洛拉急忙对他说：

"哦，亚当，这是你的小洗碗刷。我今天下午在嚎叫村买的。你看，这个小东西是不是很不错？你试试看。"

有那么一秒钟，她甚至以为他会把它从手上摔下去；但渐渐地，当他盯着小洗碗刷看的时候，他那愤怒的表情变成了一种更加难以读懂的神色。

这确实是个不错的小洗碗刷。它有一个简单的白色手柄，是木头做的，顶端小巧而纤细，这样就可以把它更舒服地握在手上。它的头部是用柔软的白纱线制成的，每一根纤维都是独特而秀丽的，而非大多数小洗碗刷那样被压成一个难看的团块。最重要的是，它的腰间系着一圈质地上好的红色细绳，是用来将它挂起来的。

亚当伸出手指，小心翼翼地戳了戳它。

"是给我的吗？"

"是的——我是说，对，这是你的。你自己的。请一定收下它。"

他用拇指和另一根手指捏住它，站在那里凝视它。他的目光变得朦胧，如同暴风雨到来前的缥缈的大西洋海面。他用粗糙、弯曲的手指攥住了洗碗刷的手柄。

"是的……那是我的。"他咕哝道，"不是房子也不是母牛，但它是我的……我的小洗碗刷！"

他解开系在衬衫胸前位置上的荆棘枝，把小洗碗刷插了进去。但之后他又把它拔出来，换回了荆棘枝。"我的小洗碗刷！"他站着凝视它，仿佛是在梦里。

"是的。它是用来刮盘子的。"芙洛拉坚定地说，她突然预见了一个近在眼前的新危险。

"不，不，"亚当抗议道，"它太漂亮了，不能用来刮那些旧盘子。我可以用荆棘枝刮，它们就行。我要把我的小洗碗刷放在牛棚里保管，和'没意义''没出息'待在一起。"

"它们可能会吃掉它。"芙洛拉暗示。

"是的，是的，它们可能会，罗伯特·波斯特的孩子。啊，好吧，我可以用它的小红绳把它挂在洗碗盆上面。绝不能把我的小可爱放到脏兮兮、油腻腻的洗碗水里。是的，它比苹果花还要漂亮，我的小洗碗刷。"

他拖着步子走过厨房，小心翼翼地把它挂在水槽上方的墙上，站着欣赏了它一会儿。芙洛拉无疑被激怒了，她怒气冲冲地夺门而去，想出去散散步。

她时常被朋友们从伦敦寄来的信件所鼓舞。斯麦林夫人如今身在埃及，但她也会经常写信。在异域的炎热天气里，她经常会穿白色的裙子，话也说得很少，于是酒店里的男人全都爱上了她。查尔斯同样给芙洛拉的小纸条回了信，提到了赫特福德郡的天气和他母亲的问候。作为对查尔斯的回复，芙洛拉则在深蓝色的笔记纸两面写下了简短而富有信息量的句子。对于他写下的只言片语，芙洛拉似乎觉得很满足。她很期待他的来信。她还收到了茱莉亚的信（茱莉亚在收集有关黑帮的书籍），还有克劳德·哈特·哈里斯以及她所有伙伴们的信。所以尽管她被流放在外，她也并不孤单。

当她每天习惯性地在唐郡散步时，她偶尔会看到埃尔芬：在春寒料峭的天空下，一个轻盈、四肢瘦长的身形，有着波提切利[①]笔下的唱诗班男孩的轮廓。埃尔芬从未接近过芙洛拉，这让芙洛拉很恼火。她很想抓住埃尔芬，给她一些有关迪克·霍克-莫尼特的好建议。

亚当向芙洛拉倾诉了他对埃尔芬的担忧。她认为他并不是有意这么做的；那时他正在挤奶，而她在注视着他，他便自言自语起来。

"她一直盯着豪特库图尔庄园的窗户，"他用当地的方式念出这个名字，管它叫"豪奇克"，"就想看看那位年轻的理查德先生。"他说。

一些世俗的东西，一些如焦土般黑暗、根深蒂固的东西，随着这些词语悄悄地钻进了老人的声音。他被感动了。古老的潮水拍打着他的后腰。

"是那个年轻的乡绅吗？"芙洛拉漫不经心地问。她想在不显得好奇的情况下搞明白这件事。

"是的——从一两岁起就是个好色之徒。"这个回答充满了

[①]桑德罗·波提切利（Sandro Botticelli，1446—1510），15世纪末的佛罗伦萨著名画家。

愤怒，但在愤怒的背后却留下了一些其他更为隐晦的情感痕迹。

芙洛拉感到有些厌恶，但她想将令人难以宽慰的农庄打理得井然有序的心愿却迫使她继续询问下去。

她问他，年轻人应该在什么时候结婚，心里却很清楚这个问题会得到怎样的答案。亚当发出了一个响亮的、不寻常的声音，芙洛拉费了一番力气才猜透它的意思，最终把它解读为一种忧郁的笑声。

"当苹果长在素鸡草上之时，汝会看到色欲为他们披上了婚纱。"他意味深长地说。

芙洛拉点点头，表现出的样子比她所感受到的更加忧郁一些。芙洛拉认为亚当对这件事的看法太过悲观了。或许，理查德·迪克·霍克-莫尼特只是稍微被埃尔芬吸引住了而已，他从没想过要像亚当担心的那样做。就算他有过那样的念头，也不过是一闪而过罢了。

芙洛拉了解那些她所"狩猎"的绅士阶层人士。他们是被美国人（保佑他们！）称为"哑巴"的那类人。他们讨厌大惊小怪，厌烦诗歌（芙洛拉非常肯定埃尔芬是写诗的）。他们更喜欢每二十分钟讲一次话的人。他们喜欢训练有素的狗，喜欢打扮得漂漂亮亮的女孩和持续时间很短的严寒天气。若要理查德背叛埃尔芬，那是最不可能发生的事；但更不可能的事情是，他会愿意娶她。她怪异的衣着、举止和发型会自动地让他唯恐避之不及。这种念头根本就不会进入他的头脑，就像其他许多念头一样。

"所以,除非我做点什么。"芙洛拉心想,"否则她就会在我的眼皮底下成为'剩女'。她若是那副模样,还穿着那样的连衣裙,天知道有谁会愿意娶她。当然了,除非我把她和麦八阁先生撮合在一起。"

然而麦八阁先生已经爱上了芙洛拉自己(至少是现在),所以这又构成了另一个障碍。那么,把毫无准备的埃尔芬,扔给布鲁姆斯伯里和夏洛特街上那些有着最开放的思想、每到周末就交换一次丈夫和妻子的"狮子们",这样公平吗?

他们总让芙洛拉想起狄更斯对画在花瓶上的野猪进行的描述——"每头野猪都将它们的腿悬在空中,呈现出痛苦的角度,以此显示它们完美的自由和快乐。"当他们发现每次的新欢都和旧爱完全相同时,一定会十分沮丧——就像在一个糟糕的派对上试了一个又一个气球,却发现它们都有破洞,没法正常地吹起来一样。

不。埃尔芬绝不能被扔到夏洛特街去。她必须是文明的,然后她必须嫁给理查德。

于是,芙洛拉在外出去唐郡散步的时候,仍会继续留意埃尔芬的动向。

艾达·杜姆姨妈独自一人……坐在她位于楼上的房间里。

在她的孤独中,几乎有一些颇具象征意味的东西:她是中心,是女大家长,是这座房子的焦点……而就像所有的中心一样，她是彻底孤独的。你从没听说过一个东西有两个中心，对吗？这就对了。然而愿望、激情、嫉妒、贪欲……它们涌动的浪花穿越这座房子，汇聚在作为中心的她的孤独之上，就像是网。她觉得自己就是中心……并且彻底地、不可救药地感到孤独。

春天虚弱的风吹向那座老房子。老妇人独自坐在闷热的屋子里，思绪也随之蜷缩着……她不会见她的外甥女……让她离得远远的……

找个借口。就这样把她关在外面。她在这里已经待了一个月，而你还没有见过她。她认为这很奇怪，不是吗？她做出暗示，表明她很想见你。但你不想见她。你感到……一想到她，你就感到了一些奇怪的情绪。你不会见她的。你的思绪缓慢地缠住整个屋子，就像野兽般摩擦着令人昏昏欲睡的墙壁。而在墙外，风就像昏昏欲睡的野兽般摩擦着一切。在内墙和外墙中间，风和思绪都昏昏欲睡。春天的暖风是多么让人困倦啊……

在你很小的时候——那么小，以至于一阵最轻的风，都能将你的小衬裙吹到头顶——你在柴棚里看到了恶心的东西。

你永远都忘不了。

你从来没和妈妈提起过这件事——即使是在今天，你也能闻到她用来擦鞋的新鲜槟榔的气味——你一辈子都会记得。

就是这个东西，让你变得……与众不同。那个……你在工具棚看到的东西——让你的婚姻变成了一场长久的噩梦。

而你从来没有为你丈夫的遭遇烦恼过……

这就是为什么，你会怀着憎恨将你的孩子带到这个世界上。即使是现在，你已经79岁了，当你看到一辆自行车经过窗前的时候，你的胃仍会恶心得下坠……你在自行车棚里看到过它，恶心的东西，就在你很小的时候。

这就是你待在这间屋子里的原因。自从茉蒂丝结婚、她的丈夫来到这个农庄生活以来，你已经在这里待了二十年。你逃离了这四堵墙之外的巨大而可怕的世界，而你的思绪摩擦着这些墙，就像昏昏欲睡的牦牛。没错，就像这样。牦牛。一点不错，就像牦牛。

外面的世界里有盆栽育秧棚，在那里会发生恶心的事情。但在这里，什么事都不会发生。你要确保你的子孙们都不会离开农庄。

茉蒂丝可能不会离开。阿莫斯可能不会离开。卡拉韦可能不会离开。乌尔克可能不会离开。塞思可能不会离开。迈卡可能不会离开。埃兹拉可能不会离开。马克和卢克可能不会离开。哈卡韦有时可能会离开，因为他要在每个星期六的早上去把农场的收入存入比尔肖恩的银行。但其他的人都不离开。

他们中没人有必要离开这里，到一个巨大而肮脏的世界中；那里有很多牛棚，在那里可能会发生恶心的事情，然后被小女孩看见。

你拥有他们所有人。你把你皱巴巴的老手弯成一个褐色的壳，然后自己笑了起来。你就这样握住他们……在你的手掌心里握住他们……就像上帝握住以色列人一样。他们没人拥有一分钱，除了你发给他们的。你允许迈卡、乌尔克、卡拉韦、马克、卢克和埃兹拉每个星期拥有十便士的零花钱。哈卡韦有一先令，可以用来支付他往返比尔肖恩的公共汽车车票。你把你的脚后跟踩在他们身上。他们就是你的沐浴盆，你也可以把鞋扔到他们身上。

即使是你的宝贝儿塞思，你最后一个，也是最可爱的外孙，你也将他紧紧地握在你苍老的手掌之中。他每周拥有一先令六便士的零花钱。阿莫斯没钱。茱蒂丝也没钱。

你昏昏欲睡的思绪多么像牦牛，在安静的屋子里，在昏暗的空气中缓慢地绕来绕去。冬天的乡间风景，在春天的压迫下袭来，急促地拍打着玻璃窗。

于是你坐在这里，从一顿饭活到另一顿饭（星期一，猪肉；星期二，牛肉；星期三，裹面糊烤香肠；星期四，羊肉；星期五，小牛肉；星期六，咖喱；星期日，肉排）。有时……你太老了……你是怎么知道的？……因为你把汤掉在自己身上了……你呜咽起来……有一次，茱蒂丝拿腰子来给你当早餐，它们太烫了，烧了你的舌头……一天又一天……一个季节又一个季节……一年又一年。而你就坐在这里，独自一人。你……令人难以宽慰的农庄。

有时，乌尔克会来看你，他是你妹妹的男人的第二个孩子，他告诉你，农庄正在慢慢腐烂。

没关系。令人难以宽慰的农庄里永远有斯塔卡德一家。

好吧，让它腐烂吧……你拥有的不可能是一个没有棚屋的农庄（牛棚、柴棚、工具棚、自行车棚还有盆栽育秧棚），而但凡有棚屋的地方，东西就势必会腐烂……此外，从你每两个星期检查一次农庄账簿的这件事就可以看出，事情还不算太糟糕……不管怎样，你在这里，他们都和你在一起。

你告诉他们，你疯了。自从很多、很多、很多年以前，在柴棚中看到了恶心的东西之后，你就疯了。如果他们中有任何一个人离开、去了这个国家的任何其他地方，你就会疯得更厉害。他们中任何一个人的任何一种试图离开这个农庄的企图，都会使你的疯病袭来。在某些方面，这是很不幸的，但在其他方面又是有用的……七十年前，"柴棚事件"使你那孩童的大脑中的一些东西被扭曲了。因为那件事，你坐在这里统领着一切，每天有五顿饭被准时地送到你的面前，这对你来说并不算是坏事，那天你在柴棚里看到了恶心的东西。

第十一章

公牛在吼叫,平稳的声音像深红色的柱子般升入天空。塞思忧郁地倚在蹄片上,注视着鲁本,鲁本正在慢悠悠、娴熟地修补着贝丘(史前废物堆)轨道上的一处缝隙。没有一个花蕾能冲破黑黝黝、软绵绵的荆棘丛,开出花朵来,但空气却随着春天的乐章呜呜作响。现在是上午十一点。一只鸟在牛奶厂的屋顶上唱起了愚蠢的宣叙调。

当芙洛拉身穿去唐郡散步所专用的裙子穿过院子时,两兄弟都抬起了头。她好奇地看着棚子,从那里头传来了公牛"大生意"震耳欲聋的吼声。

"我觉得,让它出来应该是个好主意。"她说。塞思咧嘴一笑,用手肘轻轻推了推脸色苍白的鲁本。

"我的意思不是为了让它交配,而是为了空气和运动,"芙洛拉说,"你不能指望一头公牛整天被关在气味难闻的黑暗里,还能产出健康的种畜。"

塞思看不惯这段话里那没人情味的音调,于是他懒洋洋地

走开了。鲁本却一贯乐于倾听对农庄有益的建议,芙洛拉也已经发现了这点。他彬彬有礼地说:

"是的,这是真的。我们明天就把它放到大牧场上去。"接着,他又回去修补贝丘轨道了;但就在芙洛拉准备离开的时候,他再次抬起头说:

"所以你和老魔鬼一起去了,是不是?"

芙洛拉正在学习如何翻译斯塔卡德一家所说的俚语,她将这个问题的意思理解为,她在上个星期,陪她的表姐夫阿莫斯去了"颤抖的弟兄们"教会。她用既礼貌又惊讶的语调答道:

"我不太明白你的意思,但如果你是说,我是否和阿莫斯表姐夫一起去了比尔肖恩的话,那么是的,我去了。"

"是的,汝去了。那个老魔鬼说了什么有关我的事吗?"

芙洛拉只能回忆起一句"死人鞋子"的话,但重复那样的话实在太不谨慎了,于是她回答,她对说过的话都记不太清楚了,因为那场布道的影响力实在太过强大,将其他的一切都从她的脑海中赶跑了。"我当时建议阿莫斯表姐夫,"她补充道,"将他的布道讲给更广泛的听众。我认为他应该坐着货车周游全国,去布道——"

"看起来更像是,要把无害的鸟儿赶出树丛。"鲁本插嘴道,样子忧郁。

"——去集市上,或是在市场交易日里。你看,假如阿莫斯表姐夫要长时间外出,那就意味着必须有人管理农庄,不是吗?"

"无论如何,老魔鬼死后,总要有人来接管它。"鲁本说。强烈的激情使他的眼白凝结起来,他的呼吸也变得沉重。

"是的,当然,"芙洛拉说,"他说要把它留给亚当。我认为这根本就不明智,你觉得呢?首先,亚当90岁了。他没有孩子(至少,据我所知,他一个也没有)。我认为他不太可能再结婚了,你呢?他也不会有法律意识。例如,我想象不到他会费工夫去立遗嘱。就算他立了一个,又有谁知道他会把农庄留给谁呢?他可能会把它留给'没出息'甚至是'没目的',那就意味着会有很多法律上的问题,因为我怀疑两头牛是否能继承一个农庄。然后还有,'没意义'和'没礼貌'可能会为此提出索赔,这就意味着诉讼将会没完没了,最终导致农庄所有的资源都被消耗殆尽。哦,不,我认为阿莫斯表姐夫不太可能会把农庄留给亚当。我认为他若能听从劝告,开展一次环绕英国的布道之旅,或是在退休前去往某个遥远的小山村,在那里写一本很长的布道书,都会更好得多。那么无论是谁留下来接管农庄,都能处理好这里的事务,当阿莫斯表姐夫最后归来的时候,他就会明白,农庄的管理权必须交由那个人之手,以便省去一切麻烦,让所有事情重新变得井然有序。你看,鲁本,到那时,阿莫斯表姐夫就不会再想着把农庄留给亚当了,因为显然,管理农庄的那个人本来就应该是接管它的人。"

在她的这番演讲接近尾声时,她有点支吾其词,因为她想起来,斯塔卡德家的人很少会做"看起来显然如此"的事情,尽管他们常常会未雨绸缪到令人尴尬的程度,以至于无法做出正常的事。

她的话并没有对鲁本产生预期的效果。他用怒气冲冲的声音说：

"是在说你吗？"

"事实上，不是。我已经告诉过你了，鲁本，我在经营农庄方面一窍不通。你会相信我的。"

"如果不是指你自己，那你是什么意思？"

芙洛拉放弃了外交上的策略，直接说道："你。"

"我？"

"是的，你。"她在耐心地同斯塔卡德家打成一片。

他紧紧地盯着她。她厌恶地发现，他的胸前长满了毛。

"那不可能。"他最后说，"老太太绝不会放他走的。"

"为什么不呢？"芙洛拉问，"为什么他不应该去呢？为什么艾达姨妈喜欢让你们都守在这里，就像你们全都是小孩子一样？"

"她——她——她病了。"鲁本一边结结巴巴地说，一边向头顶上那紧闭的、落满灰尘的农庄窗户投去迅速的一瞥，林山雀已经在屋檐下筑巢了。

"如果我们之中有谁说要离开农庄，她就会犯病。令人难以宽慰的农庄里永远有斯塔卡德一家。我们谁也不能走，除了哈卡韦，他会在每个星期六的早上拿钱去比尔肖恩的银行。"

"但你们所有人有时都会去比尔肖恩。"

"是的，但如果她知道了，就会有很大的风险。她会犯病的。"

"犯病？犯什么病？"芙洛拉有点不耐烦了，与查尔斯不同，她对阴暗的秘密秉持的是强烈反对的态度。

"她的——她的病。她——她不像别人家的祖母。在她还没有一只红雀那么大的时候，她看到了——"

"哦，鲁本，拜托快点告诉我，你是个好人。不然等我到唐郡的时候，太阳都落山了。"

"她——她疯了。"

这句话又肥大又阴暗，就这么横贯在他们之间冷漠的空气中。时间——最近刚刚表现得正常一些，又突然开始在无尽的空间里旋转起来，绕着一个亮点不停地旋转。真是祸不单行。

"哦。"芙洛拉若有所思地说。

事实就是这么简单：艾达·杜姆姨妈疯了。根据概率法则，你会期待在这种"令人难以宽慰的农庄"里找到一位疯奶奶；而破天荒地，这一次，概率法则没有让你失望，一位疯奶奶就在那里。

芙洛拉一边用她的手杖轻敲她的鞋子，一边说这真让人尴尬。

"是的，"鲁本说，"太可怕了。她发疯时的症状，表现为想要了解周围的一切。她必须每周看到账簿两次：关于牛奶的、鸡的、猪的和玉米的账簿。如果我们把账簿拿走，她就会犯病。太可怕了。你看，她是家里的头领。我们不惜一切代价让她活着。除了每年有两次——五月一日和收获节的最后一天——她从来都不下楼。如果有人吃得太多,她也会犯病。太可怕了。"

"的确如此。"芙洛拉表示赞同。她突然想到,艾达·杜姆姨妈在发疯这件事上选用了最方便的方式。如果每个发疯的人都能安排自己发疯的方式,她很确定他们都会选择像艾达·杜姆一样。

"这就是她不想见我的原因吗?"她问。"你知道,我来这里已经将近一个月了,我还没有见过她。"

"是的,也许吧。"鲁本冷漠地说,他的长篇大论似乎令他累坏了。他的脸湿透了,陷在了一条条皱纹里,那些皱纹看起来具有很强的防御性。

"好吧,不管怎样,"芙洛拉轻快地说,"既然艾达姨妈疯了,那你就大可以去劝说阿莫斯表姐夫,让他进行一趟布道旅行,然后趁他不在的时候照管农庄了。你试试看。"

"你认为,"鲁本慢慢地说,"如果我趁老魔鬼不在时照管农庄,他回来后就会发现我照管得不错,没准儿以后就会把农庄留给我?"

"是的,我就是这么认为的。"芙洛拉坚定地说。

鲁本的脸被很多种情绪揪扯得扭曲了;然后突然间,有事发生了!即使她仍在注视他,但胜利已经属于她了!

"是的,"他声音嘶哑地说,"该死的,如果我不跟老魔鬼说话,他这个星期肯定就不开口了。"

令她意外的是,他向她伸出了手。她握住它,热情地摇了摇。这是她在斯塔卡德家遇到的第一个人性光辉的迹象，她被感动了。她觉得自己就像是科尔特斯或詹姆斯·金斯爵士[①]，又发现了另一颗白矮星。

当她沿着向下的小路走向平坦的地面时，她高兴极了。如果鲁本没在劝说阿莫斯的时候炫技逞能、做得太过火（这是一个真正的危险因素，因为阿莫斯十分精明，很快就会看穿任何想要摆脱他的企图），她的计划应该就会取得成功。

这是一个清新而愉快的早晨，也由于麦八阁先生（她无法学会把他想象成梅耶尔堡）不在她的身边，她觉得这次散步更加令人享受了。过去的三个早晨他都在，但今天早晨她对他说，他真的该去做些工作了。芙洛拉也不知道自己为何这么说，但不管是什么借口，只要能摆脱他就行。

要说芙洛拉很喜欢和麦八阁先生一起散步，那是一定不对的。因为首先，除了"性"，他对任何事情都并非真正感兴趣。这一点令人震惊，但也是可以理解的。毕竟，许多最优秀的人也会有同样的弱点。但麦八阁先生的问题在于，对于那些普通的东西——即使是最优秀的人也不会将它们与"性"联系在一起——他却认为其中都有着对"性"的暗示。然后他会指出它们、进行比较，再询问芙洛拉有什么看法。芙洛拉觉得很难回答，因为她并不感兴趣。于是她不得不表现出礼貌的样子，但

[①]詹姆斯·金斯爵士（Sir James Jeans, 1877—1946），英国物理学家、数学家，第一个提出宇宙中的物质是被不断创造的人，在天文学理论上亦有创新，因一本天文学畅销书而闻名。

这样一来，麦八阁先生却误以为她是缺乏热情，并认为这都是受到了压抑的缘故。他评论说，大部分英国女人（大部分年轻的英国女人，也就是19岁到24岁的英国女人）都受到了压抑，多么奇怪啊！冷漠，这就是19岁到24岁的英国年轻女性的特点。

他们有时会穿过一片令人愉悦的桦树林，这片林子刚刚开始萌芽，尚未长成。树木的根茎让麦八阁先生想到了阳具，芽苞则使麦八阁先生想到了乳头和处女。麦八阁先生向芙洛拉指出，他和她正在种子上行走，而它们正在地球的子宫内发芽。他说，这让他觉得，自己就像在践踏一个身材高大、肤色棕黑的女人的身体。他觉得，自己就像是某种伟大的妊娠仪式中的性伴侣。

有时，芙洛拉会问他一棵树的名字是什么，但他从不知道。

不过，在面对远处的山丘时，他不联想到一对大乳房的情况却几乎没有。他会站在那里，注视地平线上的树林，然后眯起眼睛，用鼻孔深深呼吸，说这样的景色让他想到了有关普桑[①]的一件有趣的事。或者有时，他会停下来凝望水池，说它就像一幅马奈[②]的画作。

而且，为了对麦八阁先生表示公平，必须承认的是，他有

[①]尼古拉斯·普桑（Nicolas Poussin，1594—1665），17世纪法国巴洛克时期的重要画家，17世纪法国古典主义绘画的奠基人。
[②]爱杜尔·马奈（Edouard Manet，1832—1883），法国印象派著名画家。

时确实会对当下的社会问题很感兴趣。就在昨天，当他和芙洛拉在一个庄园里散步、路过一条对公众开放的杜鹃花小巷时，他就和芙洛拉讨论了一例发生在海德公园的拘捕案。那些杜鹃花让他想到了海德公园。他说，过了晚上七点，一个人是不可能在海德公园坐上五分钟而不被搭讪或是拘捕的。

海德公园里也能见到许多同性恋者。还有妓女。上帝啊！那些杜鹃花的花苞有一种阳刚的、急迫的表情！

早晚有一天，我们就必须解决同性恋的问题了。我们就必须解决女同性恋和老姑娘的问题了。

上帝啊！下头那个凹下去的小水池的形状就像某个人的肚脐！他想脱下衣服、跳进去。那么就又有了一个问题……我们也必须解决。除了英国，没有哪个国家会对赤身裸体的行为有如此强烈的好色之心。如果我们所有人都赤身裸体，性欲就会自动地消失了。芙洛拉有没有参加过什么派对，在那里，人人都会脱掉他们的衣服、一丝不挂？麦八阁先生就有过。有一次，我们很多人都在河里洗澡，什么也没穿，后来，小哈丽特·贝尔蒙光着身子坐在草地上，为我们吹奏她的长笛。秀色可餐啊。那么简单、快乐、自然。比莉·波尔斯威特跳了一支夏威夷爱情之舞，做了所有在舞台上通常都会被忽略的动作。她的丈夫同样跳舞了。真是太可爱了，不知为何，那么温暖、自然、真实。

所以，综合来看，芙洛拉很高兴能独自散步。

除了她自己，没有别人。她向下走，走进一个长满榛子和黄褐色灌木丛的山谷，朝着一座用灰色石块建成的小房子走去，房子就伫立在唐郡的另一端，屋顶被漆成了绿松石色。这是一个牧羊人的小屋；她能看到，靠近小屋的石舍里关着产羔的母羊，里面还有一个浅浅的水槽，那是它们喝水的地方。

要是麦八阁先生在，他就会说，那些母羊正在向生命力致以女性的敬意。他说，一个女人的成功，只能通过她在性生活方面的成功来估计，而芙洛拉认为他也会对母羊说同样的话。

噢，她真高兴他没在这儿啊！

她蹦蹦跳跳地绕过"母羊小屋"的一角，然后看见了埃尔芬，她正坐在一块草皮上晒太阳。

两个人都吓了一跳。但芙洛拉却很高兴，她一直想找个机会和埃尔芬谈谈。

埃尔芬突然站起身，一副泰然自若的样子；她的身上有一种小马驹般稚嫩的优雅。她那古怪、阴郁、纯洁的嘴唇上流露出一种树精般的微笑，她的眼睛则是既不清醒亦不友好的。芙洛拉心想："多奇怪的发型啊！毫无疑问，肯定是弄错了。"

"你是芙洛拉——我是埃尔芬。"那个姑娘简单地说。她的声音里有着简单而令人心醉的音质和唱诗班男孩的那种性冷淡似的清澈音色——只不过唱诗班的男孩很少是性冷淡的，正如很多受过骚扰的女牧师们所知的一样，她们曾为此付出了代价。

"无可嘉奖。"芙洛拉相当粗鲁地想，但她却彬彬有礼地说道："是的，这个清晨可真美啊。你去过远一些的地方吗？"

"是的……不是……在那边……"她那甩出手臂的随意姿势，在某种奇怪的程度上，几乎将无边的地平线勾画了出来。茱蒂丝的姿势也有着同样绝妙的特点，可以扫除一切障碍；农庄里甚至没有地方能幸存一个花瓶。

"我在房子里喘不上气。"埃尔芬突然羞涩地继续说，"我讨厌房子。"

"真的吗？"芙洛拉问。

埃尔芬深吸了一口气，芙洛拉知道，她马上就要开始就她的习惯长篇大论一番了，这就像那些害羞的树精一样，只要你给出一点机会，它们也会这么做的。于是她坐在阳光下的另一块草皮上，抬头看着高挑的埃尔芬，安静地听下去。

"你喜欢诗歌吗？"埃尔芬突然问。她的皮肤下面涌出一股纯粹的色彩洪流。她的双手紧握着，骨骼的结构使之看起来很像男孩的手。

"还可以。"芙洛拉谨慎地回答。

"我很喜欢。"埃尔芬简单地说。"它说出了所有我说不出的话……不知为何……它意味着……哦，我不知道，就是一切，不知为何。够了。你有过那种感觉吗？"

芙洛拉回答说，她偶尔会有这样的感觉，但她的回答并不充分，因为事实上，她并不太清楚埃尔芬究竟是什么意思。

"我写诗。"埃尔芬说。（所以我是对的！芙洛拉心想。）"我会给你看一些……如果你能保证不笑。我受不了自己的孩子被别人嘲笑……我把我的诗称作我的孩子。"

芙洛拉觉得她完全可以保证这一点。

"还有爱。"埃尔芬喃喃自语,她的声音就像芬兰的冰雪,在芬兰的春天,在第一道生机勃勃的光和缱绻的风中,羞涩地破裂和变化着。"不知为何,爱和诗歌是相辅相成的……我是说……在山坡上,当我独自面对我的梦想时……哦,我无法向你描述我的感觉。我一个早上都在追松鼠。"

芙洛拉严肃地问:

"埃尔芬,你订婚了吗?"

她的表外甥女一动不动地站着。颜色慢慢地从她的脸上褪去了。她的头垂了下来。

她咕哝道:"是有个人……但我们不想通过不可更改、有束缚力的东西,把事情都搞砸……太可怕了……若是束缚任何人……"

"胡言乱语。这其实是个很好的主意。"芙洛拉严厉地说,"对你来说,被束缚起来也是一件好事。现在说说,如果你不嫁给某个人,你觉得你会怎么样?"

埃尔芬的脸色亮了起来。"噢……但我已经计划好了,"她急切地说,"我会在霍舍姆的一家工艺美术商店找个工作,在业余的时候做做剪贴画。我会过得很好的……然后我就可以去意大利,没准还会学习一下如何才能稍微变得和圣方济各[①]相

[①]圣方济各(San Francesco di Assisi,1182—1226),天主教方济各会和方济女修会的创始人。

像一些……"

"对女人来说，模仿圣方济各是完全没必要的。"芙洛拉冷冰冰地说，"而且以你的情况来看，这无异于彻底的自杀。像你这样的大姑娘必须穿合身的衣服才行。还有，埃尔芬，不论你做什么，永远要穿正式的高跟鞋。记住，正——式。你长得这么俊俏，完全可以穿那些最传统的服饰，而且你穿起来会非常好看。但是注意，看在上帝的分儿上，别穿橘色的亚麻针织衫，也不要戴手工制作的珠宝首饰。噢，还有，不要在晚上披披肩。"

她停顿了一下。从埃尔芬的表情上，她看出自己进展得太快了。埃尔芬看起来十分困惑，一副极可怜的样子。芙洛拉很愧疚。她刚才莫名其妙地就喜欢上了这个滑稽的丫头。于是她把她拉到身旁坐下，用非常友好的语气说：

"那么，发生了什么事？告诉我。你讨厌待在家里吗？"

"是的……但我不常在家，"埃尔芬低声说，"不……是乌尔克……"

乌尔克……那个长得像狐狸的小个子男人，他总是盯着芙洛拉的脚踝看，或者朝井里吐口水。

"乌尔克怎么了？"她追问道。

"他……他们……我觉得他想娶我，"埃尔芬结结巴巴地说，"我觉得外祖母的意思是，要我在18岁的时候嫁给他。他……他……爬上我窗外的那棵苹果树，想看我上床……睡觉。我只好把三条毛巾挂在窗户上，然后他就拿鱼竿把它们戳掉了，大笑着朝我挥拳头……我不知道该怎么办。"

芙洛拉勃然大怒，但她掩饰住了自己的坏脾气。就在这时，她下定决心要收养埃尔芬，把她从"令人难以宽慰"的全体斯塔卡德成员的牙缝里解救出来。

"那么，有人知道这件事吗？"

"嗯……我告诉他了。"

"他说了什么？"

"哦……他说：'真倒霉，小姑娘。'"

"是迪克·霍克-莫尼特，对吗？"

"哦……你是怎么知道的？哦……我想现在大家都知道了。真糟糕。"

"事情确实是极其混乱的，但我想，我们没必要把它说得那么糟糕，"芙洛拉说着，更平静了一些，"现在，你一定要原谅我问这些问题，埃尔芬，但是年轻的迪克·霍克-莫尼特真的曾向你求婚，要你嫁给他吗？"

"嗯……他说如果我们这么做，是个好主意。"

"差劲……差劲……"芙洛拉摇头咕哝着，"请原谅我，但他看上去爱你吗？"

"他……我在的时候，他会，芙洛拉，但不知为何，我不在的时候，我觉得他不怎么在乎我。"

"而我想，你十分关心他，想要成为他的妻子？"

犹豫了一会儿之后，埃尔芬承认自己有时很自私，希望能完全拥有迪克。有一个叫帕梅拉的表妹看起来很危险，她常常从伦敦来这里过周末。迪克觉得她特别有趣。

当芙洛拉听到这一则新闻时,她的面部表情并没有发生改变,但她的情绪却低落了下来。对于埃尔芬来说,想要赢得迪克的心本就够困难了,而现在,竞技场上又来了个新对手,这让事情更难了一千倍。

但她的情绪属于罕见的一种类型,一想到即将到来的战役,它就立刻变得既冷酷又欣喜,而她的绝望也没有持续太久。

埃尔芬正在说话:

"……之后就会有舞会。当然,我讨厌跳舞,除非是在树林里,与风之花和小鸟共舞;但我宁愿去参加这个,你知道,这是迪克的21岁生日派对……而且不知为何……我觉得这会特别有趣儿。"

"'趣味盎然'或'妙趣横生'……不是'特别有趣儿',"芙洛拉善意地纠正道,"你被邀请了吗?"

"哦,没有……你知道,祖母不允许斯塔卡德的人接受邀请,除非是参加葬礼或妇女过召会。所以如今没有人给我们发邀请函了。迪克确实说过他希望我能来,但我想他只是出于好意才这么说的。我想他压根就没想过我能来,一分钟都没有。"

"我想,请求你的外祖母允许你去是没用的吧?对于一个人来说,要想对付专制的老年人,明智的做法就是尽可能去做一切正确的事;然后当你做了不正确的事,他们就不太可能怀疑了。"

"哦，我敢肯定，她永远不会放我走的。她在三十年前就同霍克－莫尼特先生大吵过，她恨迪克的母亲。如果她认为我曾经与迪克相识，她会气疯的。另外，她还认为跳舞是邪恶的事。"

"一个有意思的中世纪迷信残余。"芙洛拉评论道，"现在听着，埃尔芬，我想，如果你能前去参加这个舞会，对你来说会是极好的一步。我会努力一试，看能否把这件事办成。我也会一同前往，并且留意照看你。为我们争取到邀请函或许有些困难，但我会尽最大的努力。然后等我们得到邀请函了，我就带你一起去唐郡，为你买一件连衣裙。"

"哦，芙洛拉！"

芙洛拉很高兴地发现，像瘟疫一样笼罩在埃尔芬头上的"野鸟兼树精"般的气氛变得稀薄了。现在，她说起话来非常自然。如果一点平凡无奇的女性间的闲谈，再加上一点对她那可怜而具孩子气的琐事的兴趣，就能产生这样良好的效果，那么一件剪裁得体的连衣裙与一头被梳理、擦亮的头发所产生的效果，则很可能是奇迹般的。那样，芙洛拉会高兴得连连搓手的。

"这次舞会是在什么时候？"她问，"会有很多人受到邀请吗？"

"在4月21日，离明天就剩一个月了。哦，是的，它会非常隆重。他们将在戈德米尔的集会厅举办这次舞会，全郡的人都会受到邀请，因为，你知道的，这可是迪克的21岁生日派对啊。"

"那就好多了,"芙洛拉心想,"搞到邀请函会更容易一些。"她在伦敦有那么多朋友,他们中肯定有谁会认识霍克-莫尼特一家吧?然后克劳德·哈特·哈里斯可以过来当她的舞伴,因为他的华尔兹跳得很棒。那么有谁可以当埃尔芬的护花使者呢?

"塞思跳舞吗?"她问。

"我不知道,我恨他。"埃尔芬简单地回答。

"我也不能说自己很喜欢他,"芙洛拉坦诚地说,"但假如他会跳舞,我想,最好他能和我们一起去。你必须得有个舞伴,你知道这一点。或者,你也可以问问别的男人?"

但是身为一个树精,埃尔芬自然不认识别的男人;而一定可以在4月21日出席的人,芙洛拉唯一能想到的就只有麦八阁先生。她知道,她只需要问他一声,他就会蹦蹦跳跳地来给埃尔芬当舞伴。除了塞思和麦八阁先生以外别无选择,这样的事是很可怕的。但没办法,在萨塞克斯就是这样。

"好吧,我们可以之后再安排这些细节问题。"她说,"现在我必须做的是,看看我在伦敦的朋友们中有没有谁认识霍克-莫尼特家的人。我会问问克劳德,他认识一大群住在乡下的人。我今天下午就给他写信。"

她对埃尔芬颇有好感,但她真的不想同她一起度过这个美妙清晨的余下时光。于是她站起身来,一边露出愉快的微笑,一边向她承诺会告知她事情的进展情况,然后便继续散步去了。

第十二章

几天后,克劳德·哈特·哈里斯在位于奇西克集市的家中给芙洛拉回信。他认识霍克-莫尼特一家。爸爸去世了,妈妈像一只可爱的老鸟,爱好是阅读《高级思想》。他们有一个儿子,他看起来赏心悦目,只是反应有点迟钝;另有一个健康的女儿,名字叫琼。他想,假如芙洛拉确定要去舞会的话,他可以为她弄到四张邀请函。这当然是件烦人的事,但假如她真心想去,他就会写信给霍克-莫尼特夫人,告诉她,他有一个朋友被流放到嚎叫村的一个农庄了,她很想带着她的亲戚和两个年轻人去参加舞会。他,克劳德,当然会很乐意做芙洛拉的舞伴,但坦率地说,塞思听上去就是一个邋里邋遢的人,有必要让他来吗?

"不管邋遢不邋遢,"芙洛拉小而清脆的声音在五十英里以外的地方说道(因为她觉得,在她急于将此事安排妥当的前提下,她会通过电话给他回信的),"我们能找到的人只有他,除非算上我告诉过你的那位麦八阁先生。但我真希望不要带他去，克劳德。带聪明人去跳舞，你知道他们会有多可怕。"

克劳德扭动电视拨号盘，通过研究芙洛拉陷入沉思的美丽脸庞来消遣娱乐。给埃尔芬的未来做安排是一件严肃的事，所以她眉目低垂，嘴巴紧闭。他想象着，她正用她的鞋尖划拉着某种图案。她是看不见他的，因为公共电话上并没有安装电视拨号盘。

"哦，是的，我们当然不愿进行太多聪明的对话。"他果断地说，"我想，我们会把麦八阁先生排除在外。那么好吧，我今天就给霍克－莫尼特夫人写信，一有消息就告诉你。或者我最好让她把邀请函直接寄给你，怎么样？"

于是事情就这么安排好了。

芙洛拉走出比尔肖恩的邮局，沐浴在怡人的阳光下，她为自己的计划感到一丝愧疚。克劳德说过，霍克－莫尼特夫人是个可爱的人。而芙洛拉正计划着把埃尔芬硬塞到这个可爱的人的儿子手上。她绞尽脑汁，却发现她的想象力拒绝呈现给她一张那样的图像——霍克－莫尼特夫人欢天喜地地迎接儿媳妇埃尔芬。霍克－莫尼特夫人的业余爱好或许是阅读《高级思想》，但芙洛拉确信，在考虑为理查德娶一个妻子的时候，她会变得非常实际。尽管她自己也有爱好，但她却不会对埃尔芬的艺术气质表示赞同和欣赏。在霍克－莫尼特夫人觉得合适之前，埃尔芬不得不经历由内到外的彻底改造；而即使改造取得了成功，霍克－莫尼特夫人也不太可能认同埃尔芬的家庭。确实，有谁会对迈卡和茱蒂丝这样粗犷而略显尴尬的宏伟形象表示赞赏呢？

而一旦到了宣布订婚的时候，斯塔卡德一家一定会"大放异彩"的。

艰难的时刻近在眼前。

但这一切正是芙洛拉所喜欢的。她厌恶大声的争吵和不愉快的场面，喜欢用她冷酷的意志同反对意见进行平静的对抗，这让她觉得有趣；而当她被打败的时候，她就会秩序井然地撤退，丧失战斗的兴趣。她几乎没有任何体育精神。血战至死的行为令她厌烦，不过，她也不喜欢让别人获胜。

然而，同一个可爱的人打架却也没有什么意思。如果芙洛拉自己就是 65 岁的霍克-莫尼特夫人，对于一个女孩将埃尔芬"种"进一个安静的乡村家庭的行为，她也会感到无比痛苦的。

要想抚慰她那烦人的良心，只有一种办法。的确，埃尔芬必须接受改造；她的艺术气质必须被根除。她的思想必须与她那经过精心打扮的头颅相匹配。她的动作必须少一些，她的言谈也不能那么天真烂漫。她不能再写诗了，也不能再在散步时走太多的路，除非有一只合适的狗陪伴在身旁。她必须学会认真对待马匹。在提到一本书或一曲弦乐四重奏时，她必须学会笑，并且承认自己并不是那么聪明。她必须学会做个四肢修长、双眼明亮，并且能够克制情绪的人。她已经具备了前两种品质，至于最后一点，她必须立刻着手去学习。

而要教会她全部的这些事，现在只剩下二十七天的时间了!

芙洛拉一边沿着大街朝公共汽车的发车地走去,一边计划着教育埃尔芬的事。她看了看市政厅前挂的钟——显示现在是十二点,意识到她有半个小时可以等公共汽车。这是一个星期六的清晨,镇上挤满了从偏远农庄和乡村前来为周末购物的人;其中一些人已经在等候公共汽车了,于是芙洛拉穿过集市,准备同他们一起等候。

但随后她注意到,有一个人—— 一个男人,一直试图想吸引她的注意力。当她发现他的外貌上有着某种令她熟悉的东西时,她做出了正确的举动——没去看他;他很像斯塔卡德家的某人(他们的人数实在太多了,以至于她有点担忧,很怕在街上遇上谁却不认识他)。无疑,这个人就是哈卡韦。他刚刚从银行出来,一直以来,都是由他来把农庄的每周进账存入银行的。芙洛拉马上就认出他来,笑着鞠躬说:"早上好。"

他用典型的"斯塔卡德式"礼节回敬了她——也就是说,他投出了一道怀疑的目光。他的样子像是在问,她到比尔肖恩做什么?而芙洛拉决定,只要他这么问,她就会解开随身带的那包淡绿色丝绸,当着他的面在这条大街上抖上一抖。

哈卡韦在她面前停了下来,抢先一步将她和公共汽车隔开。

"你走得离农庄挺远啊。"他咕哝道。

"你也是。"芙洛拉反驳道,她很生气。

"是的,但我每个星期六都要到比尔肖恩做生意。每一年的每一个星期六早上,我都会和'毒蛇'一起来这儿。"他猛地把头转向那头又大又讨厌的牲畜,芙洛拉注意到,这让那头牲畜离得远了些。

"这样啊。我是坐公共汽车来的。"

一个神秘的微笑悄悄爬上了哈卡韦的脸庞。这微笑像狼的、像熊的,也像狐狸的。他轻轻地从口袋里摸出一些硬币。他看起来就像沉浸在自己的某种神秘的满足感之中,而这是因为,他是驾着马车来比尔肖恩的,于是就可以把姨祖母每个星期给他的车钱攒起来了。

"是的,公共汽车……"他慢吞吞地重复着。

"是的,公共汽车。但十二点半以前不会有车了。"

"没准我可以驾车送你回家,和我一块儿。"他建议道,就像是芙洛拉在请求他一样。她既不愿坐在潮湿、臭气熏天的公共汽车上,也不愿同斯塔卡德家的人一起驾车回家,但在做了一番心理斗争后,"公共汽车"的选项输了。此外,她也乐意了解更多有关斯塔卡德家的私生活,而哈卡韦则很可能会告诉她一些有关乌尔克的事——那个本该和埃尔芬结婚的人。

"你真是太好了。"她说。然后,他们一起坐上了马车。

马车在树篱间疾驰而过,芙洛拉若有所思地看着他。她很想知道,他有没有特别讨厌的东西?她几乎没法把他同乌尔克、卡拉韦、埃兹拉、卢克和马克区分开。不过没关系,也许到时候她就会把他们安排妥当的。

她开始找话说了。

"那口井怎么样了?"(其实她并不关心)

"全都塌了,糟透了。"

"哦,真抱歉!那太遗憾了。但上次我见到它的时候,它已经快完工了。这是怎么回事?"

"马克干的。他和我们的迈卡气冲冲地打起来了,他们在争论该由谁去铺最后一块砖头。我们围着他们站成一圈,等着看热闹,看看谁先打倒对方。后来,马克把迈卡推下井,把最后一块砖扔到他头上了。哈哈!我们是公平竞争,两不相帮。"

"那……迈卡……呃……他伤得严重吗?"

"非也。马克后来下去把他救上来了。但砖头丢了。"

"真可惜。"芙洛拉评论道。

哈卡韦突然大喊起来,让芙洛拉吃了一惊。

"是的,真可惜。对于令人难以宽慰的农庄里的某些人来说,拿砖头砸到他们头上会好得多。我不说名字,但我心知肚明。"

硬币在他的口袋里轻轻地叮当作响起来。熊一般的微笑浮上他的嘴角。

"谁?"芙洛拉问。

"她……那个老太太。我的姨祖母。她把我们都握在手掌心里。"他又把硬币弄得叮当作响。

"啊,是的,我姨妈。"芙洛拉若有所思地说。她觉得哈卡韦相对容易说话,看起来也没有那么不友好。

"我不明白,"她接着说,"为什么你不离开她?我猜她掌握着所有的钱。"

"是的……而且她疯了。如果我们之中有谁要离开农庄，她会疯得更厉害。那样就太让我们丢脸了。我们必须让这个家族的头领活着，而且保持清醒的头脑。令人难以宽慰的农庄里永远有——"

"我知道，我知道。"芙洛拉急忙说，"我一直觉得这是一种自我安慰，你觉得呢？但说真的，哈卡韦，我认为这种权威确实被行使得过分了，如果成年男人都要被阻止与人结婚——"

哈卡韦立刻笑了，这让芙洛拉很失望。她担心他会开一个具有"农庄特色"的玩笑，但令人惊讶的是，他说了这样的话：

"非也，非也。我们之中的一些人已经结婚了。但这位老太太，她很可能没见过我们的女人，不然她会马上疯掉的。斯塔卡德家的女人自己过自己的日子。她们住在村子里，只有在派对或是老太太下楼时才出现。她们之中有迈卡的苏珊、马克的菲比、卢克的普吕、卡拉韦的莱蒂、埃兹拉的简。乌尔克，他是个单身汉。我嘛……我有自己的麻烦事。"

芙洛拉很想问问他自己的麻烦事是什么，但又担心这个问题会带来一大堆尴尬的秘事。或许他爱上了比特尔夫人？与此同时，他的消息太让人惊讶了，以至于让她目瞪口呆，一动不动。

"你是说她们都住在村子里吗，五个女人？"

"六个女人。"哈卡韦低声纠正道，"是的，还有一个，可怜的傻蛋伦妮特。"

"真的吗？她和别人是什么关系？"

"她是迈卡的苏珊第一次结婚时生下的女儿。我的意思是，她和马克的婚姻；还有马克，他是迈卡的表兄阿莫斯的同父异母的兄弟。所以这很让人困惑，是的，可怜的伦妮特……"

"她怎么了？"芙洛拉尖刻地问。有一大群斯塔卡德的女人是她从来没见过的，这个消息令她颇为沮丧。看起来，她的任务实在太多了，超出了她的能力范围。

"十年前，她对马克·多勒失望了。她从未结婚。她的脑子有点奇怪。有时，当沉重的素鸡草从经过的大车上垂下来，她就会跳进井里。是的，有两次她试图扼死梅里亚姆，那个女佣。你可以这么说，这是因为大自然在进入她的血管后出了岔子。"

马车在农庄外停下的时候，芙洛拉真的很高兴，因为她不想再听下去了。她觉得自己无法承担起营救苏珊、莱蒂、菲比、普吕、简、伦妮特还有埃尔芬的全部责任。可恶！女人们必须抓住自己的机会。她一定会去解救埃尔芬的，而且一旦解决这件事，她就要去同艾达姨妈一决高下，但除此之外，她不会再承诺任何事。

在接下来的三个星期里，她和埃尔芬待在一起，忙得不可开交，没时间去担心那些未知的斯塔卡德家的女人们。

大部分时间她都是和埃尔芬一起度过的。一开始，她还以为会有人对此进行干涉，想阻拦她同埃尔芬去唐郡的山顶散步，或是在她的绿色小客厅里度过午后时光。这些习惯都是清白无害的，但斯塔卡德一家却并不会为此就善罢甘休。不对，正是她们的清白无害，才更可能使这台庞大而坚固的斯塔卡德机器运转起来。因为那些过着丰富情感生活的人，那些（如俗话所说）过着带劲儿的生活并热爱狂野的诗歌的人都有一种怪癖，他们会将所有的意义相对简单地解释为某种行为造成的影响，特别是其他那些并没有过着带劲儿的生活，也不热爱狂野的诗歌的人所造成的影响。所以你很可能会发现，他们正躲在自己的床上泣不成声，而你却被告知，你才是造成这一切的罪魁祸首，因为你在午餐时对他们说了那么可怕的话；或者是因为，他们很想知道你为什么要去听音乐会，里面肯定有什么不为人知的秘密。

所以她们两个人经常在没人的时候偷偷溜出去散步。

芙洛拉根据经验得知，如果她想去比尔肖恩，或者如果她想要为下午茶买一壶杏子果酱（就像她刚来这里一星期时那样），她必须得事先征求斯塔卡德一家的同意。每到这种场合，茱蒂丝都会一边脸朝下地躺在蒂克尔便士角的陇上，一边哭哭啼啼。茱蒂丝会这么回答她的问题，只要她能一个人同自己的悲伤待在一起，任何人都可以做他们喜欢的事。芙洛拉接受了这份慷慨的声明，表示她或许可以为果酱付账。

于是她也这么做了；但总的来说，她在令人难以宽慰的农庄几乎没怎么花钱，所以她有将近八十英镑可以花在埃尔芬的身上。她决定，她们将在舞会前一天一起前往伦敦，为埃尔芬买一件礼裙，再为她剪一个合适的发型。

她很高兴能将八十英镑花在埃尔芬的身上。如果她能成功地促使霍克-莫尼特向埃尔芬求婚，那么这将成为对斯塔卡德一家做出的胜利手势。这将是《高级常识》打败艾达姨妈的伟大胜利；这将是芙洛拉的人生哲学在斯塔卡德一家的人生哲学（不过这只处在他们的潜意识中）面前的大获全胜。它将像一只漂亮的雄鹿，雄赳赳气昂昂地穿越被犁过的田野。

在三个星期的时间里，她一直在强行栽培埃尔芬，就像一位强行在温室里栽花的园丁。她的任务很艰巨，但原本可能会更加艰巨。因为埃尔芬在衣着、外貌和行为上的怪癖，本来只不过是源于她那孩子气的自身品位；多年来，长辈们也并未将这种品位强行灌入她的头脑，所以如果有更好的东西展示给她看的话，她也会就此将它们抛弃的。同样，埃尔芬只有17岁，性格温顺驯良，当芙洛拉将她身上的那层"圣方济各-剪贴画工作"的外壳剥掉之后，她发现的是一个诚实的孩子，能够平静而友好地去爱，友善而温婉，喜欢美丽的事物。

"你一直喜欢圣方济各吗？"第一个星期快结束之时，在一个落雨的午后，她们坐在绿色的小客厅里，芙洛拉这样问埃尔芬，"我是说，是谁告诉你有关他的事的？还有，是谁教你穿那些糟糕的衣服的？"

"我想成为阿什福德小姐那样的人。去年夏天，她把青鸟的笼子在嚎叫村放了一两个月。我去那里喝过一两次茶。她对我很好。她以前有很多漂亮的衣服——那就是说,我是说,它们不是你所说的那种漂亮的衣服,但我以前很喜欢它们。她有一件罩衫——"

"上面有冬青的刺绣,"芙洛拉无奈地说,"而且我敢打赌,她把头发盘成贝壳状,绕在耳边,用的是锻过的银制成的饰坠,中间还有一点蓝色的珐琅。她试过种植草药吗?"

"你是怎么知道的?"

"没关系,我就是知道。她还会和你谈论《风哥哥》《雨姐姐》、荒原上的风,是不是?"

"是的……她还有一张圣方济各喂鸟的照片,很可爱。"

"你想和她一样吗,埃尔芬?"

"哦,是的……当然,她从来没有试图让我喜欢她,但我确实想。我以前经常模仿她是怎么穿衣服的……"

"是的,好吧,现在没关系。接着读吧。"

而后,埃尔芬顺从地继续朗读《我们日复一日的生活》,那是四月的一期《VOGUE》杂志上的内容。等她读完后,芙洛拉拿起一份《CHIFFONS》,一页一页地指给她看,上面是各种内衣的介绍和草图。芙洛拉详细地为她讲解,这些优雅的衬裙和睡衣是如何依靠纯粹的线条和精美的刺绣获得美感的,所有烦人的浪漫主义又是如何被清除,或是仅仅通过一道褶皱、一个荷叶边来表达的。随后,她又向埃尔芬展示了有可能在简·奥斯汀的作品和玛丽·罗兰珊的画作中发现的相同精妙之处。

"这就是那种美感，"芙洛拉说，"你必须学会在日常生活中寻找和欣赏它们。"

"我喜欢那件睡衣和《劝导》①，"埃尔芬说，"但我不太喜欢《我们日复一日的生活》那种东西，芙洛拉。它太急切了，不是吗？迫不及待想告诉你它有多么好。"

"我不是提议让你在《我们日复一日的生活》之中找到人生哲学，埃尔芬。我只是单纯想让你读读它，因为你有可能会遇到做那类事情的人，而当你遇到他们的时候，你绝不能露怯。如果你愿意，你可以在暗地里鄙视他们。你也不必和猎人们谈论玛丽·罗兰珊的事，他们只会认为她是你的新母马。我告诉你这些事，是为了让你在内心深处建立一些标准，当你进入崭新的生活时，你就可以拿这些标准与遇到的许多新的事实和人物进行比较。"

她没有告诉埃尔芬还有一本书叫《高级常识》，却时不时地引用《思想录》中的一两句话，并决定把 H.B. 梅因沃林翻译得颇为精彩的《高级常识》作为结婚礼物送给她。

埃尔芬进步了。她那迷人的天性和芙洛拉明智的建议甫一相遇，便浑然天成地交融在一起。只是在诗歌上，她们起了一些小小的冲突。芙洛拉警告埃尔芬，如果她想嫁到郡里，就绝对不能再写诗了。

"我认为诗歌足矣，"埃尔芬伤感地说，"我的意思是，我

---

①英国小说家简·奥斯汀创作的长篇小说，首次出版于1818年。

认为诗歌那么美丽，如果你遇到了心爱的人，你告诉他们你写诗，那就足以让他们爱上你了。"

"恰恰相反，"芙洛拉坚定地说，"大多数年轻男人在听到一个年轻女人写诗的消息时都会惊慌失措，再加上不整洁的头发和古怪的穿衣风格，这几乎就是致命的。"

"我要把它偷偷写下来，等我50岁的时候再出版。"埃尔芬叛逆地说。

芙洛拉冷冷地挑了挑眉毛，决定等埃尔芬剪了头发、看到她漂亮的新裙子后再重新发动攻势。

她们满怀希望地进入了第三个星期。起初，埃尔芬对芙洛拉带领她进入的那个新世界感到茫然和不满。但随着它在她的心中生根发芽，随着她渐渐开始喜欢芙洛拉，她变得开心起来了，像一朵绽放的玫瑰牡丹一般容光焕发。埃尔芬是依靠希望生存的；而就算是芙洛拉，一想到有些希望将永远无法实现，她的自信精神也会受到动摇。希望落空的世界，将是多么凌乱的废墟、多么荒芜的沙漠啊！

它们必须被实现！芙洛拉给她的盟友克劳德·哈特·哈里斯写了很多信。她选择了他，而非查尔斯，作为舞伴陪同她出席霍克-莫尼特的舞会，因为她需要一整晚都全神贯注地留心自己和埃尔芬；而如果让查尔斯当她的舞伴，她就会对他们的私人关系产生某种兴趣，思考着一连串说不出口的言语，这一切则势必会搅乱她的感受，或许还会让她的思绪变得有些混乱。

克劳德曾来信说，芙洛拉可能会在4月19日前后收到邀请函。于是在19日那天的清晨，她来到厨房吃早餐，心里充满了兴奋和期待。

现在是八点半。比特尔夫人扫完了地板，正在阳光下的院子里抖垫子。每次看到阳光照进令人难以宽慰的农庄的院子，芙洛拉都会感到惊讶，因为她一直觉得在农舍的这种气氛下，阳光本该是一碰到外墙就短路的。

"早丧（上）好！"比特尔夫人尖叫着，又补充说我们需要一点茶。

芙洛拉笑着答应了，她走到碗柜旁边，取下了自己的小茶壶（那是斯麦林夫人送她的礼物）和一罐中国茶。她朝院子里瞥了一眼，很高兴地看到没有一个斯塔卡德家的男人待在附近。埃尔芬出门散步去了。茱蒂丝很可能正绝望地躺在床上，用呆滞无神的双眼盯着天花板，这一年的第一群苍蝇已经在上面开始了它们单调的盘旋和爬行运动。

突然间，那头公牛大吼一声，喊出了它低沉的暗红色音符。芙洛拉停下来，手里还拿着茶壶，若有所思地向院子那一头的棚子望去。

"比特尔夫人，"芙洛拉坚定地说，"我们应该把这头公牛放出去。你能帮我做这件事吗？你害怕公牛吗？"

"是的，"比特尔夫人说，"我怕公牛。小姐，你别让它出来，不然我会在这里一直站到午夜。波斯特小姐，就算你杀了我，我也办不到。"

"我们可以把它引到大门口,用牛叉——或者不管它叫什么的那个东西。"芙洛拉一边提议,一边瞥了一眼放在棚子边两枚钩子上的工具。

"不行,小姐。"比特尔夫人说。

"那好吧,我会打开大门,把它从里面赶出去。"芙洛拉说,但她其实很害怕公牛,母牛也一样。"你一定要向它挥动你的围裙,比特尔夫人,然后大喊大叫。"

"好的,小姐。我会到你的卧室窗户那里。"比特尔夫人说,"在那里朝它大喊大叫,声音会传得更好的。"

在芙洛拉阻止她以前,她就像闪电一样溜走了。几秒钟之后,芙洛拉听到她的尖叫声从头顶的窗户传来。

"继续啊,波斯特小姐,我在这里!"

芙洛拉现在相当沮丧。事情发展得似乎比她想象的要快得多。她非常害怕。她站在那里,虚张声势地挥动茶壶,努力试图回忆起她读过的有关公牛习性的一切。它们会朝红色的东西冲去。好吧,它们是不会朝着她跑的,她全身都是绿色的。它们很野蛮,特别是在春天(那时是四月中旬,树木正在发芽)。它们会用牛角顶伤你⋯⋯

"大生意"又吼叫起来,发出一种刺耳而哀伤的声音,其中仿佛埋着古老的沼泽和腐烂的角。芙洛拉跑着穿过院子,推开那扇通往大牧场的门,又把它锁好。她取下那个叫作牛叉或者不管它叫什么的东西,站在一个离棚子相对安全的距离外,小心地拨弄锁扣,而后便看到门开了。

"大生意"出来了。但事件的发展可远没有她想象得那么富有戏剧性。它站了一两秒钟,被阳光弄得晕头转向,大脑袋呆呆地摇晃着。芙洛拉一动不动地静静站着。

"嘚——驾!走啊,乃这个蠢东西!"比特尔夫人尖叫着。

公牛仍然垂着脑袋,笨拙而吃力地缓缓穿过院子,朝大门走去。芙洛拉紧紧地抓住牛叉,小心翼翼地跟在后面。比特尔夫人尖叫着让她千万要小心一些。有一次,"大生意"朝着她半转过身来,她便果断地拿起叉子做了一个动作。让她松了一口气的是,这时它已经穿过大门,走进了草场,而她趁它没来得及转身之前,赶忙将门关上了。

"看吧!"比特尔夫人一边说,一边迅速地出现在厨房门口,速度之快堪比一位报社老板,着急地想要解释自己的候选人在补缺选举中失败的原因。"我告诉过你的!"

芙洛拉放下牛叉,回厨房做早餐去了。现在是九点,邮递员应该随时会来。

于是她坐下来吃早餐,在那个位置能从厨房窗户看到一条通往农庄的小路,因为在她确认邮递员送来的信件中是否有霍克-莫尼特的舞会邀请函之前,她不想让斯塔卡德家的任何人先从邮递员的手中接过它们。

令她气馁的是,就在邮递员的身影出现在小路上的一个转折点时——小路就是在这里绕过山坡,向农庄延伸而去的——另一个身影加入了进来。芙洛拉伸长脖子,从杯子上方远眺,想看看来者何人。那个人身上挂着很多死兔子和死鸭子,他东摇西晃，使得芙洛拉很难看清他的面容。他停下来，对邮递员说了些什么，然后芙洛拉便看到，有一件白色的东西被从一人之手转到了另一人之手。不管这位浑身装饰着兔子的斯塔卡德人是谁，他都抢在她的前面了。她咬了一口吐司面包，继续观察这个走近的身影。他很快就近得足以让她看清面孔了，原来是乌尔克。

她感到非常不安。情况简直不能更糟糕了。

"吓到你了，是不是？看到今天的晚餐就这么挂在他的脖子上被送来了？"比特尔夫人说，她正在往一个托盘里添食物，准备上楼送给杜姆夫人。"据我所知，明天也是这样，后天还是。马上就得放进冷藏柜。"

乌尔克打开厨房门，缓缓走进房间。

他刚才一直在打兔子。他狭窄的鼻孔微微张开，用来吸入挂在他脖子上的那十七只兔子的血腥味。它们冰冷的皮毛轻轻地拂过他的手，乞怜的样子像是在恳求一点小小的慈悲；他的腰间环绕着一条"野鸡皮带"，上面挂的五只野鸡垂下湿漉漉的羽毛，轻轻地拂过他的臀部。他感受到他所承受的那二十五只死去的动物（因为他胸前的口袋里还有一两只鹧鸪）在将他向下拉，如同沉重的深红色树根扎入无法说话的土壤。他因杀戮而昏昏欲睡，心情就像一头躺在河马身上、嘴里塞满东西的狮子。

他把信件拿在胸前，睡眼蒙眬地低头望着它们。当芙洛拉看到他的大拇指在查尔斯用整洁的字迹写下的信件上留下了一个红色的记号时，她勃然大怒。

这是绝对不可以容忍的。她迅速地站起身，伸出手来。

"我的信，请给我。"她干脆利落地说。

乌尔克把它们从桌子上推给她，但却在手里留下了一封。他好奇地把它翻过来，看着信封背面的一个纹章。（"哦，天啊！"芙洛拉心想。）

"我想那封信也是我的。"她说。

乌尔克没有回答。他看了看她，又低头看了看信，接着又看了看对面的芙洛拉。

他的声音再次响起时，变成了一种近乎嘶哑的咆哮：

"从豪奇克给你写信的人是谁？"

"苏格兰女王玛丽一世，谢谢。"芙洛拉说，态度傲慢得糟糕，然后从他的手中抽出信件。

她把它塞进大衣的口袋，坐下来继续吃早餐。然而，那低沉、嘶哑的咆哮声再一次划破了寂静。

"汝很聪明，不是吗？以为我不知道发生了什么事……从伦敦寄来的书和那一堆破烂。现在你听好了，她是我的，我告诉你……我的。她是我的女人，就像母鸡属于公鸡一样，除了我没人能拥有她，汝可明白？她从出生那天起就被她的外祖母许配给我了。她一岁大的时候，我把一枚浸过水田鼠血的戒指放到了她的奶瓶上，作为她属于我的标记。我还把她举起来，这样她就可以看见它，知道她是我的了……从那以后，每年在她生日那天，我都会把她带到蒂克尔便士角，我们一起待在那

179

口水井旁,直到看见一只水田鼠。我就对她说,对她说:'记得吗?'而她只会说:'什么,乌尔克表哥?'但她知道这一切。她知道。今年夏天,等到水田鼠在树下交配的时候,我会把她变成我的人。迪克·霍克-莫尼特……他是个什么东西?一个臭小子?就像还待在他老爸面前一样,穿着红色的外套玩马?好几次我都躺在床上嘲笑他们……蠢货。我和水田鼠,我们都能等到我们想要的东西。所以你给我听好了,小姐,埃尔芬是我的。我不介意她比我高那么一点点(这时他的嗓音变粗了一些,以至于让比特尔夫人发出了一些类似'呃-呃-呃-呃'的声音),因为男人喜欢让他的作品稍微讲究一点。但她是我的——"

"我们听到了,"芙洛拉说,"你刚才说过。"

"但上帝却帮助那些想把她从我身边带走的人。我和水田鼠,我们会把她夺回来的。"

"你脖子上挂的那些就是水田鼠吗?"芙洛拉颇感兴趣地问,"我以前从来没有见过它们,竟然一次能见到这么多!"

他从她身边转过身,弯腰驼背,轻手轻脚,动作古怪,突然一溜烟地跑出了厨房。

"嗯,我也从来没有见过,"比特尔夫人大声说,"你的脾气真暴躁。"

芙洛拉心平气和地同意了这一点,但她也下定决心,她一定要把埃尔芬带到镇上,就在当天行动,而不是像她原计划的那样在明天。

她本来打算在舞会的前一天带走埃尔芬,但已经没有时间可以耽误了。如果乌尔克起了疑心,怀疑她们要去参加舞会,他很可能会试图阻止她们。但不管发生什么,她们一定要确保埃尔芬的裙子和发型的事情进展顺利。她们必须立刻就走。她站起身,顾不上没吃完的早餐,匆匆上楼去了埃尔芬的房间。她发现埃尔芬此时刚刚散步回来。

芙洛拉赶忙将她们的计划发生了变化一事告诉她,让埃尔芬做好准备,而她则匆匆下楼去寻找塞思,想请他驾车,将她们送到火车站。她们刚好可以赶上十点五十九分去镇上的火车。

此时,塞思正两脚悬空地坐在大牧场四周的栅栏上,闷闷不乐地看着咆哮个不停的"大生意"。

"有人把公牛放出来了。"塞思指着它说。

"我知道。是我放的。也费了很长时间。"芙洛拉说,"但现在别管这事了。塞思,你愿意驾车送我和埃尔芬去比尔肖恩,让我们赶上十点五十九分的火车吗?"

她是用冷静而愉悦的声音提出这个请求的。然而塞思却用有着永恒的红宝石颜色、温柔地燃烧着的浪漫火焰,回应了她语气中一丝因急迫而引起的颤动。况且,他也想参加霍克-莫尼特的舞会,想看看它是否就像《银蹄》——一部描绘英国乡村生活的精彩戏剧,由"全国潘"剧团在一两年前制作完成——中提到的狩猎舞会一样。他还猜到了芙洛拉是想带埃尔芬去伦敦买裙子。他不想让任何事情干扰到舞会的筹备工作。

他说好的,他愿意,然后便带着那股动物般的古怪而优雅的气质,悠闲地离开,去取马车了。

亚当出现在了母牛牛棚的门口,他刚才在给"没礼貌""没意义""没出息""没目的"和"暴怒"挤奶。一棵栗树高高地耸立在院子之中,绽放着一团刺眼而炫目的花,看上去黏糊糊的,相比之下,亚当弯曲的身躯就像一根荆棘枝。

"呃,呃——有人把公牛放出来了。"他说,"太可怕了……我得安抚安抚我们的'没出息',它吓坏了。是谁把它放出来的?"

"我放的。"芙洛拉一边说一边扣上了大衣的腰带。

从农庄后头远远地传来了喊叫声,迈卡和埃兹拉正在那边忙着垒起水井上方支撑水桶的石头。

"公牛出来了!"

"谁放出了'大生意'?"

"谁松开了绳子?"

"啊,太可怕了。"

就在刚才,芙洛拉掏出了口袋里的日记本,撕下了其中的一页,在上面写了些什么。现在她把它交给亚当,并指示他钉在厨房的门上,这样,每个人就都能在匆忙走进院子时看到它了,那上面写着:

"我放的,F.波斯特。"

马车驶进了院子,"毒蛇"被套在车轴旁,塞思的手中握着缰绳,就在这时,身穿一件糟糕的蓝色斗篷的埃尔芬也出现

182

在厨房门口了。

"跳上来,亲爱的。我们没时间可以浪费了。"芙洛拉一边喊,一边踩着踏板爬上了马车。

"谁放走了'大生意'?"鲁本震耳欲聋的咆哮声从猪圈里传来,他正在猪圈里为一只母猪接生。老天啊,这只母猪明明有着足够丰富的经验能够自己生产,却很享受被人照顾的感觉。

芙洛拉默默地指了指厨房门上的便条。塞思向亚当做个手势,要他打开院子的门,亚当照办了。

"谁把公牛放出来了?"茱蒂丝从上方的窗户探出头来尖叫。这个问题又被从养鸡场里冲出来的阿莫斯重复了一遍,他刚刚正在那里捡鸡蛋。芙洛拉希望他们所有人都能看到这张纸条,这样就可以使他们的好奇心获得满足,不然他们就会互相指责对方,等她再次回家时,就会看到这里弥漫着令人不适的可怕气氛,到处都在大吵大闹。

不过,现在他们要走了。塞思击打了一下"毒蛇"的胁腹,他们便如被发射的子弹一般向前冲去了。经过大门的时候,芙洛拉抑制住了自己想要举起帽子向两边鞠躬的冲动。

第十三章

他们在伦敦度过了愉快的一天。

芙洛拉首先带埃尔芬去了位于兰贝斯黄铜街上的迈森·威尔理发店剪头发。短发在这时刚刚重新流行起来，仍然十分新潮，足以让人脱颖而出。威尔先生亲自为埃尔芬剪头发，然后用一种随意、简单却极其华丽的方式打理好发型，露出了她的耳朵尖。

随后，芙洛拉带埃尔芬去了迈森·索里达家。在过去两年里，一直是索里达先生为芙洛拉打造衣着的，而且他并没有像瞧不起大多数由他打造衣着的女人那样瞧不起她。当他看到埃尔芬时，他的眼睛瞪得老大。他注视着她宽阔的肩膀、纤细的腰身和修长的腿。他用手指做了一个剪刀的手势，然后不假思索地摸索了一阵，指了指一卷雪白的绸缎，一个训练有素的助手便将它放进了他的怀里。

"白色？"芙洛拉谨慎地问道。

"还能是什么？"索里达先生一边大喊，一边将"剪刀手"

从绸缎上拿了下来,"上帝用一百年才创造出这么一个年轻的姑娘,就应该穿白色的衣服。"

索里达先生像一只猎犬般对绸缎展开攻势,把它撕扯成几块,一会儿裹缠起来,一会儿当作斗篷,一会儿随意轻搭,而芙洛拉就坐在一旁观看了一个小时。芙洛拉很高兴地看到,埃尔芬似乎并没有感到紧张或无聊。她很自然地就融入了一个世界知名的裁缝店的氛围里。她愉快地沐浴在白色的绸缎中,仿若一只浮在泡沫中的天鹅。她这样或那样地扭动脖颈,如同站在覆满白雪的山坡上俯视般端详着她身体的长度,注视着助手们像忙碌的黑蚂蚁一样,在一千英尺以下的地方不断固定和重新整改衣裙的褶边。

芙洛拉就此开创了一种全新的浪漫氛围,并沉浸在其中不能自拔;直到茱莉亚在一点钟到来,带她们去吃午餐,这种氛围才最终结束。

一番狂欢之后,索里达先生面色苍白、脸带愠怒地向芙洛拉保证,裙子会在明早之前做好。芙洛拉说她们会亲自来取的。不,他一定不能用寄送的方式。它太珍贵了。他会把一幅高更[①]的画作寄到澳大利亚吗?路上可能会有上千种罪行降临的。

但她想在暗地里保护这件裙子不受到乌尔克的伤害。她确定即使有一丝机会,他也会争取毁掉它的。

[①]保罗·高更(Paul Gauguin, 1848—1903)法国后印象派画家、雕塑家。

"那么,你喜欢你的新裙子吗?"当她们坐在新河俱乐部吃午餐时,芙洛拉问埃尔芬。

"它像天堂一样美好。"埃尔芬一本正经地说。她就像索里达先生一样,因筋疲力尽而脸色苍白。"它比诗歌还要好,芙洛拉。"

"这可一点也不像圣方济各穿的东西。"茱莉亚指出,她觉得芙洛拉为埃尔芬做了很多事情,理应得到赞赏。

埃尔芬脸红了,把头埋进她的肉饼中。芙洛拉慈祥地看着她。这件裙子花费了她五十几尼[①],但芙洛拉却并不吝惜。此时她觉得,为了战胜斯塔卡德一家,牺牲多少钱她都在所不惜。

她从新河俱乐部那些轻松却精致的派对中得到的愉悦,使这种感觉被进一步加深了。这是伦敦最为傲慢的俱乐部。年收入没超过七百四十英镑的人根本不可能加入其中,它的成员被限制在一百二十人以内,每个成员必须由一个拥有十六处房产的家庭提名;所有成员不得离婚,假如离婚,成员资格将被取消;选举委员会由欧洲最狂野、最骄傲、最有天赋的七位男女组成。这个俱乐部将修道院的苦行规则与家庭的温柔宁静结合在了一起。

芙洛拉为她和埃尔芬在俱乐部预订了房间;她们必须在城里过夜,因为第二天一大早,她们就要前去领取埃尔芬的裙子。芙洛拉十分乐于迎接能让自己尽情享受一些文明趣味的机

---

①英国旧时的货币单位,价值为21先令。

会，她已经缺席那些活动太久了，因此，她在下午前往位于布鲁姆斯伯里的国家音乐厅，听了一场莫扎特的音乐会，并让茱莉亚带埃尔芬去买了一条衬裙、一些鞋子和长袜，还有一件白色天鹅绒的平纹晚礼服。晚上，她提议她们三个人应该去参观七面钟地区恶臭街上的麻点剧场，去看一出布兰德·斯鲁布的新戏剧，剧名叫作《马纳拉利——噢！》。这部剧描述的是，一个新表现主义者试图将一位餐厅服务生的心理反应赋予戏剧化的形式，这个服务生梦见自己是另一个游轮上的服务生，当他醒来，意识到自己仍然是餐厅服务生而不是游轮服务生的时候，他发疯了；他照了照镜子，而后便去世了。整部剧有十七个场景，但只有一个角色；场景中还包括一个传染病医院、一个洗衣房、一个盥洗室、一个法庭、一个麻风病人居住的房间，还有皮卡迪利广场的中央位置。

"为什么？"茱莉亚问，"你难道想看一出那样的戏剧吗？"

"我不想，但我认为这对埃尔芬有好处，这样她就会知道结婚以后要避免什么了。"

但茱莉亚却认为，如果她们去"新竞技场"上演的《脚尖着地！》里见见丹·兰厄姆先生，这会是一个更好的主意。于是她们便去了那里，享受了一段美好而非恶心的时光。

当剧院的灯光渐渐暗下来，在那令人着迷的停顿中，在被柔和的灯光照耀、尚未升起的深红色大幕下，芙洛拉悄悄地瞥了一眼埃尔芬，她对眼前的景象十分满意。

一个高贵而柔和的侧影，严肃地抬头望向舞台；温柔的金色鬈发,被风从两颊吹向耳朵,这使头部拥有了经典的外观,如同一位希腊战车手的头颅,而他正迎着强风,迫使他的队伍前进以取得胜利。那美丽的骨骼,那年轻的面庞,现在全都显露了出来。

芙洛拉很满意。

她做了她希望做的事情。她使埃尔芬看起来整洁而正常,但却保留了她性格中那清凉的痕迹、平静吹拂的风、松鼠和野花的气息。这样的变化已经在她的帮手威尔先生和索里达先生的协助下实现了。

一个艺术家(活生生的那种)实在不能奢求更多了,而对于一个舞蹈之夜而言,这是个很好的预兆。

大幕拉开时,她向后靠在椅背上,满意地舒了一口气。

两个女孩是在第二天晚上五点左右到达农庄的。让芙洛拉吃惊的是,在那之前,塞思早已驾着马车来火车站接她们了,然后将她们送回家。回家的路上,他们在一座大车库面前停下,安排一辆汽车在第二天晚上将他们从农庄送往戈德米尔。预计这辆车在七点半就会抵达令人难以宽慰的农庄,但它首先要去接一下哈特·哈里斯先生,他会乘六点半的火车到达。

安排好这些事情后,芙洛拉开心地跳回马车上,坐到了塞思身旁,钻进自己的黑绿色格子呢毯子中。埃尔芬为她盖好了毯子。(此时,埃尔芬已经深深地喜欢上芙洛拉,她把自己的时间分成了两部分,一部分是设计行动方案,让芙洛拉感到舒适；一部分是在她们经过商店橱窗时，开心地欣赏自己的新发型。）

"塞思，你很期待吗？"芙洛拉问。

"是的，"他用温暖的声音轻轻说，"我参加了那么多舞会，这将是头一次不会遇到被所有女人都追求的情况。希望到时候我能享受一下属于自己的时光，换换口味。"

芙洛拉怀疑他真的会如愿以偿吗？因为这个郡很可能会像村子一样，不可避免地为塞思所倾倒。不过事先警告他这一点却没什么意义。

"可我原以为，你喜欢被女孩们追呢。"

"非也，我只是喜欢看有声电影而已。如果有个女孩同意让我去，我并不介意带她一起。但有很多女孩都让我再也不想见到她们，因为在看有声电影的时候，她们总是让我很焦虑。是的，她们全都一个样。她们非得拥有汝的血液、汝的呼吸、汝的每分每秒的时间，还有汝的思想才罢休。但我不喜欢那样的。我只是喜欢有声电影罢了。"

当他们驾车穿过小巷回家时，芙洛拉心想，下一个要解决的就是塞思的问题了。她想到，她的手包里有一封信，那是P.内克伯爵先生寄来的，信上说，过几天他会开车去看望一位住在布莱顿的朋友，他还提议也去看望一下她。她打算到时候把塞思介绍给他。

现在是第二天下午五点。今天的天气对两个女孩来说十分有利。芙洛拉之前曾悲观地以为会下一场倾盆大雨的,但并没有。这是一个温柔的、玫瑰色的春日傍晚,画眉在抽芽的榆树枝上歌唱,空气中弥漫着树叶的清新气息。

两个女孩在进行一项极为复杂的工作——梳妆打扮。

毫无疑问,聪明而敏锐的读者一定会在整个故事的进展过程中不时地产生疑问,芙洛拉是怎样使用浴室的呢?答案很简单。在令人难以宽慰的农庄,没有浴室。当芙洛拉询问亚当,他们家的人是如何洗澡的时候,亚当冷冷地回答:"我们不用浴室就能洗"。那一幅嬉水、寒冷、设施不完善的景象,如同变戏法一般浮现在芙洛拉眼前,她感到极为恶心,也就不再追问了。

然而芙洛拉发现,那个令人耳目一新的女人——比特尔夫人,却拥有一个坐浴的浴盆。她允许芙洛拉每隔一天在晚上八点的时候用它洗一次澡,如此一来,一个星期只要花一小笔钱就行了。于是芙洛拉便这么做了,将每周七次的洗澡次数缩短到了四次,这是她迄今为止不得不忍受的、最不愉快的一个经历。

但就在今晚,在这个最需要洗澡的时间,洗澡却成了不可能的事。于是,芙洛拉在厨房的炉子上烧了两大杯水,希望一切顺利。

她同埃尔芬一起离开农场的行为并没有招来非议,她怀疑他们其实根本没有注意到这一点。公牛被放出来了,女佣梅里亚姆还没有陷入她一年一度的有趣状况中,胡萝卜的收割季节也开始了,甚至比芜菁甘蓝的收割季节更漫长、更难办,足以让斯塔卡德一家忙得四脚朝天,他们甚至没有注意到女孩们去了哪里。此外,他们也习惯了每隔一段时间便避免与彼此见面几天;幸运的是,芙洛拉和埃尔芬的缺席,似乎碰巧赶上了这个家庭共同的冬眠时间中的一次。

但是艾达姨妈——她知道吗?埃尔芬说她什么都知道;说这话时,她的身体在颤抖。

如果艾达姨妈发现她们要去舞会……

"她最好别在我身上玩灰姑娘那一套。"芙洛拉一边冷冷地说,一边凝视最近的那杯水,看看它是否烧好了。

"只是,她可能会在某天晚上下楼。"埃尔芬怯生生地说,"她有时会这么做,在春天。"

芙洛拉说,若要这么做,她希望老太太会一切安好。

但她倒是确实很想知道,为什么厨房的壁炉架四周要装饰一圈可怕的颠茄?为什么壁炉架上的果酱罐子里要装着一大串气味恶臭的猫咪晚餐?而费格·斯塔卡德那斑驳而古老的肖像悬挂在壁炉上方,为何要用一个花环环绕起来?用来编它的花朵是芙洛拉所不熟悉的,有着深绿色的叶子和长长的、紧紧闭合的粉红色花蕾。她问埃尔芬这是什么。

"那是素鸡草,"埃尔芬害怕地说,"哦,芙洛拉,水好了吗?"

"刚刚好,亲爱的。给,你拿一个。"她把水递给埃尔芬,"所以那就是素鸡草,对吗?我猜,等它开花的时候,所有麻烦事就都要来了?"

但埃尔芬已经带着热水去了芙洛拉的房间,她的裙子被搁在了床上,所以芙洛拉必须跟着她。

第十四章

老斯塔卡德夫人坐在燃烧着大堆煤渣的壁炉前。或许是因为某种东西,某种有着怀孕性质的东西,在春夜轻微躁动的空气里注入了这个房间,她猛地敲了敲胳膊肘旁的小铃铛(只要她坐在那里,那个小铃铛就会搁在她的胳膊肘旁)。

一个计划突然成熟了!她对此已经考虑了很久,甚至还向塞思暗示过。刺耳的声音跳过温热的空气,惊醒了茱蒂丝。她正站在窗前,用湿漉漉的眼睛凝望来势汹汹、繁衍不息的春天。

"我得下楼去。"老妇人说。

"母亲……你搞错了。现在是5月1日,不是10月17日。你最好坐在这里。"她的女儿抗议道。

"我告诉你,我得下楼去。我得感觉到你们都围绕在我身边——你们所有人:迈卡、乌尔克、埃兹拉、哈卡韦、卡拉韦、阿莫斯、鲁本还有塞思。是的,还有马克和卢克。你们谁都不能离开我。把我的胸衣给我,丫头。"

茱蒂丝默默地递给了她。

老房子里一片沉寂。垂死的灯光静静地躺在墙壁上，乌鸫的歌声穿透寂静而空阔的房间。艾达姨妈吃力地穿好衣服，脑海里的思绪就像凯瑟琳车轮一样快速地转个不停。

有一次……当你还是个小女孩的时候……你在柴棚里看到了恶心的东西。现在你老了，动不了了。你重重地靠在茱蒂丝的肩膀上，让她把脚压在你小小的后背上，替你系上胸衣。

芙洛拉拉好窗帘，点亮台灯。埃尔芬的裙子被搁在床上，一个多可爱的奇迹啊！芙洛拉在给自己梳妆打扮之前，一定得先为埃尔芬穿好衣服才行。

为埃尔芬穿好衣服花了一个小时的时间。芙洛拉用滚烫的水清洗她年轻的脸颊，直到它们被烧灼出怒气冲冲的玫瑰色，然后将翅膀般轻柔的头发梳理平顺，让泡沫般的衬裙从她的头顶滑下，而后再次梳理平顺。接着，芙洛拉站到椅子上，从她的头顶套上连衣裙，再次把头发梳理平顺，而后让埃尔芬穿上长袜和鞋子，用白色的大衣将她包裹起来，将一把团扇和一个手包放入她等待的双手中，令她坐在床上，远离灰尘与危险。

"哦，芙洛拉……我看上去好看吗？"

"你看上去漂亮极了，"芙洛拉抬起眼睛，严肃地回答她，"注意，你要举止得体。"

她心想，用神甫法斯·麦格雷的话来说就是："向丑小鸭的妈妈表示慰问。她已然掉入了惊奇的深渊。"

芙洛拉自己的裙子则是由淡绿色和深绿色组合而成的，看起来十分和谐、自然。她没有佩戴珠宝,长长的外套是青绿色天鹅绒的。她也不允许埃尔芬佩戴珠宝,尽管埃尔芬向她乞求,哪怕让她带上一小串珍珠也好。

现在她们准备好了。刚刚六点半。在爬上恭候着她们的汽车之前,还有整整一个小时要等。为了安抚她们的神经,芙洛拉坐在床上,大声地阅读起《沉思录》中的内容:

"永远不要在三点一刻抵达一座房子。这是一个可怕的时刻。喝茶太早,午餐太迟……"

"我们能确定大象的真名是'大象'吗?只有人类才会擅自为上帝的创造物命名,上帝自己则往往保持沉默。"

然而这次,《沉思录》没能像往常那样起到镇定的效果。芙洛拉有些激动。汽车能安全到达吗?克劳德·哈特·哈里斯会错过火车吗?(他经常这样!)塞思穿上晚礼服会是什么样子?最重要的是,理查德·霍克-莫尼特会向埃尔芬求婚吗?即使是芙洛拉也难以想象,假如她们就要从舞会回来,而他什么话也没说,那将会发生怎样的事情。

他必须说!在春日的夜色中,在乌鸦的歌声中,在埃尔芬的绝世美丽中,她要将爱神召唤出来。

(现在,你穿上你那双有弹性的靴子,自从费格死后,你就再也没有穿过它们。费格……刺痛人的胡须,法兰绒的气味,储藏室里跌跌撞撞、急促的声音。你的靴子闻起来很恶心。薰衣草水在哪里?你让茱蒂丝里里外外喷了一些。现在,你要先穿衬裙。)

"芙洛拉，"埃尔芬说，"我担心我会想吐。"

芙洛拉严肃地盯着她，大声念道："虚荣心可以支配最想呕吐的胃。"

突然间，门上传来了敲门声。埃尔芬惊恐地看向芙洛拉；而芙洛拉注意到，当她受到触动时，她的眼睛竟然变成了深蓝色。

"我能开门吗？"埃尔芬低声问。

"我希望只是塞思而已。"芙洛拉从床上下来，踮着脚尖走到门边，她将房门打开了一点。的确是塞思。他身穿一件晚礼服的成衣制品，但这丝毫没有破坏他那动物般的优雅——只不过，他看上去像是一只穿着晚礼服的黑豹。他低声对芙洛拉说，有辆汽车正往山上开来，也许他们最好赶快下楼去。

"乌尔克在附近吗？"芙洛拉问，因为她知道，假如能把事情搞砸，他是一定会那样做的。

"一个小时以前，我看见他坐在蒂克尔便士角的水井边和水田鼠说话。"塞思回答。

"哦，那么，至少还可以确保半个小时的安全。"芙洛拉说，"我想我们可以下楼了。埃尔芬，你准备好了吗？现在，别出声，快来。"

塞思端了一支蜡烛，借着烛光，他们安全地下楼走进厨房。厨房里空无一人。通往院子的门是开着的，而后他们便看见了一辆大汽车，就停在院子另一端的大门外，在暮光中依稀可见。就在司机要下车打开车门之际，芙洛拉如释重负，因为她看到了另一个人——一定是克劳德——正朝车窗外眺望。她欣慰地向他挥挥手,同时捕捉到了那些漂浮在安静夜空中的字眼——"太野蛮了"。她疯狂地示意他千万不要发出声音。

"我来抱埃尔芬,她绝不能弄坏鞋子。"塞思低声说,体贴得出人意料,然后他抱起妹妹,大步穿过院子。他又照样抱着芙洛拉走了第二次,在她还没来得及想清楚他是不是将她抱得太紧了,完全没有这个必要的时候,她发现自己已经安全地坐到车上了,并且紧握着克劳德伸出的手,而埃尔芬正在角落里甜甜地笑着。

"亲爱的,为什么会有这些《厄舍古屋的倒塌》①之类的东西?"克劳德询问,"我的意思是,这太刺激了,简直不像真的。我们要去哪儿?"

塞思为司机下达了指令,而就在他们的冒险真正开始之前,在这个停顿的片刻,芙洛拉用探究的目光朝上方的农舍窗户望去。***它们都像鱼眼睛一般死寂,反射着渐渐暗淡下去的西天发出的微弱蓝光。屋顶有着参差不齐的锯齿形线条,将百叶窗的窗台推向天空,黑暗的浸液已经开始渗入其中。原始的恒星吐出愤怒的银色舌头,在烟囱罩模糊的影子下来回跳动,宛若傻孩子在随着被遗忘的曲调舞蹈。就在芙洛拉凝望那里的时候,在厨房正上方的一个房间里,在它紧闭的百叶窗窗帘内,一盏昏暗的灯缓缓地绽开了灯花。她看见,一个影子在

---

① 《厄舍古屋的倒塌》(*The Fall of the House of Usher*),美国作家埃德加·爱伦·坡(Edgar Allan Poe)创作的心理恐怖短篇小说。

迟疑地移动着，仿佛它弄丢了一根鞋带，正在无精打采地寻找着。那光芒就像是一只垂死的野兽黯淡失神的眼睛。黑暗降临，这座房子好像在院子里陷得更深了些。万籁俱寂，了无声响。只有光芒是赤裸裸的，显得异常无辜，在不断加深的黑暗中摇摆不停地闪烁。

汽车向前开了，于芙洛拉而言，能离开这里真的令她非常高兴。

"嗯，芙洛拉，你看上去特别美丽。"克劳德一边仔细打量着她，一边说，"那件裙子真迷人。至于你的宠儿，"他压低了声音补充道，"她很漂亮。现在给我讲讲这件事。"

于是芙洛拉也压低了声音，将事情的始末告诉了他。他觉得很有意思，也很感兴趣，只是对他自己的角色略有不满。"我觉得，"他抱怨说，"我就像《灰姑娘》里的一个小角色。"

芙洛拉安慰他说，这次深入苏萨克斯的远足活动，一定能让他离开那些他习惯了栖居、过度城市化的圈子，获得一次令人愉快的改变。在接下来的旅途中，他们过得很愉快。塞思想尽力表现出一副神气十足的样子，因为克劳德的燕尾服和白马甲让他感到很不自在，前者随意的声音也让他觉得恼火。但他太兴奋、太期待这场舞会了，所以不想真的把自己搞得不讨人喜欢。

一行人顺利地抵达了戈德米尔的集会厅。街上挤满了车辆，因为大多数宾客都是从偏远的村庄和庄园开着自己的车前来的。还有一大群人是从几英里以外搭乘公共汽车而来的，他们聚集在集市广场的门口,注视着客人们走进去。

幸运的是,从令人难以宽慰的农庄而来的这一行人拥有一个称职的司机。他在一条狭窄的死胡同里找到了一个位置,就在靠近集会厅的转角处,于是把车停在了那里。芙洛拉指示他在十二点时回来,因为那时舞会就结束了,并问他打算怎样度过余下的夜晚。

"我要去看有声电影,女士。"他恭敬地回答。

"是的,奥芬剧院有玛丽·拉博姆演的《红色高跟鞋》。"塞思急切地插嘴。

"好的,嗯,那很不错。"芙洛拉一边优雅地说,一边对塞思微微皱了皱眉,然后把手挽上克劳德的胳膊,缓步走进了集会厅的人群之中。

一块红毯铺在了通往入口的台阶上,沿着人行道一直铺到街边。红毯两侧各聚集了一大群宾客,他们的脸上露出兴致勃勃、赞叹不已的表情,被入口两边的火把所照亮。

正当芙洛拉一行人准备迈上第一级台阶时,人群中传来了一片低低的赞美声,她觉得自己听到有人在叫她的名字,便朝着声音的方向望去;她见到的不是别人,正是麦八阁先生。他危险地站在路灯的基座上,身边还站着另一位衣衫不整、外貌狂野的绅士——据她判断,应该是他那些聪明的同龄人之一。

麦八阁先生兴高采烈地向芙洛拉招手,他看起来非常愉快,但她(这个愚蠢的小家伙)却为他感到有些难为情,因为他很胖,穿的衣服也不太优良。而一将他的仪表与查尔斯进行比较后就会发现，除了在打网球或焦虑不安的情况下，偶尔会有一缕黑发从前额垂下，其他时候的查尔斯永远都是那么整洁，这越发让她觉得麦八阁先生是这群人中较为凄凉的一个了，她几乎都希望他能被邀请前来参加舞会了。

"那是谁？"克劳德先生一边问，一边朝她注目的方向望了一眼。

"麦八阁先生。我在伦敦见过他。"

"上帝啊！"克劳德用深为厌恶的语气说。

如果芙洛拉是孤身一人的话，她就会越过人群的头顶，愉快地隔空给麦八阁先生打个电话：

"你好吗？……在这里见到你真有趣！你是在寻找作弊机会吗？"

但她觉得在这种情况下，在她身为埃尔芬的监护人和赞助人的时候，她必须对自己的个人言行更加谨慎一些，以免引发大范围的不良评论。

于是她自作多情地朝麦八阁先生鞠了个躬。麦八阁先生看起来相当悲惨，他正试图把已经在他腰间皱成一团的羊毛衫拉下来。

戈德米尔的集会厅是由奥布里·费瑟韦斯特先生在1830年设计的，但他并不满足于为它提供仅仅一段宽阔却不匀称的台阶作为入门通道。于是，他又建造了通往大舞厅的另一段台阶，高度略微低于街道。

如今，当芙洛拉伴着端庄、美丽的埃尔芬，从冷风瑟瑟的女更衣室走出、站在集会厅的门廊上时,她看到了这"第二段楼梯",并意识到,它恰好是通往舞厅的。一股强烈的感激之光填满了她的内心,甚至让她想跪下来感谢命运。

神甫法斯·麦格雷不是说过吗:"所谓迷失,即看到漂亮女人走下高贵楼梯的男人。"这两样东西不都正在这里、为她准备好了吗?除了一段楼梯,还有什么能如此完美地衬托出她创造出的"埃尔芬珍宝"呢?

一位60岁左右的美丽女士站在楼梯顶端,迎接那些从大厅前往舞厅的客人;在她身边帮忙迎宾的是一位年轻的女孩,她身材高大,穿着铁蓝色的衣服。芙洛拉推断得没错,她就是霍克-莫尼特夫人的女儿——琼。

四位年轻人慢慢地走近这位女主人。

芙洛拉那双漂亮的眼睛有着极其敏锐的观察力,注意到他们恰巧在这一刻进来是有多么幸运。

此时已将近九点。所有重要的客人都已到达。在下层的舞厅里,伴随着《十二个甜蜜小时》的曲调,萨塞克斯郡这朵美丽的鲜花翩然旋转;在华丽的深红色墙壁的映衬下,年轻女子的礼裙、年轻男子优雅的深紫色或白色衣装正在闪闪发光;纤长的白色柱子顶部覆盖着金色的茛苕叶,深绿色的树叶则装点着房间里的壁龛。

克劳德上前一步,将芙洛拉和埃尔芬介绍给霍克-莫尼特夫人,而霍克-莫尼特夫人则以亲切的微笑接待了芙洛拉,又突然吃惊地瞥了埃尔芬一眼——这正是芙洛拉希望取得的效果。随后，作为对芙洛拉（她刚刚在同琼·霍克-莫尼特讲话，一时脱不开身）一个温柔的动作的回应，埃尔芬开始款款地走下铺有深红色地毯的楼梯。

就在此时，《十二个甜蜜小时》的最后一个音符悠然而止，下方的舞者们缓缓地停步，站在那里微笑着鼓掌。

而后，鼓掌的声音骤然安静了下来。所有的眼睛都转向了楼梯。一阵低低的赞美声，也是一个女人的耳朵在这世界上能听到的最令人愉悦的声音，升入了寂静的空气之中。

这就是美丽。它令一切议论纷纷都哑然无声，只剩下热烈的赞美。这一代人曾爱过活泼的女人、孩子气的女人以及丑陋的、聪明的、迷人的女人，现在却与简单的美丽相遇了；这美丽，如此纯粹而无可否认——就如同希腊人喜欢的年轻维纳斯的雕像一样，让她们立即用快乐而惊喜的敬意，回应了它的挑战。

正如没有一双凡人的眼睛能否认繁花盛开的杏树之美一样，也没有一双凡人的眼睛能否认埃尔芬的美丽。这个年轻的女孩从楼梯缓缓地走下，就像被阳光照耀的云朵从山腰缓缓落下一般。她那坦率的美丽，被她朴素的礼裙上雪白的银光所映衬，使站在那里的舞者们为之精神一振。他们静静地看着她，如同看到一束鲜花或是月光下的无垠大海，陡然眼前一亮。

芙洛拉从楼梯顶端静静地看着这一切，她看到一位高大的年轻男子正站在楼梯下仰望着埃尔芬，就像年轻的牧羊人在仰望着月亮女神；她很满意。

沉醉所带来的静止被音乐声打断了。管弦乐队开始演奏一曲欢快的波尔卡舞曲，那位年轻男子（他就是理查德·霍克－莫尼特本人）走上前去，向埃尔芬伸出手，将她引入了舞蹈的迷宫之中。

芙洛拉和克劳德（他觉得这一切都非常有趣）也走下楼梯，稍等片刻便走入舞厅，也加入了舞者的行列。

克劳德的舞跳得极好，令人赞叹。当芙洛拉身处他的怀抱、游走于整个房间之时，她完全有理由对自己今晚的工作感到满意和欢喜。芙洛拉对埃尔芬和她的舞伴表现出了极其浓厚的兴趣，以至于她的目光都有些不礼貌了，她在仔细地观察他们的每一个举动。

眼前的景象令她非常高兴。理查德似乎深深地爱上了她。一个年轻人带着温柔而爱慕的表情，低头凝视着与他共舞的女孩的脸，这样的景象十分常见，芙洛拉也早已习惯了类似有趣的场面。但她却不常见到一个年轻人的脸像理查德·霍克－莫尼特这样，如此全神贯注、近乎敬畏、充满了爱慕和另一种只能被定义为感激的情绪。惊奇，他的表情中还有惊奇。他紧紧地抱着埃尔芬，就像一个男人平生第一次见到某种稀有的树木，于是紧紧地握住它的花枝，要将它带回洞穴一般。

奇迹降临了，这是她召唤爱神的结果。理查德意识到的并非埃尔芬的美丽，而是他爱上了埃尔芬（年轻的男人们经常需要别人向他们指出这个事实才行，芙洛拉了解这一点，因为她观察过朋友们滑稽可笑的举止）。

现在，她必须耐心地等待，一直等到舞会结束，到那时埃尔芬就会告诉她，理查德是否向她求婚了。她觉得，等着知道她的策略是否成功的这一过程，或许会破坏她今天晚上的欢乐，但她还是决定平静地忍受审判。然而事实证明，她那么享受这场舞会，以至于把她的焦虑都忘得一干二净。

的确，这是一场令人愉快的舞会。或许更多是源于运气而非判断力，促使霍克-莫尼特夫人将一场"成功的舞会"的两个要素结合在了一起（让"过多"的宾客挤在一个"小房间"里）；不过，在这两个要素的前提下，再加上晚餐桌的优雅和奢华，再加上派对的严肃性和丰富性，以及在场的大多数人都略知彼此一二的事实，成功的各项要素齐聚一堂，于是便足以马到成功了。

芙洛拉无意中听到许多人都在议论埃尔芬的美丽，也被多次问到，她那可爱的同伴是谁。每逢这时，她便笑着回答说是她的一个表外甥女，斯塔卡德小姐，而除了埃尔芬住在附近之外，她不愿再多说什么。她没有犯下势利的错误，没有对埃尔芬的血统和魅力添油加醋一番。她只是任由埃尔芬的美貌自然地展露，这一点做得很好。埃尔芬和理查德·霍克-莫尼特一起跳了大部分的舞，但她也将其他机会分给了一群热切的年轻人，他们只等音乐一停就围拢在她的身旁。芙洛拉注意到，霍克-莫尼特夫人站在位于舞厅上方的阳台的凹室里，隐约显得有些焦虑，特别是在埃尔芬和理查德跳舞的时候。

芙洛拉将她的舞蹈主要分给了克劳德和塞思。塞思似乎特别享受这个夜晚。在某种程度上，他几乎取得了和埃尔芬一样的成功。一群年轻人——大约有九个，在傍晚的早些时候就将塞思霸占了，不许他离开；从衣着来看，她们是从伦敦前来参加舞会的。芙洛拉偶然听到有两三个年轻女人在同彼此说，她们的宝贝儿真是太可爱了，让人兴奋；而塞思只是懒懒地、暖暖地笑着。他是否喜欢种田？他想从生活中得到什么？难道不认为最重要的事就是体验一切？而当被问及这些问题的时候，塞思只是慢吞吞地回答"是的"或"非也"。

几个年轻人走到芙洛拉面前，在同她跳完舞之后，他们心急地想和她搭讪，这一切都令人很满意，但她已经下定决心，今晚她一定要隐藏在幕后，无论如何也不能与埃尔芬竞争。于是在塞思被崇拜他的一群姑娘们带出去吃晚餐后，大多数时间她都在与克劳德跳舞。芙洛拉知道，她看上去并没有埃尔芬那么漂亮，但她也不想那样。她知道自己看起来高贵、优雅、有趣，这就够了，她别无所求。

只有一件不愉快的事破坏了今晚的欢乐。正当她和克劳德准备前往隔壁房间的餐桌时，他们头顶的阳台上爆发了一阵骚乱。芙洛拉及时地抬起头来，于是看到了一位男人的背影——对她来说实在太过熟悉了——他正被两个身穿制服的男仆急匆匆地赶出门外。

"有人想硬闯进来。"就在克劳德从楼梯上跑下来的时候，一个从他身边经过的年轻人笑嘻嘻地喊道。他刚刚一直在给那两个男仆帮忙。

芙洛拉觉得很难过。她坐在克劳德为他们预定的小桌子旁，那张桌子上摆满了春天的花枝和树叶，看起来十分迷人。她的表情很严肃。

"亲爱的芙洛拉，那是你的朋友吗？"克劳德一边问，一边示意服务生打开香槟。

"是麦八阁先生，"芙洛拉简单地说，"克劳德，我忍不住想，如果我能帮他搞到一份邀请函，他就不必试图硬闯进来了。"

"所有没有收到邀请函的人并没有必要硬闯进来，那才是一件好事。"克劳德说。

"我只是忍不住，"芙洛拉一边说，一边拿起叉子开始吃蟹肉慕斯，"为麦八阁先生感到遗憾。"

"我们因苦难而受到净化。"克劳德自顾自地吃着螃蟹。

但芙洛拉还在继续说："你看，他真的很胖。我总替胖人感到遗憾。我没有勇气告诉他，这就是我不让他亲吻我的原因。但他却认为那是因为我在压抑自己。"

"但是亲爱的，他不会怎样的。别自寻烦恼，再多来点螃蟹。"

芙洛拉照做了，她还在心里告诉自己，为了埃尔芬，她有责任让自己看上去高兴一些。于是那天晚上，她便不再想麦八阁先生的事了。

芙洛拉和克劳德在晚餐餐桌前逗留了很久，他们欣赏着这幢房子里的壮观景象，那里灯火通明、装潢精美，挤满了青年男女,他们中的大多数都长相俊美,所有人也都很快乐。克劳德曾在尼加拉瓜战争中服役,而现在,他只是和芙洛拉静静地坐着,这让他感到舒适和自在,让他那天生就显得讽刺和悲伤的表情,从看似快乐而傻乎乎的面具下流露出来;通常情况下,他都会用那副面具掩盖自己蜡黄、迷人的脸庞。他曾看见他的朋友们在战争中痛苦地死去,于他而言,他的余生将成为一场有趣的游戏,任何有品位和智慧的人,都不会允许自己去认真地对待这种游戏的。

尽管芙洛拉很享受这场舞会,但她却更像一个观众,而非一个参与者。她感到很遗憾,多希望她的朋友们能出现在这里啊:斯麦林夫人,身着一袭长袍,看上去影影绰绰;俊俏的茱莉亚;查尔斯,穿着一件厚厚的深蓝色燕尾服,那么高大,那么庄重。

如同所有美好的派对一样,一种香水般难以捉摸却又真切存在的气氛从欢声笑语的客人们头顶袅袅升起。这是愉悦与欢乐的香气,没有人能在吸入它的时候不本能地露出笑容并亲切友善地打量房间一番。每时每秒,欢乐的声音都从人们谈话的轰轰声中飞出,就像从喷溅的小溪中飞起的细流;一张大笑的嘴、三个年轻人的脑袋聚在一起,第四个脑袋则仿佛在笑声中变得歪歪扭扭,喘息着发出抗议声;下巴抬起来,眼睛带着笑意在睫毛间眯起;一株杜鹃花露了出来,两个人一边从餐桌前退后,一边大笑大喊——这就是一个"美好的派对"所拥有的外在标志。这朵虽然无形却闪闪发光的成功之云,现在就飘浮在他们上方。

突然,芙洛拉轻颤了一下——埃尔芬出现在了晚餐厅的门前,而理查德·霍克-莫尼特则陪伴在她的身旁。他们环顾着房间,似乎在寻找什么人;当埃尔芬看到芙洛拉向她举起戴着淡绿色手套的手时,她热切地笑了,转头对年轻的霍克-莫尼特说了些什么。而后,他们开始穿过一张张桌子,朝芙洛拉和理查德就座的地方走来。

芙洛拉被舞会的欢乐气氛所带动起来的兴奋情绪,在此刻甚至变得更加高亢了。理查德一定已经求婚了,而且他的求婚也被接受了!再没别的事情能让这两个人如此异乎寻常地光彩照人了。

他们朝芙洛拉走来,一路穿过大笑的人群。芙洛拉和克劳德停下谈话,抬起头,朝迪克微笑,好奇地看着埃尔芬;而后,埃尔芬停在了他们的餐桌旁,克劳德站起身,埃尔芬向后抓住理查德的手,将他拉到前面,说道:

"哦,芙洛拉,我想让你见见迪克。"

芙洛拉鞠了一躬,微笑着说:"你好吗?我听过许多关于你的事,很高兴见到你。"但她发现她的手被人友好地紧紧攥住了,她的目光遇上了一张仿佛被风吹得泛红、舒朗而孩子气、容光焕发的脸庞。她注意到,他的牙齿很完美,就像年轻狮子的牙齿一样洁白,还有一点黑色的络腮胡。

"我说,我也很高兴能见到你。芬芬也已经把你的事告诉我了。我说,这真让人高兴,不是吗?妈妈的想法实在绝妙,让大家在这里肆无忌惮地狂欢,而不是在家族的火葬场里。波斯特小姐,你能把埃尔芬带到这里来真是太好了。你知道,我对你感激不尽。我的意思是,这让世界上的一切都全然不同了。事实上,我们订婚了。"

"亲爱的!真的太好了!我很高兴!我祝福你们!"芙洛拉喊道,她确实感到如释重负并心满意足。

"太好了。"克劳德在后面低声说。

"我们会在今晚结束的时候宣布这个消息。"

克劳德继续说:"好机会,不是吗?"

克劳德一边讽刺地心想,霍克-莫尼特夫人在听到这个消息时会有怎样的感受啊,一边嘴上说着,宣布这件事的绝佳时机已经到了。

接着,芙洛拉把他介绍给理查德,他们客套地寒暄了几句。即便这只是一次普通的对话,但因为笼罩在这对未婚夫妇身上的幸福光环,以及克劳德和芙洛拉听到他们谈话时的微笑与支持,它也由此变得趣味盎然了。

第十五章

现在将近十二点了,大家已经动身回到舞厅去了。吃过晚餐后,管弦乐队恢复了精神,立刻奏出一支欢快的乐曲,这让"枪骑兵"们都跳起舞来,大家欢呼雀跃,跳得脸颊通红,地板上到处散落着扇子、发夹、鞋扣和凋落的花朵。

克劳德的脚步就像传统戏剧中身着斑斓衣衫的丑角一样轻盈,而当芙洛拉被他冰凉的双手所指引,在房间里蹦蹦跳跳的时候,她发现埃尔芬正身处于理查德的怀抱之中。她满意地看到,埃尔芬是那么开心、那么美丽。于是芙洛拉喜气洋洋,容光焕发。她的目标实现了。她感觉自己仿佛是照着艾达·杜姆姨妈的脸挥出了一记拳头。埃尔芬得救了。从今往后,她的生活将充满了精致、阳光、自然的内容。她会生儿育女,创造一群快乐而平凡的英国人,他们隐秘的灵魂中都将闪耀着诗意。一切都是期望中的样子。

芙洛拉劲头十足地跳着舞,一直跳到枪骑兵方块舞结束、她自己也跳不动了为止;她用力地鼓掌,一部分原因是希望能再加演一曲，但更多是为了她从今晚的工作中获得的快乐。

"你特别开心，是不是，弗洛伦斯·南丁格尔①?"克劳德说。

"是的，"芙洛拉回嘴道，"你也一样吧。"

确实如此，他也是。但他的内心却始终与极度痛苦的感觉相随，并坚信自己是一个叛徒。

音乐停顿时，芙洛拉注意到理查德正带着埃尔芬走上楼梯，他们慢慢地走着，走到阳台上他母亲同几个朋友坐着的地方。芙洛拉同样也向前走去，以防有谁需要她做些什么。但就在她开始朝楼梯上走去的时候，理查德离开了他的母亲——刚才他一直在弯腰同她讲话，走到阳台的栏杆前，举手示意大家安静下来。埃尔芬站在他的身旁，但位置稍稍偏后。

芙洛拉看不到霍克-莫尼特夫人脸上的表情，她被理查德的身躯挡住了，但她却注意到琼·霍克-莫尼特的脸上有一种复杂的奇怪表情，似乎既失望又感兴趣，同时又有些嫉妒。"不过话说回来，那种（衣服）蓝色的阴影对任何人的脸都难免会造成影响。"芙洛拉安慰自己。

"女士们，先生们，"迪克说，"今晚在这里见到你们真是太让人开心了。我很高兴你们都能来。我是说，我将永远愉快地记得，在我21岁生日的这天，你们所有人都在，这让一切变得更让人愉快了……我是说，我真喜欢被一帮兴高采烈的伙

---

①弗洛伦斯·南丁格尔（Florence Nightingale，1820—1910），英国护士、护理事业的奠基人，以慈善著称，被誉为"提灯女神"。

计们围住，对不？"

他停顿了一下，底下传来了笑声和掌声。芙洛拉屏住呼吸。他必须——必须宣布订婚的消息！如果他没有这样做，她就会知道（不管之后有可能发生什么），她的计划失败了。

但没关系。他又开始说话了。他将埃尔芬拉到客人们面前，将她的手放在他的手上。

"对我来说，这是一个特别开心的夜晚，因为我还有些别的事情要告诉你们。我想告诉你们，斯塔卡德小姐和我订婚了。"

好了！他宣布了！掌声和兴奋的议论声如暴风雨般袭来，人们开始涌上楼梯向他们贺喜。在过去五分钟的紧张和兴奋之后，芙洛拉感到十分虚弱，于是她转头对克劳德说："好了，结束了。哦，克劳德，但你认为我们应该上去和霍克-莫尼特夫人谈谈吗？我必须承认，我是宁可不去的。"

然而克劳德却明确地说，他认为如果芙洛拉不去，那将是非常不对的，因为芙洛拉毕竟是以监护人的身份来到这里的，何况整个事件的过程已经如此不同寻常了，任何芙洛拉力所能及的、可以为这种情况增添一点"传统色彩"的事，都将对埃尔芬有利。

于是芙洛拉勉强同意了，她走上楼梯，前去应对霍克-莫尼特夫人。

她发现那个可怜的女人就像受到了冲击一般茫然失措。她坐在凹室里，接受着那些准备起身离去的宾客对这次成功的舞会的感谢与祝贺。芙洛拉很欣慰地看到,健康的琼正站在离门很远的地方,所以她不必非得与她过招了。

芙洛拉走上前去,伸出了她的手。

"非常感谢你……真是个可爱的派对,你能让我们来,真是太好了。"

但此时,霍克-莫尼特夫人已经站了起来,正在严肃地看着她。她或许是一个茫然的女人和一个可爱的人,但她并不是一个傻瓜。她看了一眼芙洛拉,知道这是个很有头脑的年轻女子。她被沮丧和怀疑的情绪所笼罩,由衷地渴望能够获得一些足以打消疑虑的保证,她几乎是恳求地说:

"波斯特小姐,坦白和你讲,我不能假装自己对这次订婚感到高兴。这位年轻的女士是谁?我以前只见过她一次。我对她的家人几乎一无所知。"

"她是一个温柔、驯服的人。"芙洛拉认真地说,"她才17岁。我想,她完全能被塑造成你所希望的样子。亲爱的霍克-莫尼特夫人,请不要难过。我相信你会学着去喜欢埃尔芬的。当我说她拥有优秀的品质时,请务必相信我。至于她的家人,请允许我冒昧地给您一些建议,我们立刻采取措施,让她在接下来的几个星期里见不到他们之中的任何人。他们的结合或许会遭到强烈的反对。"

"反对?什么——"

她及时地止住了话头。她很惊讶,也有些茫然若失。她原以为埃尔芬的家人会为他们子女的好运而欣喜若狂的。

"的确,是的。她的祖母——斯塔卡德夫人,一直打算让埃尔芬嫁给她的表舅乌尔克。我想,恐怕他也会极力反对。事实上,你越早安排结婚的事,对埃尔芬就越好。"

"天啊!我原本希望订婚期的时间能持续一年,毕竟迪克还这么年轻。"

"让他从此彻底变得无忧无虑的原因也就更多。"芙洛拉笑着说,"事实上,霍克-莫尼特夫人,我真的认为,如果你能将婚礼安排在最迟一个月内举行,那就更好了。在埃尔芬离开之前,农庄里的事情一定会让她很不愉快。而且我敢肯定,你一定不想让斯塔卡德家的人妄加干涉、议论纷纷,对吗?"

"这个姓氏也很可怕。"霍克-莫尼特夫人沉吟道。

就在此时,塞思和克劳德到了,他们已经穿好衣服准备出发,于是她们无法再进一步讨论这件事了。霍克-莫尼特夫人来不及做别的事,只好按住芙洛拉的手,用比之前更加友好的语气低声说:"我会考虑你说的话的。毕竟,或许一切都是为了最圆满的结果。"

于是芙洛拉兴高采烈地离开了。

他们发现,埃尔芬如同一朵白色的玫瑰牡丹,正在门口等待着他们;迪克陪在她的身旁,温柔地向她道晚安。芙洛拉看见他们的车已经停在台阶下方了,司机就站在门口。于是在和迪克愉快地道别后,他们终于出发了。

当克劳德在"玫瑰皇冠"前下车后——他将在那里过夜,芙洛拉觉得心里十分凄凉。她现在昏昏欲睡、脾气暴躁,在一整夜的兴奋过后,她正遭受着某种生理反应的折磨。所以她闭上眼睛,成功地睡着了一会儿,一直到汽车开到了离家两英里的地方。然后她突然惊醒了。是声音将她吵醒了。塞思用一种明显幸灾乐祸的腔调说:

"是的,老奶奶会对今晚的事有话说的。"

"外祖母不能阻止我结婚!"

"或许不能,但她会努力试试的。"

"一个月内,她也做不了太多了。"芙洛拉冷冷地插话,"而且埃尔芬很可能大部分时间都要和霍克-莫尼特待在一起。在家的时候,她一定要尽量避开艾达姨妈,就这样。考虑到艾达姨妈从未离开过她的卧室,这件事应该不难办到。"

塞思得意地低声笑了笑。仿佛有一种动物的特质在他的声音中跳动,就像老鼠皮毛下的静脉网。他们的车正停在院子的大门前,塞思从芙洛拉旁边探身过去,用一根粗粗的手指朝农舍的窗户指了指。

芙洛拉顺着他手指的方向望去,既惊愕又沮丧地看到,农庄的窗户已被灯光照得烁亮。

第十六章

或许"烁亮"这个词太过强烈了,仿佛暗示了令人难以宽慰的农庄的窗户上出现了磷火和火车站等候室里的那种灯光。不过,比起那让乡村沉沦、沉重压抑的漆黑夜色来说,这样的灯光看起来倒是好得多。

"哦,天哪!"芙洛拉说。

"是外祖母!"埃尔芬说,她的脸已经变得煞白了,"她一定是从所有的夜晚中选择了今晚,特意下楼来参加家庭派对的。"

"胡说!在令人难以宽慰的农庄这种地方根本就没有派对。"芙洛拉一边说,一边从她的手包里拿出付给司机的钞票。她从车里走出来,稍稍舒展了一下身体,呼吸着夜晚清新甜美的空气,然后把钞票放进了他的手里。

"给,非常感谢。一切都令人很满意。晚安。"

司机恭敬地对她的小费表示感谢,然后将车倒出了院子,沿着小巷朝马路开走了。

车的前照灯扫过树篱,触到了青绿色的草地。

在死寂、神秘的黑暗中,他们听见他换挡开足了马力。

接着,发动机友好的声音开始渐渐减弱,直到被吸入广阔而寂静的黑夜中。

他们转身朝房子走去。

窗内的灯光似乎在等待着什么人,露出了不怀好意的笑容,看上去就像那些老皮条客的脸,他们常常坐在霍尔伯恩高架桥边的咖啡馆里,漫不经心地做着交易。一阵小风哭哭啼啼地穿过令人难以宽慰的农庄的烟囱,在长满青苔的瓦片上散开,发出一阵流动的声音。黑暗在树篱间无声地哀鸣着,仿佛迫不及待地想要生长,却又无济于事。

"是的,那是外祖母,"塞思说,"她在数数。是的,是她。好吧。"

"到底是怎么回事?"芙洛拉一边生气地说,一边穿过院子,"数数是怎么回事?而且为何要这么不方便,非得在凌晨一点时进行呢?"

"那是祖母每年都要做的家族记录,为了见见我们这些野蛮的斯塔卡德人。我们之中有的人把别人推进了井里,有的人在生孩子时就死了,还有的人因为醉酒和发疯丢了小命。想要清点我们的人数,很难办。所以祖母每年都会举办一次派对,她把它称作'数数',数数我们有多少人,看看有多少人在今年死了。"

"那她可别把我算在内。"芙洛拉幽默地回答,同时抬起手准备敲厨房门。突然,一个想法闯进了她的大脑。

"塞思,"她低声说,"之前你就已经知道,你的外祖母要在今晚举行可恶的数数仪式了吗?"

"我想是的。"他慢吞吞地说。

"那你可真够缺德的。"芙洛拉毫不留情地说,"我希望你的那只水田鼠死掉。现在,埃尔芬,振作起来。恐怕我们必须振作起来。你最好一句话都别说,让我来谈。"

于是她敲了敲门。

寂静从屋子里轻轻摇曳而出,与他们打了个照面;这寂静是实实在在的,它似乎有着隆隆的轰鸣声,它塑造人、胁迫人,它强加于人、令人敬畏。

它被沉重的脚步声打破了,有人穿着钉靴走过了厨房的地板,用一只手胡乱地摸索着门闩。然后,门被慢慢打开了,乌尔克站在那里看着他们,他的脸被扭曲成一副日本的般若面具,写满了欲望、愤怒和悲伤。黑暗中,芙洛拉能听到埃尔芬正在她身后恐惧地呼吸着,于是伸出一只手以示安慰。它被紧紧地攥住了,被攥得痉挛。

偌大的厨房里挤满了人。他们全都一言不发,全都被跳跃的火光映照得通红,发出地狱般的光芒。芙洛拉能认出阿莫斯、茱蒂丝、女佣梅里亚姆、亚当、埃兹拉、哈卡韦、卡拉韦、卢克、马克,以及几个农庄工人。他们大致站成了一个半圆形,围在炉火旁一个坐在高背椅上的人身边。

暗淡的金色灯光和躁动的炉火将伦勃朗①式的影子投射在厨房的偏僻角落,又把斯塔卡德家侏儒或巨人一般的影子投射到天花板上。一股浓烈的香气迎面扑来,与涌入的夜晚空气撞了个满怀。这感觉有种病态的甜蜜,对芙洛拉来说很陌生。这时,她看见炉火的热量已经使素鸡草长长的、粉红色的花蕾裂开了;于是,费格·斯塔卡德肖像周围的花环上开满了大朵的鲜花,花瓣向外绽开,有如咆哮的毒牙,向人们展露着它那散发出甜蜜香气的无耻内心。

每个人都在注视着房门。房间里寂静得可怕,仿佛空气就要随着其中的压力爆炸,而斯塔卡德一家人脸上的灯光和火光在不安地闪烁,越发凸显了他们的身体那奇怪的静止状态。芙洛拉试图对这间厨房的样子加以概括;最后,她得出结论,这就像是杜莎夫人蜡像馆的恐怖物品陈列室。

"这样,这样,"她一边亲切地说,一边走过台阶、摘下手套,"大伙儿全都在,是吗?角落里的那个是'大生意'吗?哦,对不起,那是迈卡。我想这里没有三明治吧?"

这稍稍起到了些许破冰的作用,可以看到生命的迹象了。

"桌上有吃的,"茱蒂丝说,她死气沉沉地走上前来,一双燃烧的眼睛紧紧地盯着塞思,"但首先,罗伯特·波斯特的孩子,你必须要向你的艾达·杜姆姨妈问好。"

---

①伦勃朗·哈尔曼松·凡·莱因(Rembrandt Harmenszoon van Rijn, 1606—1669)是荷兰历史上最伟大的画家之一,擅长肖像画、风景画、风俗画、宗教画等领域,尤其精于处理光影效果。

而后她拉起芙洛拉的手（芙洛拉非常后悔丢掉了自己干净的手套），把她带到炉火旁高背椅上的人影前。

"妈妈，"茱蒂丝说，"这是芙洛拉，罗伯特·波斯特的孩子。我和你说起过她。"

"你好吗？艾达姨妈。"芙洛拉愉快地说着，伸出手去。但艾达姨妈却毫无反应，没有去握。一本《牛奶生产商周报和养牛指南》放在她的膝头，她将握住它的手攥得更紧了些，用低沉而单调的声音说：

"我在柴棚里看到了恶心的东西。"

芙洛拉朝茱蒂丝转过身去，扬起了表示好奇的眉毛。从其余的人中传来了低语声，他们正密切地关注着这边的情况。

"那是她经历过的一个可怕的夜晚。"茱蒂丝说，她的目光一直在可怜巴巴地朝着塞思的方向游离（他正在角落里狼吞虎咽地大吃牛肉）。"妈妈，"她的声音更大了，"你不认识我了吗？我是茱蒂丝。我带芙洛拉·波斯特来看你了——罗伯特·波斯特的孩子。"

"不……我在柴棚里看到了恶心的东西。"艾达·杜姆姨妈说着，烦躁地将她的大脑袋从一边转到了另一边。"那是一个火辣辣的中午……六十九年前，我还没有一只小鹧鸪大。然后我在柴棚里——"

"好吧，或许她更喜欢那样。"芙洛拉安慰道。她一直在观察艾达姨妈那紧绷的下巴、清澈的眼睛、紧闭的小嘴和紧握《牛奶生产商周报和养牛指南》的手，而后她得出结论，如果说艾达姨妈疯了的话，那么她——芙洛拉，想必也就是"无政府主义四贱客"①之一了。

"看到了恶心的东西！！！"艾达姨妈突然尖叫起来，抄起《牛奶生产商周报和养牛指南》照着茱蒂丝一通猛击，"恶心的东西！把它拿走。你们全都邪恶又残忍。你们想离开，把我一个人留在柴棚里。但你们永远别想得逞！一个都不能，永远别想！令人难以宽慰的农庄里永远有斯塔卡德一家。你们所有人必须和我一起待在这儿，你们所有人：茱蒂丝、阿莫斯、迈卡、乌尔克、卢克、马克、埃尔芬、卡拉韦、哈卡韦、鲁本还有塞思。塞思在哪里？我的宝贝儿在哪里？过来——过来这里，塞思。"

塞思的嘴里塞满了牛肉和面包，他艰难地穿过人群，走了过来。"在这呢，外祖母。"他低声安慰着，"我在这儿，我永远不会离开你——永远。"（"别看塞思，女人。"阿莫斯在茱蒂丝耳边低声说，似乎心情很糟，"你总是看他。"）

"那是我的好孩子……我的小心肝……我的小宝贝儿……"老妇人一边说，一边用《牛奶生产商周报和养牛指南》拍打塞思的头。"啊，他今晚多气派啊！这是什么？这些都是什么？"她猛地扯住塞思的晚礼服，"你都做了什么，孩子？告诉你的外祖母。"

艾达姨妈用她沉重的眼皮下面那双敏锐的眼睛打量着塞思

---

① 无政府主义四贱客（Marx Brothers），美国早期的喜剧演员组合、经典喜剧之王，堪称无厘头的鼻祖，热衷于塑造装傻充愣的人物，表现荒诞不经的内容。

的身体，这种方式让芙洛拉觉得，她似乎已经看穿他们的小型旅行活动了。在暴风雨到来之前，保全面子的时间不多了。于是她深吸了一口气，大声而清晰地说：

"他去了戈德米尔，去参加理查德·霍克-莫尼特的21岁生日舞会。我也去了。埃尔芬也去了。我的一个叫克劳德·哈特-哈里斯的朋友也去了，你们中没人认识他。还有，更重要的是，埃尔芬和理查德·霍克-莫尼特已经订婚了，而且很快就要结婚了，从现在起，大概一个月后。"

从水槽附近的阴影处传来了一声可怕的惨叫。所有人都剧烈地抖了抖，转过身盯着声音传来的地方。是乌尔克——乌尔克将脸埋在牛肉三明治里，一只手压在心脏之上，一副极度痛苦的样子。女佣梅里亚姆将她粗糙的手放在他低垂的头上，胆怯地拍了拍，但他却用一种掉进陷阱的黄鼠狼般的动作甩开了她。

"我的小水田鼠，"他们听到他在呻吟，"我的小水田鼠。"

突然爆发了一阵嘈杂声，从中可以隐约辨别出艾达姨妈用《牛奶生产商周报和养牛指南》疯狂击打每个人和她自己尖叫的声音："我看见了……我看见了！我会发疯的……我受不了了……令人难以宽慰的农庄里更永远有斯塔卡德一家，我在柴棚里看见了恶心的东西……恶心的东西……恶心……恶心……"

塞思抓起她的手，握在他的手里，然后跪倒在她面前，柔声细语地对她讲话，仿佛她是一个生病的孩子。这时芙洛拉已经把埃尔芬拽到了壁炉边位于角落里的一张桌子旁，正在若有所思地喂面包和黄油给自己和埃尔芬吃。她已经放弃了在那天晚上上床睡觉的希望。现在已经接近凌晨两点半了，所有人都像在等待日出一般。

她观察到，有几个她不认识的女人正在黑暗中沮丧地四处走动，她们不断地给盘子里补充面包和黄油，然后偶尔地在角落里哭泣一会儿。

"那是谁？"她指着一个拥有完美的平胸和一张雏鸟般的脸（眼睛瞪得大大的，鼻子尖尖的）的人，饶有兴趣地问。这个人将半个身子钻进了放靴子的壁橱里，正在那里哭泣。

"那是可怜的伦妮特，"埃尔芬睡眼蒙眬地说，"哦，芙洛拉，我很高兴，但我真希望我们能去睡觉。你呢？"

"现在，是的。所以那就是可怜的伦妮特，对吗？为什么（如果这个问题无伤大雅的话）她的衣服全都湿了？"

"哦！她跳井了，大约十一点的时候，是女佣梅里亚姆告诉我的。外祖母一直嘲笑她，因为她是个老小姐。她说即便伦妮特得到了马克·多勒，她都驾驭不了他。可怜的伦妮特就变得歇斯底里起来，外祖母又继续说有关——有关平胸之类的事，然后伦妮特便跑了出去，跳井了。于是外祖母受到了刺激。"

"好好伺候她吧，那个老家伙。"芙洛拉喃喃自语，打了个哈欠。"嘿，现在又怎么了？"因为从围绕在艾达姨妈四周的那群人中又爆发了一阵骚动。

芙洛拉和埃尔芬站到了桌子上，透过闪烁不止、令人困惑的火光与灯光,她们可以辨认出阿莫斯的身影;他正在艾达姨妈的椅子前,俯身对着她怒吼。从迈卡、埃兹拉、鲁本、塞思、茱蒂丝、卡拉韦、哈卡韦、苏珊、莱蒂、普吕、亚当、简、菲比、马克和卢克之中传出一阵地狱般嘈杂的声音,所以很难听清他到底在说些什么。但突然间,他提起嗓子大喊大叫起来,其他人都陷入了沉默:

"……所以我要前往上帝召唤我的地方,将上帝的语言传播到那些陌生的地域。是的,非去不可是件很可怕的事,但我非去不可。我一直在为之努力、祈祷和沉思,如今我终于知道了真相。我要搭乘一辆老福特车出走,到全国各地的乡下去布道。是的,就像那些昔日的使徒一样,我听到了上帝对我的召唤,我必须追随它。"他张开双臂,站在那里,火光在他那张高傲的脸上播放起鲜红色的幻想曲。

"不……不!"艾达·杜姆姨妈高声尖叫着,因为痛苦,她的声音劈裂了。"我受不了了。令人难以宽慰的农庄里永远有斯塔卡德一家。你不能走……你们谁都不能走……我要发疯了!我在柴棚里看到了恶心的东西……啊……啊……"

在塞思和茱蒂丝的帮助下,她挣扎着站了起来,用《牛奶生产商周报和养牛指南》无力地击打着阿莫斯(现在这本指南看上去磨损得更为严重了)。他那巨大的身躯躲闪着击打,但仍然僵硬地站着。他的眼睛露出得意扬扬的目光,盯着远处仿佛令人欣喜若狂的景象。红光在他的脸上摇曳着、闪烁着。

"我要走了……"他用奇怪而柔和的声音重复着,"就在今晚，我要走了。我听到天使们在犁过的田地里呼唤我的到来，小小的秧苗正在那里拍手祈祷。另外，我安排了艾格尼·比特尔的哥哥在三点半时来接我，用运牛奶的卡车，所以我没时间可以浪费了。是的，妈妈，在天使和上帝的帮助下，我终于打破了你的枷锁。我的帽子哪儿去了？"

鲁本默默地把它递给了父亲——他早在十分钟前就准备好了。

艾达·杜姆姨妈蜷缩在椅子里，虚弱而快速地呼吸着，徒劳地将《牛奶生产商周报和养牛指南》对着空气猛击。在发灰的脸上，她的眼睛如同痛苦的缝隙，被阿莫斯扒开了。它们怒火熊熊，好似燃烧的蜡烛感受到了四周的黑暗，因为恐惧而变得更加明亮。

"是的……"她低声说，"是的……所以你走了，把我留在柴棚里。令人难以宽慰的农庄里永远有斯塔卡德一家……但那对你来说毫无意义。我会发疯的……我会独自一人死在这里，死在柴棚里，和恶心的东西一起，"她的声音变粗了，她心烦意乱地拧着双手，仿佛要把它们从一些淫秽的精神浆液中解放出来，"压在我身上……独自一人……一人……"

她的声音越来越弱，最后悄无声息。她的头低垂到胸前。她的脸上没有了血色，变得灰暗、沧桑。

阿莫斯跛着大步，缓缓地走到门口。没有人动。寂静使整个房间结了冰，只是偶尔被火焰慵懒起伏的舞蹈融化片刻。阿莫斯猛地将门打开，露出了夜色那张冷漠的大脸，它正从外面窥视着这一切。

"阿莫斯!"

这是从她内心深处发出的尖叫,现在已被埋入了他的神经丛中。但他再也没有转身。他跌跌撞撞地走进黑暗中——然后离开了。

突然,从水槽旁边覆满阴影的角落里发出了一声狂野的大喊。乌尔克踉踉跄跄地走来,身后拖着女佣梅里亚姆。

(这时,芙洛拉叫醒了枕在她肩上睡着了的埃尔芬,告诉她有趣的事情才刚刚开始。现在是三点一刻。)

乌尔克的脸像石灰一样惨白,一股鲜血顺着他的下巴流淌。他的眼睛里充满了痛苦,他那伤痕累累的思绪像受到折磨的鱼一样狂奔。他疯狂地、无声地笑了。梅里亚姆吓得脸色发青,往后退了退。

"我和水田鼠……我们失败了,"他用低沉而平淡的声音含糊不清地说,"我们被打败了。茄子开花的时候,我们曾在蒂克尔便士角的水井边为她安置了一个巢。但如今,她把自己交给了他,那个肮脏、自命不凡、说谎——"他窒息了,不得不挣扎着喘了一口气。"在她只有一个小时大的时候,我就在她的奶瓶上做了标记,用水田鼠的血。她是我的,明白吗?我的!而我失去了她……哦,为什么我会认为她是我的?"

他朝梅里亚姆转过身。梅里亚姆害怕地退后了一步。

"到这儿来——你。我现在要你了。是的,就算你像泥土一样脏,我也要你了,然后我们会一起沉入泥潭。令人难以宽慰的农庄里永远有斯塔卡德一家,现在也会有一位比特尔了。"

"并不是第一个,但凡你清理过食物储藏室就会知道这一点。"一个声音尖刻地说。正是比特尔夫人本人。芙洛拉刚才并没有注意到比特尔夫人,因为后者一直在忙着切面包和黄油,在长长的厨房的遥远角落里给农庄工人们续杯。现在,她走进了炉火旁的圆圈中,双手叉腰,直视着乌尔克。

"好吧……你说泥土?老天啊,通过外套和那些裤子,你应该知道它是什么样子了吧。够了,你确实找到了一只珍贵的水田鼠。但很遗憾,你没有在你的老水田鼠身上少花一点时间,也没有在肥皂和法兰绒上多花一点。"

说到这里时,她意想不到地从马克·多勒那里获得了支持。他从厨房的另一端打来"电话",用一种仿佛能感觉到的语气说:

"是的,说得没错。"

"不要和他在一起,亲爱的,除非你喜欢,"比特尔夫人转向梅里亚姆,对她建议道,"你还很年轻,以后你再也见不到40岁了。"

"我不介意。如果他需要我的话,我会和他在一起。"梅里亚姆和蔼地说,"如果我喜欢,我会让他洗一点东西。"

乌尔克放声大笑。他将手搭在她的肩膀上,把她拉到身边,在她张开的嘴上用力地压下一个野蛮的吻。艾达·杜姆姨妈愤怒得喘不上气来,拿起《牛奶生产商周报和养牛指南》照着他们一通猛击,但都没有击中。她向后一倒,气喘吁吁,筋疲力尽。

"来吧，我的美人——我的一把泥土。我要带汝去蒂克尔便士角的水井边，让水田鼠见见汝。"乌尔克的脸上饱含着激情。

"什么！在今晚这个时候？"比特尔夫人大吃一惊，大喊道。

乌尔克用一只胳膊搂住梅里亚姆的腰，猛地一抬，但却没能将她抬离地板一丁点。他大声咒骂，跪在地上，用手臂箍住她的身躯，又猛地一抬。她还是一动不动。接着他用胳膊抱住她的肩膀，继而又从膝盖以下进行了尝试。她依旧纹丝不动。他蹒跚地跌倒在下方的地板上。比特尔夫人发出了一种类似"嘚 – 嘚 – 嘚 – 嘚 – 嘚"的声音。

有人听见马克·多勒在嘟囔说，消防电梯就和他所知道的一样好。

现在，乌尔克让梅里亚姆站起身来，站在地板的中间位置。然后，他低沉而热情地大叫一声，朝她冲了过去。

"来吧，我的美人。"

通过作为动物的净重，这个男人终于将她抱进了怀中。马克·多勒（他真的很热爱运动）把门打开，让乌尔克和他的重担冲出去，冲入初春的黑夜和泥土的气息之中。

一片寂静降临。

门仍然开着，在轻柔的寒风中悠然摆动。

厨房里的一群人仿佛被冻住了一样，静静等待着从远处传来的撞击声,那声音等同于告诉他们,乌尔克已经掉下去了。

果然,声音很快就传来了;于是马克·多勒将门关上了。

现在四点了。埃尔芬又睡着了。除了马克·多勒,其他的农庄工人也睡着了。炉火已经烧成了一片淫荡的红色煤床,它本已渐渐地熄灭,却又时而在从门口吹来的风中变得越来越旺。

芙洛拉困倦极了,她觉得自己就像身处于尤金·奥尼尔[①]的戏剧中一样——是那种持续了一个小时又一个小时又一个小时的戏剧,直到观众们撬开剧院的门,强烈要求幕间休息一会儿,它才会暂时停下。

毫无疑问,现在已然有些扫兴了。茱蒂丝蜷缩在一个角落里,一边沉思,一边看着位于她举起的手下方的塞思;鲁本则在另一个角落里沉思。素鸡草的花朵正在凋谢。塞思在研究他从睡衣口袋里拿出来的一本相册。

只有艾达姨妈正襟危坐,她的眼睛紧盯着远处。她很顽固。她的嘴唇轻轻地动了动。芙洛拉待在她桌子上的"避难所"中,能看得出她说了些什么,但那听起来可一点也不喜庆。

"他们中的两个……跑了。埃尔芬……阿莫斯……现在我独自一人待在柴棚里……谁带走了他们?谁带走了他们?我必

[①]尤金·奥尼尔(Eugene O'Neill,1888—1953),美国剧作家,表现主义文学代表作家,美国民族戏剧的奠基人。主要作品有《琼斯皇》《毛猿》《天边外》《悲悼》等。

须知道……我必须知道……那个不懂礼节的毛丫头。那个没规矩的家伙。罗伯特·波斯特的孩子。"

巨大的红色煤床慢慢地沉入了消亡前最后的梦乡，将刺眼的光投在她苍老的脸上，让她看起来就像哥特式教堂里的一个雕刻品。伦妮特一直在蹑手蹑脚地向前走，一直走到离她的姨奶奶（因为这就是伦妮特和艾达·杜姆之间的关系）不到几英尺的地方，然后站在那里，用黯淡的眼睛俯视她。她的眼睛里闪烁着疯狂的光芒。

突然，艾达姨妈甚至都没有转身，便拿起《牛奶生产商周报和养牛指南》照着她一通猛击，于是伦妮特又飞回了自己的角落。

一朵凋谢的花从素鸡草花环上掉进了煤炭中。

已经四点半了。

突然，芙洛拉感到有一股穿堂风吹过了她的后背。她生气地环顾四周，发现自己的目光正对上了鲁本的脸，是他打开了那扇隐藏在巨大烟囱背后的小门；小门直接通向院子。

"来吧，"鲁本悄悄地说，"是时候该睡觉了。"

芙洛拉又惊喜又感激，她轻轻地叫醒了埃尔芬。她们屏住呼吸，小心翼翼地从桌子上溜下来，踮着脚尖走到小门前。鲁本将她们安全地拉了进去，又无声地关上门。

他们站在外面的院子里，刺骨的寒风中，第一道冰冷的光束横扫过紫色的天空。在他们眼前，有一条道路正通向他们各自的床铺，一览无余。

"鲁本,"芙洛拉说,睡意让她连话都说不清了,但她仍记得保持礼貌,"你真是好人,为什么要这么做呢?"

"你让我摆脱了那个老魔鬼。"

"哦……那个。"芙洛拉打了个哈欠。

"是的……我不会忘记的。呃,现在,当然,农庄将是我的了。"

"它是你的,"芙洛拉和蔼地说,"你真有趣。"

突然间,他们背后的厨房里又爆发了一场令人震惊的争吵。再次有斯塔卡德家的人走出门去。

但芙洛拉完全不知道这是怎么一回事。她站着睡着了。她像没有大脑的机器人一样走回自己的房间,勉强以清醒的状态脱下衣服,然后便像木头一样倒在了床上。

第十七章

第二天是星期天，所以谢天谢地，每个人都可以躺在床上，平复自己在前一天晚上遭受的冲击；至少，大多数人家都会这么去做。但斯塔卡德家可不像大多数人家，生活在他们身上燃烧的是更为凶猛的火焰。不到七点，他们之中的大部分人就已经起床了，并在某种程度上干起活来。当然，因为阿莫斯的突然离开，鲁本多了很多事情要做。

他现在认为自己就是农庄的主人，当他开始了数鸡毛这项日常工作时，一股满足的浪潮在他的血管里缓慢地、不停地起伏流淌起来。

那天早上五点半，亚当将普吕、苏珊、莱蒂、菲比和简护送回嚎叫村，而后便及时地赶回来挤牛奶。他仍然对埃尔芬订婚的事感到困惑。古老的婚礼钟声钻进他衰老的耳朵，在簇簇茸毛间舞动，与乔治四世出生前人们歌唱的那首乡村小曲碰撞在一起：

"来吧，来吧，雪来了，姑娘们要走了。"

在给"没出息"挤奶的时候,他一遍遍地哼唱着;但他却似乎没有发现,"没目的"又丢了一个蹄子。

天空越来越亮,一个美妙的春日逐渐到来。画眉藏身在树丛间,喉咙里发出柔软的、羊毛般的声音。这令人心神不安的一年,虽然遭到春季的青春期的折磨,却突然在树篱、矮林、小树林和牛棚中绽出了点点花蕾。

茱蒂丝坐在厨房里,铅灰色的眼睛望向窗外广阔而荒芜的乡野。她的脸是灰色的。伦妮特蜷缩在炉火旁,搅拌着一些看起来很难吃的果酱,她是突然想到要做它们的。从前,当斯塔卡德家的其他女人随亚当私奔离去的时候,她决定留下来;因为不可言说的遗憾,她那千疮百孔的灵魂萎缩了。

中午来了,又过去了。亚当粗暴地做了一顿饭,其余的人便在大厨房里吃了(一些)。那天早上六点,迈卡、塞思、马克·多勒、卡拉韦和哈卡韦一起把老艾达·杜姆抬回了房间,自此以后,她便一直独自一人待在那里。

没人敢接近她。她独自一人坐着,蜷缩着身体,如同一大团破败不堪的肉,皱巴巴的眼皮中间露出了无神的目光。她的手指不停地敲打着《牛奶生产商周报和养牛指南》。她无所思,亦无所见。春天刺骨的蓝色空气在窗户玻璃上发出无声的咆哮,窗户玻璃又在她迟缓的、无尾两栖类动物般的呼吸下变得模糊。她那死气沉沉的身体被无能为力的愤怒波浪所席卷。有时,从她的绿嘴唇里会冒出一些名字:"阿莫斯……埃尔芬……乌尔克……"有时,它们只是待在里面。

自从乌尔克带着女佣梅里亚姆飞奔进夜色中之后,再也没有人见过他。人们普遍认为,他一定是先淹死了她,接着又淹死了自己。不过谁在乎呢?

至于芙洛拉,她一直睡到了下午三点半,而且本可以继续舒舒服服地睡到下午茶时间的,但她却被一阵敲门声和比特尔夫人激动的声音吵醒了。比特尔夫人告诉她,有两位先生来看她了。

"你已经把他们带到这儿了吗?"芙洛拉睡眼惺忪地问。

比特尔夫人大为震惊,她说事实上并没有,他们正在波斯特小姐的客厅里。

"好吧……他们是谁?我是说,他们有没有告诉你他们的名字?"

"一位是那个麦八阁先生,还有一位先生说他是内克。"

"哦,是的……当然,多令人高兴啊。请他们两位稍等一下。我用不了多久就来。"芙洛拉开始慢慢地穿衣服,因为她不想猛地从床上蹦起来让自己感到不舒服,尽管她一想到要再次见到亲爱的内克先生就觉得很高兴。至于麦八阁先生,他是个讨厌鬼,不过倒很容易对付。

最后,她终于下楼了,如同一片树叶般清爽。她走进了她的小客厅,比特尔夫人正在里面生火,而内克先生则赶忙上前迎接她,伸出双手说:

"啊,啊,宝贝儿,你还好吗?"

芙洛拉热情地对他表示欢迎。他已经和麦八阁先生说了会儿话了。而麦八阁先生则是一副闷闷不乐、痛苦万分的样子，他本希望可以单独和芙洛拉在一起。他想同她开展一段可爱的长剧情，并为他昨晚的行为道歉，之后，再多谈谈他自己的事情。一开始，在内克先生称呼芙洛拉为"宝贝儿"的时候，他变得更加闷闷不乐了。不过，在听了他们的一些对话之后，他觉得内克先生属于有趣的那一类人，会把所有人都称为"亲爱的"，所以也就不那么介意了。

芙洛拉让比特尔夫人给他们端点茶来，她很快就端来了。阳光穿透窗户，照在绿色的小客厅里，他们愉快地坐着，一边喝茶一边聊天。

芙洛拉虽然困倦，却有种很亲切的感觉。她在心里决定，内克先生一定不能没见到塞思就离开，于是她悄悄嘱咐比特尔夫人，只要一找到塞思就把他送到客厅来；除了这个决定，她不担心任何事。

"你是来这里找电影明星的吗，内克先生？"麦八阁先生一边问，一边吃了一块芙洛拉本想自己吃的蛋糕。

"没错。我想再找到一个克拉克·盖博[①]。是的，你可能不记得他了。那已经是二十年前了。"

"但我曾在一个'星期天电影俱乐部剧目演出'中见过他，在一个叫《激情高涨》的电影里，"麦八阁先生急切地说，"你对'星期天电影俱乐部剧目演出'的作品有了解吗？"

---

①克拉克·盖博（Clark Gable, 1901—1960），美国电影男演员，代表作品有《乱世佳人》《一夜风流》等。

"我会看看，"内克先生说，他不喜欢麦八阁先生，"好吧，我想要第二个克拉克·盖博，明白吧？我想要个高大威猛的硬汉，带着浓厚的野性气息，有副金嗓子。我想要激情，我想要红色的血液，我不想要个娘娘腔，明白吗？我很讨厌娘娘腔，美国公众也开始讨厌娘娘腔了。"

"你了解利木夫的作品吗？"麦八阁先生问。

"从没听说过。"内克先生说。"谢谢你，宝贝儿。"他对芙洛拉说，她正在喂他吃蛋糕。"你知道，麦八阁先生，我们要对公众负责。我们要给他们他们想要的东西，但必须是干净的。孩子，这很难。我告诉你这很难。我想要一个人，他得能给他们他们想要的东西，又不会在他们嘴里留下不好的味道。"他停下来喝茶。明媚的阳光把他忧郁的、猴子般的小脸上的每一道皱纹都露了出来，又点亮了他纽扣眼里鲜红的康乃馨。因为内克先生是个特别爱打扮的花花公子，他通常一天要换两次纽扣里的花。

"我想要一个能吸引女人的男人，"他继续说，"我想要一个新的加里·库珀[1]（但看看吧，那已经是二十年前了），只不过更阔气、更时髦一些。一个穿燕尾服很好看的人，而且也能应付那旧世界的犁（嗯，这次旅程中我已经看到四把犁了）。好吧，那我找到了谁？我找到了特克·琼斯。是的，好的，特克是个好孩子。他马骑得不错，但没什么身体欲望。我

---

[1]加里·库珀（Gary Cooper，1901—1961），美国知名演员。

找到了瓦伦丁·奥洛，嗯，他看起来像个意大利佬。自从可怜的莫雷利坐上轮椅后，他们再也受不了意大利佬了。不，意大利佬已经过时了。好吧，我还找到了佩雷格林·霍华德，他是英国人。没人能正确读出他的名字，所以他也不好。还有斯雷克·'喷泉'，是的。我们让一群小流氓每周去挑衅他20个小时，就为了让他在每天早上去片场之前清醒清醒。还有吉瑞·'美洲獾'，他是那种老好人，会让你想把小妹妹嫁给他，但也没什么出彩的，没什么。好吧，我能从中得到些什么？什么都没有。我必须找到一个人，就这样。"

"你见过亚历山大·'鱼鳍'吗？"麦八阁先生问，"我在佩平的上一部电影《马坦特的羽毛》中见过他，去年一月在巴黎看的。非常有趣，他们都穿着玻璃衣服，你知道，而且跟着节拍器及时地转动。"

"哦，是吗？"内克先生说，"一只青蛙，嗯？青蛙都在五英尺以下，我想要一个高大威猛的家伙，抱孩子看起来很不错的家伙。能再来一杯茶吗？宝贝儿。"芙洛拉给他倒了些茶。

"是的，"他继续说，"我在巴黎也看过那部电影。它让我很痛苦，不过也让我很兴奋。我还遇到了佩平。这可怜的呆子。"

"他深受年轻人的敬佩。"麦八阁先生大胆地说了一句，他瞥了一眼芙洛拉，期待得到准许。

"那倒是大有裨益。"内克先生说。

"那么你对电影的兴趣，内克先生，完全是商业化的吗？

我是说，你根本不考虑它的美学可能性？"

"我有责任。如果你的青蛙朋友每天要填补一万五千美元的电影票，他就得想一个比让很多人穿玻璃裤子更好的特技了。"

他停下来沉思。

"不过，这倒是个主意。一个家伙买了件新的燕尾服，看见了吗？然后他惹了一个老呆子，知道吧？一个魔术师，或什么的。然后这个老呆子就诅咒了他。嗯，这个呆子（穿燕尾服的那个家伙）前去参加一个盛大的派对，他一进门，所有女孩都尖叫起来。就是这样。好吧，他看不见他的裤子被那另一个老呆子（就是魔术师，知道吧？）变成了玻璃，然后他说：'见鬼'之类的。是的，这倒是个主意。"

在他说话的时候，塞思迈着步子，如同优雅的美洲豹，悄悄走到了房间门口；他现在站在那儿好奇地俯视着芙洛拉。她朝他笑笑，示意他别说话。内克先生背对着门，所以看不见塞思，但当他看见芙洛拉的笑容时，他转了半圈，看了看门口，想知道她在对谁示意。

然后，他见到了塞思。

一片静默。年轻人站在温暖的落日余晖下，他那裸露的脖子和被大胆塑造而成的躯体，如同沐浴在金色之中。他的姿势轻松优美，身上散发出极好的自信气质，就同任何健康的动物一样。他用无礼的眼神直视内克先生的目光，低垂着头，微微倾身。他看起来完全就是自己原本的模样，活脱脱一个性生活很成功的当地无赖。在接下来的五年中,数以百万计的妇女将意识到,塞思或许会被神奇的幻想带往威尔士的采矿村、粗犷的北方乡下海滨小镇或是中西部平原上的原始城市,并且仍然保持着他那永不改变的当地无赖特质。

是内克先生打破了这样的静默,他猛地一挥手,用嘶哑的嗓子低声说:"就这样!宝贝儿!到位了!保持!"

塞思完全沉浸在这种电影的俚语中,于是他保持住那个姿势,又沉默了一会儿。

芙洛拉插嘴道:"哦,塞思,你来了。我想让内克先生见见你。厄尔,这是我的表外甥,塞思·斯塔卡德,他对有声电影很感兴趣。内克先生是制片人,塞思。"

内克先生忘记了其他的一切,正伸长脖子、微微低下头听塞思讲话。当那深沉、温暖、慢吞吞的声音传来——"很高兴见到你,内克先生"——内克先生抬起头来,流露出一种如释重负、欣喜若狂的表情,仿佛他已经鼓起掌来。

"好啊,好啊,"内克先生说,他仔细端详着塞思,就跟塞思是他的晚餐似的(并且在未来的几年里一直是),"孩子,你怎么样?所以你是个粉丝,嗯?你和我一定要认识认识,嗯?或许你也想过自己能拍电影?"

麦八阁先生舒服地靠在椅背上,挑了一个小蛋糕吃起来,准备欣赏塞思出丑的景象。然而(就如我们知道的那样),他下错注了。

塞思皱着眉头向后退了退。内克先生近乎狂喜地拍了拍他的脸,他在观察塞思的每一种情绪,就像观察一个孩子那样,看它们如何呈现在他的面部表情上。

"不……不,我不是在开玩笑。"他和蔼可亲地说,"我是认真的,你想拍有声电影吗?"

塞思突然大叫一声。麦八阁先生失去了平衡,朝后倒了下去,然后被蛋糕噎住了。不过没人注意到他。所有目光都聚焦在塞思的身上。荣光照亮了他的脸。慢慢地、迟疑地,一些话语从他的嘴里迸出:

"比世界上其他任何事都想。"

"很好,他不正是那位时髦先生吗?"内克先生一边说,一边自豪地环顾四周,寻求着认同和支持。"他想成为一个电影明星,我也恰好想让他成为。现在,宝贝儿,抓住你的机会,我们这就走。我们今晚八点,从布莱顿搭乘'大西洋号'飞机。不过,你的家人会怎么说,哈?你的妈妈怎么办?需要征得她的同意吗?"

"厄尔,我会告诉你这一切的。塞思,去把你旅行所需的全部东西打包好。穿一件大点的外套——你要坐飞机了,你知道,一开始可能会很冷。"

塞思一言不发地听从了芙洛拉的话。等他离开,她便向内克先生解释了他的情况。

"所以,只要外祖母不鬼哭狼嚎就行了,是吧?好吧,那我们必须悄悄地离开,就这样。告诉外祖母不要大惊小怪。我们会从他的第一部影片中拿出五千美元寄给她。哦,孩子,"

说到这里的时候,他对着麦八阁先生一通猛拍,后者仍被自己的小蛋糕噎得喘不上气来,"我找到他了!我找到他了!他说他的名字是——塞思?听上去有点娘娘腔,不过也没什么大碍,倒会显得与众不同,能引发别人无穷的猜测。哦,孩子,等我给他买一件燕尾服!等我开始给他做宣传!我们必须找到一个全新的角度。让我想想……也许他最好害羞点。不行……查理·福特就是那样搞砸了。也许他讨厌女人……没错,就是这样。他讨厌女人,他也讨厌电影。就他妈那样。哦,孩子,那样就会吸引她们!现在甭管是谁家外祖母,都别想阻止我了。"

第十八章

回来的时候,塞思戴上了他最好的帽子,穿着大衣,拎了一个行李箱。所有人都朝门口走去。内克先生的车在院子里等待着他。他紧紧抓住塞思的胳膊,一路走下去,好像在担心塞思会改变主意一样。

他没有必要这样做。塞思的脸上带着一贯平静的表情:一种无礼的自鸣得意。当然,他会成为一位电影明星。当他一旦从起初的震惊中缓过神来,他就想表现出整件事对他来说完全是浑然天成的样子。他太自命不凡了,不想显露出在他内心深处涌动的喜悦。然而,在他扬扬得意地接受了这件事的外壳之下,这种喜悦却在那里汹涌地流淌着,掀起了一股暗金色的光辉之浪。

很好,一切都进展得十分顺利。此时,他们全都站在车门前,互道再见,芙洛拉帮噎得喘不上气的麦八阁先生拍了拍后背。就在这时,他们听到了一个不祥的声音——窗户被推开了,在他们还没来得及抬头看的时候,一个嗓音飘进了傍晚安静的空气中。它说它在柴棚里看到了恶心的东西。

所有人都抬起了头。芙洛拉有些灰心丧气。

无疑,是艾达·杜姆姨妈。她房间的窗户就在厨房门的正上方,现在被打开了,而她则用手撑住窗台,大幅度地探出身来。在她左后方尘土飞扬的房间里,一个身影正在踌躇徘徊,竭力想绕过艾达姨妈庞大的身躯看清外面的情况。从那不整洁的头发推断,此人是茱蒂丝。而另一个身影则在艾达·杜姆姨妈的右后方踌躇徘徊。仅凭一个女人的直觉就可以知道,那是伦妮特。

"哦,天啊!"芙洛拉急忙压低声音对内克先生说,"快点走!"

"什么……是那位外祖母吗?"内克先生问,"后面那位白金色头发的女郎是谁?来吧,宝贝儿。"他催促塞思赶快上车,"我们还得赶飞机。"

"塞思……塞思……你要去哪里?"茱蒂丝的声音充满了恐惧和痛苦,像一根棍子在有规律地颤动着。

"我在柴棚里看到了恶心的东西!"艾达·杜姆姨妈一边尖叫,一边用什么东西对她一通猛打,芙洛拉认出来了,那就是《牛奶生产商周报和养牛指南》残存的部分。"我的宝贝儿……我亲爱的。你绝不能离开我。我会发疯的。我受不了!"

"得了吧!"内克先生咕哝道,但他还是很有礼貌地招呼了一声,向艾达姨妈挥挥手:"好啊,好啊,老太太还好吗?"

"塞思……你不能走！"茱蒂丝哀求着，她干巴巴的声音里有一种恐怖的哀鸣，"你不能离开你的妈妈。大葱收割季也快到了。那是男人的工作……你不能走。"

"我在柴棚里看到了一些东西！"

"那它看到你了吗？"内克先生一边问，一边把自己塞进车里，坐在了塞思身边。引擎发动了，司机开始将车倒出院子。

"哎呀，夫人，我知道这很痛苦。"内克先生喊道，他从车窗里探出头来，盯着艾达姨妈，"我知道这很难。但是，哎呀，那就是生活，老太太。你现在还活着，宝贝儿。所有那些柴棚的事……都是多年以前了。啊，我尊重一位外祖母的感情，宝贝儿，但老实说，我就是不能放弃他。他会从他的第一部电影里给你寄五千块钱的。"

"再见。"塞思对芙洛拉说，而她则用自己友好的笑容，回应了他那优越感满满的微笑。

她看着车开走了。它将前往乌托邦的幻想世界；它将前往安乐乡的王国；它将前往好莱坞。如今，塞思永远不会有机会成为一个良好的、正常的年轻人了。他将成为一个世界级的"假面人"。

等到一年后她再次见到他时，那将会是在一面巨大的银幕下，在令人昏昏欲睡的黑暗中，而这位"假面人"则将俯身对她微笑："出演过《小镇酋长》的塞思·斯塔卡德。"随着汽车渐渐远去，他已经开始像阿喀琉斯[①]一样不真实了。

"塞思……塞思……"

汽车拐了个弯，然后不见了。

女人们的哭叫声仍像金属丝一样缠绕在天空中。距离星星在烟囱间跳起它们的白痴舞蹈，尚还有几个小时的时间。在此期间，除了哭叫，反正也没有别的事情可以做。

艾达姨妈现在已经从窗边退去了。芙洛拉仍能听到茱蒂丝歇斯底里的声音，她一边继续默默地帮依然被噎得喘不上气的麦八阁先生拍背，说着："好了……好了……"一边想知道她是否应该上楼，去艾达姨妈的房间传播一点《高级常识》的内容。

但不行，为时尚早。

麦八阁先生将她从浮想联翩中惊醒了，他气急败坏地躲开她的手，断断续续地喊道："我现在很好，谢谢。"然后用令人恼火的方式，继续在更远一点的地方被噎得喘不上气来。

突然，他的哽噎停止了。他抬头盯着艾达姨妈的窗户。伦妮特刚才突然出现在了那里，脸色苍白地凝望着窗外的夜色。

"那是谁？"麦八阁先生低声问。

"伦妮特·斯塔卡德。"芙洛拉回答。

"多么漂亮的脸啊。"麦八阁先生说，他仍在盯着她看，"她有种兔子般纤弱的感觉……你没有感觉到吗？"他来回挥

[①]荷马史诗《伊利亚特》中的英雄形象。

动手指,"她有一种不被驯服的表情,有时你能在刚出生的小野兔身上看到。我希望克鲁泡特金能见到她,他会想给她抹上石膏做成雕像的。"

伦妮特也在朝下盯着他看。芙洛拉能看出,这是一个相当不错的情况。哦,好的,如果他把伦妮特带到伦敦的菲茨罗伊广场,然后创造一种新时尚,以兔子脸般的美丽为标志,那将是非常好的事情……不过除非她——芙洛拉自己,在他们离开之前极其确定他将会善待可怜的伦妮特,并成为她的好丈夫才行。或许他会的。伦妮特非常乐于做家务事。她会为麦八阁先生缝补衣服(在那之前从来没有人为他补过衣服,因为虽然他所有的女朋友都能做出美丽的刺绣活儿,但她们谁都没有梦想过为他缝补任何东西),给他做美味的营养晚餐,无微不至地关心他,毫无条件地崇拜他。而他则会过得特别舒服,以至于忘乎所以,对她感激不尽。

麦八阁先生又将她从这些计划中唤醒了。他穿过院子,走到窗户下面站住,抬头大胆地向伦妮特喊话:

"我说!你愿意和我一起散散步吗?"

"什么……现在?"伦妮特怯生生地问。以前从来没有人让她做过这样的事。

"为什么不呢?"麦八阁先生笑了,孩子气地抬头看她,头向后仰着。芙洛拉觉得他太胖了,真可惜。

"我得问问茱蒂丝表姐。"伦妮特说着,怯生生地瞥了一眼黑暗的房间,便退回了阴影中。

麦八阁先生对自己很满意。这是他想到的浪漫主意,芙洛拉能看出这一点。她根据经验得知,知识分子们认为爱上一个人的正确——不,是唯一——方式,就是在你见到某人的第一眼便爱上他。你遇见了某个人,认为他是"一个有魅力的人,如此快乐而简单",然后你和他从派对里出来,一起散步回家(最好是穿过汉普斯特德希思,在大约凌晨三点的时候),讨论着你们是否应该一起睡觉。有时你会请他同你一起去意大利(最好是去波托菲诺)。你们牵手,大笑,然后你亲吻了他,并称他为你的"真爱"。你爱了他八个月,然后你又遇见了另一个人,而后又一次开始变得快乐而简单,又在汉普斯特德希思走了几个小时,并邀请他去波托菲诺,等等。

某种程度上,这是非常简单、快乐和自然的。

但无论如何,芙洛拉都开始觉得,在令人难以宽慰的农庄,事情进展得似乎有点太快了。她尚未从昨晚的"数数"风波(还是在昨晚吗——仿佛是一个月前了)和阿莫斯的离去中缓过神;塞思就已经走了,麦八阁先生又爱上了伦妮特,而且毫无疑问,他打算带她离开。

如果事情按照这样的速度发展下去,农庄里很快就会一个人都不剩了。

她突然间感到特别困倦。她觉得她应该去她的绿色小客厅,坐在炉火旁看看书,一直等到晚餐时间。于是她对麦八阁先生说,希望他能有一次愉快的散步经历,并又轻描淡写地补充说,总体而言,伦妮特的生活就像曾受到过病菌的感染,暗示着她可能会很喜欢有一点菲茨罗伊广场式的快乐和简单。

麦八阁先生说他非常理解。他还试图去拉芙洛拉的手,但被她制止了。自从看到窗前的伦妮特之后,他似乎有了一种模糊的感觉,觉得他对芙洛拉的单相思已经结束了,是时候该说些恰当的告别话了。

"我们是朋友,不是吗?"他问。

"当然。"芙洛拉愉快地说。她并没有费力试图告诉他,她不习惯于把仅仅认识五个星期的人当作自己的朋友。

"或许我们可以找时间去城里一起吃个饭?"

"那太好了。"芙洛拉表示赞同,心里却想那会有多么讨厌和无聊啊。

"你有一种品质……"麦八阁先生一边说,一边盯着她,挥动他的手指。

"遥远,而且某种程度上,很像仙女……但奇怪的是,并未被唤醒。我应该写一本关于你的小说,命名为《处女无瑕》。"

"好吧,如果可以让你消磨时间的话。"芙洛拉说,"恐怕我现在必须要走了,需要写一些信。再见。"

去客厅的路上,她遇见了正在下楼、穿好衣服准备出门的伦妮特。她很好奇,她是怎样征得了艾达·杜姆姨妈的同意的;但伦妮特已经等不及芙洛拉的提问了。她带着惊恐的目光,从芙洛拉身边飞奔而过。

终于能回到她的客厅了,芙洛拉对此特别开心。她坐进了一把舒服的小扶手椅中,椅子立在炉火旁,铺有绿色的挂毯。令人神清气爽的比特尔夫人也在客厅里,她正在清理剩下的茶点。

"芙洛拉小姐,埃尔芬小姐送给你她最好的爱,她要去豪奇克庄园住六个星期。今天午饭的时候,迪克先生用他的车来接她了。"比特尔夫人说,"是个英俊的男孩,对不对?"

"英俊极了,"芙洛拉说,"所以她已经走了,是吗?哦,好吧,那就太好了。现在这家人就会有时间平静下来,度过这段订婚期的。那么,乌尔克在哪里?他真的淹死梅里亚姆了吗?"

比特尔夫人哼了一声。

"他可淹不死她。他在矿山下面和孩子们玩呢。"

"什么……那支爵士乐队?我是说,梅里亚姆的孩子们?"

"是的,让他们骑在他的背上,还假装他是一只水田鼠(恶心的东西)。哦,你真该看看,当艾格尼知道我们的梅里亚姆要嫁给他们斯塔卡德家的人时,他有多大的反应!我还以为需要找人把他从天花板上摘下来呢。"

"所以她真的要嫁给他喽?"芙洛拉问,她懒洋洋地靠在椅子上,享受着这样的八卦闲聊。

比特尔夫人看了她一眼。

"我希望如此,波斯特小姐。我不认为他们之间有什么不对劲,至少在他们安全地结婚之前,是不会有什么不对劲的。艾格尼也这么认为。"

"斯塔卡德老太太对乌尔克和梅里亚姆结婚的事怎么说?"

"她说她看见了一些恶心的东西,就像往常一样。好吧,如果我愿意花上六便士,买下自从我来到令人难以宽慰的农庄工作之后见到的所有恶心事,那我可以买下这整个地方(事实上,我可不想要它们)。"

"我想,"芙洛拉漫不经心地说,"你也不知道她究竟看到了什么?"

比特尔夫人停下了叠桌布的动作,认真地看着芙洛拉。但在停下后,她说的唯一一句话就是,她不能说,她对此很确定。于是芙洛拉便不再追问了。

"我听说塞思也不见了。"比特尔夫人接着说,"唔!他妈妈一定很难接受!"

"是的,他去好莱坞当电影明星了。"芙洛拉睡眼蒙眬地说。

比特尔夫人说那是早晚的事啊,又补充了一句说,等她回家后就不愁没话和艾格尼说了。

"所以艾格尼很喜欢聊八卦,不是吗?"

"如果不是恶毒的事,他就喜欢。每当我告诉他任何恶毒的事,他总会做出一些可怕的行为。哦,好了,我现在必须去为艾格尼做晚餐了。晚安,波斯特小姐。"

芙洛拉平静而愉快地度过了夜晚余下的时间,不到十点就上床睡觉了。她对事情在农庄里的进展程度感到满意,而她在九点时收到的一张明信片,更让这种情绪到达了顶峰。

它所代表的是坎特伯雷大教堂[①],邮戳是坎特伯雷的。明信片的背面写道:

赞美上帝!今天早上我在集市讲道,向成千上万的人宣讲上帝的话语。我现在要去租一辆福特货车。告诉迈卡,如果他想驾驶它,他必须是因慈善而与我同行。我的意思是,没有工资。赞美上帝!把我的法兰绒衬衫寄来。对所有人的爱。

A. 斯塔卡德

[①] 坎特伯雷大教堂(Canterbury Cathedral),位于英国肯特郡郡治坎特伯雷市,建于公元598年,是英国最古老、最著名的基督教建筑之一。

第十九章

塞思离开后,农庄的生活渐渐地安定,回复了日常的模样(至少是和以前一样),在对埃尔芬进行了颇为艰苦的几周训练,并经历了最终导致塞思和阿莫斯匆匆离开令人难以宽慰的农庄的一系列震惊事件之后,芙洛拉很高兴能稍微休息一下。

五月的第一天带来了夏日的气息。所有的树木和树篱都在一夜之间长满了叶子;而在它们后面,在夜晚时分,人们总能听见"不,不要,吉姆"或是"不要,不要那么做,灵魂啊"之类的叫喊声,从村子里被勾引的姑娘们中间传来。

***农庄里,生命在蓬勃发展。厚重的、不知廉耻的咕咕声从林鸽的喉咙里传来,穿过温暖的空气,一下接着一下,直到天空中充满了爱的光芒。小公鸡那刺耳的声音在阳光下一闪而过,摇摆不停,最后结束在一簇羽毛般的音符中。"大生意"在辽阔的牧场上威风地嘶吼。小雏菊怀着狡猾的欲望,盛放在阳光和雨水之中,而苍蝇则在黏糊糊的光线中盲目地、光芒四射地旋转,直到走向它们命中注定的死亡。比特尔夫人穿着一件棉质连衣裙出现了,她脖子上刻有"卡丽"字样的领针歪得恰到好处。芙洛拉身穿绿色的亚麻裙,戴着一顶遮阳帽。

五月的第一缕光落在了房间里,茱蒂丝静静地躺在她的床上——而且蔫儿了。那些肮脏的苍蝇一心顾念着它们自私的快乐,在她的头顶白痴般嗡嗡转着圈,它们就像生命本身一样,制造出的喧嚣多而意义少,织就了一张鲜红色的痛苦大网,将她拉入了沉默的黑暗之中。她用绉纱窗帘将塞思的二百张照片全部遮住。做了这件事后,生活还有什么别的意义?苍蝇在洗脸盆中的脏水上嗡嗡地做出回应,水上漂浮着一头孤独的黑发。

同样,它也像生活一样——毫无意义。

老太太也待在自己的房间里,她坐在炉火前,炉火在浓重、粗糙的阳光下跳舞,时不时地发出低语声。仇恨的火光照亮了她的黑暗。她感到夏天的高温在窗户玻璃上无礼地跳动,并带着它的承诺,诱使斯塔卡德家的所有人离开令人难以宽慰的农庄。阿莫斯在哪儿?阳光回应了。埃尔芬在哪儿?斑鸠低声地回应着。塞思——最后一次痛苦的打击——在哪儿?她甚至不知道他去了哪里,也不知道为什么。比特尔夫人说他去和他们拍有声电影了。什么是有声电影?比特尔夫人疯了吗?除了你——你独自一人,坐在这里,坐在你的身体破碎的老塔里——他们全都疯了吗?还有乌尔克——一位斯塔卡德人——说他要娶那个被付了工钱的荡妇梅里亚姆,当你禁止他这么做的时候,他公然违抗你,将他口袋里的三英镑六便士拨弄得叮当作响——那是他在戈德米尔将水老鼠皮卖给皮草商人赚来的……

这个房间就是你的城堡。在外头，你二十年来雄心勃勃建立的世界正崩塌成一片荒诞不经的废墟。

是她，罗伯特·波斯特的孩子。对他做下的错事得到报应了。"诅咒如同秃鼻乌鸦，回家躺在怀抱和谷仓中。"她把毒液倒进了你家人的耳朵，把他们送到了世界上，留下你独自一人。他们全都会离开：茱蒂丝、迈卡、埃兹拉、哈卡韦、卡拉韦、卢克和马克，还有亚当·莱姆布莱斯。然后……等他们全都走了……你就会独自一人——最终——独自一人待在柴棚里。

芙洛拉度过了一段非常愉快的时光。

现在是五月的第二个星期，天气仍然好极了。鲁本已经被所有人视作令人难以宽慰的农庄的主人了，而且立刻就开始（这一点令芙洛拉很高兴）着手对它进行改造，还问芙洛拉是否愿意同他一起去戈德米尔，帮他选一些肥料、新的磨床或是别的东西。芙洛拉告诉他，她对磨床一无所知，但她十分乐意尝试一次。因此，在一个星期三的清晨，他们乘着马车出发了，还带上了一份《国际先进农民指南和助力伙伴》的复印件，那是芙洛拉从伦敦订购的，请她住在西肯辛顿的几个俄罗斯朋友帮忙打印了出来。

"鲁本，你是从哪里弄到钱来买这些可爱的磨床的？"芙洛拉问道，在度过了一个忙于购物的上午之后，这会儿他们正坐在"大把甜菜"咖啡馆里吃午餐。

"偷的。"鲁本简单地说。

"从谁那儿？"芙洛拉问，她厌倦了不得不假装对这些事表示震惊的行为，但又真的很想知道。

"外祖母。"

"哦，我说，这是一个相当合理的计划。不过你是怎么得手的？我是说，你是不是必须把它从她的袜子里或别的什么地方弄出来？"

"非也。我在'鸡账'上做了手脚。当我们卖出十二个鸡蛋的时候，我就在上面写成我们卖了两个鸡蛋，明白吧？我已经这么做了将近五年了。我眼睛盯着他们的磨床已经有五年，所以我全都计划好了，明白吧？"

"我的天，我觉得你很能干，"芙洛拉说，"相当能干。如果你一直保持最开始的这股劲头，你一定会让农庄蒸蒸日上的。"

"是的……只要老魔鬼不改变主意回来，"鲁本心存疑虑地说，"他可能会觉得路太远了——对一个像他一样的老人来说太远了，嗯？"

"哦，我敢肯定他不会的，"芙洛拉果断地说，"他似乎——呃——非常认同这个主意。"然后她从手包里拿出一张明信片——这已经是那天早上第十次了——上面展示的是利物浦大教堂。明信片上写着：

赞美上帝！我要在异教徒中传播上帝的话语，和芝加哥的牧师埃尔德贝里·西夫格拉斯一道。赞美上帝！告诉鲁本，他可以拥有那个老地方。寄干净的袜子来。爱所有人，除了迈卡。

A. 斯塔卡德

"哦，是的，我相信他是认真的，"芙洛拉重复道，"可惜他说的是'老地方'而不是'农庄'，不过如果有人怀疑，我们总可以做点手脚，把它替换成'农庄'就好了。如果我是你，我是不会担心什么的。"

于是他们悠闲地吃完了苹果派。正当鲁本把最后一勺举到嘴边的时候，他突然停了下来，看着芙洛拉说：

"我想你是不愿意嫁给我的吧，芙洛拉表姨妈？"

芙洛拉非常感动。在过去的两个星期里，她已经慢慢喜欢上鲁本了。他比斯塔卡德家的其他男人强多了。他人很好，也很善良，而且准备向任何能帮助他改善农庄条件的人学习。他从未忘记是芙洛拉建议阿莫斯踏上一次布道之旅的；而最终，这个举动则——在鲁本自己也努力煽动他父亲的情绪、令他听从芙洛拉的建议之后——让鲁本占有了这个农庄。鲁本对此深表感激。

她将手伸到了桌子那边。令人惊讶的是，鲁本用他的手抓住了她的手，并且一边低头盯着它看，一边摇晃着另一只手里举着的苹果派。

"哦,鲁本,你真好。但我恐怕我永远也做不到,你知道的。想一想,我根本就不是那种能成为一个农夫的好妻子的人。"

"我很喜欢你。"鲁本粗声粗气地说。

"你真迷人,我也喜欢你。但是老实说,这是行不通的。我认为像马克·多勒的南希那样的人对你来说会更好——也会更有用。"

"她还不到15岁呢。"

"那就更好了。三年后,农庄将变得焕然一新,你就能给她一个非常好的家了。"芙洛拉的心颤抖了一下,因为她想到了艾达·杜姆姨妈可能会对这桩婚姻说些什么,但她已经开始酝酿起一个办法,可以用来对付这个老古董。三年时间——谁知道呢?那时艾达·姨妈没准已经离开农庄了!

鲁本沉思着,仍然盯着芙洛拉的手。

"是的,"他慢吞吞地说,"或许我最好和马克·多勒的南希在一起。这两年来,我的鸡一直把她的娃娃藏在它们的羽毛下面。她最后也会养鸡,这样才对。"

随后他放开了芙洛拉的手,继续吃完了勺子里的苹果派。他看上去一点儿也不像受到了冒犯或伤害。接着,他们便一起坐车回家了,一路上都很安静,让人感觉挺舒服。

埃尔芬对霍克-莫尼特的拜访又被延长了一周,其间,芙洛拉曾两度前去共进下午茶。让芙洛拉松了一口气的是,霍克-莫尼特夫人似乎很喜欢埃尔芬,向芙洛拉描述埃尔芬的时候,她说道:"一个可爱的小东西,十分聪明,但是一个不错的小东西。"

芙洛拉在私下对埃尔芬表示祝贺,并警告她不要谈论太多有关玛丽·罗兰珊和珀塞尔①的事。目标已经实现了,所以没有必要做得太过火。

婚礼定在6月14日举行。霍克-莫尼特夫人决定在嚎叫村的教堂举办婚礼,那是一个美丽的地方。然后她又建议,婚礼的招待会应该在令人难以宽慰的农庄举行,这让芙洛拉大吃一惊。"你不认为要比原路返回这里更方便吗?"

"哦,我说,"芙洛拉一边说,一边重聚心神,从埃尔芬痛苦的一瞥中平复过来,"我非常怀疑这能否行得通。我的意思是,斯塔卡德老太太有点身体不方便什么的。那个——呃——噪音可能会令她不安。"

"她不必下来。可以请人端一盘蛋糕到她的房间去。是的,我想那一定是最好的办法。波斯特小姐,农舍里有没有一个大房间?"

"有几个。"想到他们,芙洛拉有气无力地说。

"好极了。就这样。今天晚上我会写信给斯塔卡德老太太。"霍克-莫尼特夫人(她很想把婚礼的一些麻烦事转嫁到埃尔芬的家人身上去)就这样含糊其辞但又行之有效地转移了

---

①亨利·珀塞尔(Henry Purcell,1659—1695),巴洛克时期的英格兰作曲家,代表作《狄朵与埃涅阿斯》。

话题。

所以地平线上又有让人恐惧的新东西升起了！真的，她永远有担心不完的事，芙洛拉一边想，一边坐着霍克-莫尼特的马车回家。她开始觉得，或许她这辈子都没法把农庄里的事情打理得井然有序了。她刚刚把一个人安顿好，就会有另一个人开始因为某件事而弄得一地鸡毛，让她不得不从头再来。

不过，自从鲁本担任了农庄的主人以来，事情确实好转了许多。工资得以被定期发放。房间偶尔会被清扫干净，不，它们甚至还被擦洗过。尽管艾达·杜姆姨妈仍会每隔两周检查一次账簿，但鲁本已经开发了自己的另一本账簿，在那上面他记下了农庄真正的收入。艾达·杜姆姨妈一周看两次的账簿都是像老哈利一样做的。

自从"数数"之夜后，艾达·杜姆姨妈就再也没有下过楼。迈卡、埃兹拉还有斯塔卡德家的其他人都充分利用了她暂时受到的挫败。塞思、埃尔芬和阿莫斯的逃亡也同样鼓舞了他们。他们意识到，艾达姨妈，就和我们其他人一样，只不过是人类中的一员而已。

于是他们命令普吕、莱蒂、简、菲比和苏珊，更别说伦妮特了，从村子里来到令人难以宽慰的农庄，在农舍里找到一些尽可能远离艾达姨妈卧室的空房间，建立和安顿好他们自己的财产和生活。

他们便在那里住下了，全都像斗鸡一样生活着；而且不管芙洛拉走到哪儿，都会被身穿棉布裙子、满脸母鸡样的斯塔卡德家的女人绊倒。至于比特尔夫人,她说所有的老巫婆都把病人交给她,她很高兴能"去乌尔克、梅里亚姆和水田鼠的家"。

所以总体而言,农舍的生活对斯塔卡德家的人来讲都比以往任何时候愉快得多;他们也得感谢芙洛拉。

但芙洛拉却不满意。

她在思考,当她坐着霍克-莫尼特的双轮敞篷马车回家去的时候,令人难以宽慰的农庄里还有多少事情需要做成,而后她才能说农舍里的状况是真正让神甫法斯·麦格雷感到满意的。

还有茱蒂丝的问题。还有老亚当。还有艾达·杜姆姨妈本人,这是最大的问题,也是最困难的问题。

她决定,下一步她必须对付茱蒂丝了。茱蒂丝一直躺在她的房间里,窗户已经关得足够久了。比特尔夫人已经问了两次能否让她走出房间;而芙洛拉两次都被迫回答说现在还不方便。但现在,芙洛拉决定,不能再放任事情继续发展下去了;等一回到家,她就要对茱蒂丝公然发起挑战。

当她走进茱蒂丝的房间时,傍晚的夕照穿过走廊照射下来,看起来好似老虎的纹路。门关上了。它就像一只禁止别人触碰的手,轻柔而平整地压在寂静的走廊上。芙洛拉轻轻地拍了拍,等了几秒钟,希望得到答复。但那里只有冷漠的沉默。哦,好吧……她想着,然后转动手柄,走了进去。

茱蒂丝正站在梳妆台旁,掀起了覆盖在塞思的两百张照片上的绉纱窗帘。

***她空洞的眼睛来回打量着她与来访者之间恶臭的空气。它们没有任何的内容，只是两个毫无意义的空洞水池；它们也不是眼睛，而是凹陷在两个突出的"骨头房子"和两张毫无血色的面颊之间的空白；它们悬挂着两根悲伤而原始的枝条，如同寒风中被冻住的温泉，而在这些枝条上头，则飘动着徒然悲伤的碎布。

"哦，茱蒂丝表姐，你愿意明天和我一起去镇子上一趟吗？"芙洛拉愉快地问，"我想买点东西，并且希望和一个非常有魅力的奥地利人——一位从维也纳而来的穆德尔医生共进午餐。你一定要来。"

茱蒂丝的笑声甚至惊动了那些在她头顶漫不经心地盘旋的苍蝇，让它们也瞬间安静了下来。

"我是个将死之人。"她简单地说。她的双手可怜兮兮地垂在身体两侧，"看……小窗帘上满是灰尘，"她低声说，"我得把上面的灰尘洗掉。"

芙洛拉忍住没有指出，如果你想用水洗掉灰尘，只会使情况变得更糟。她耐心地说，她打算乘十点半的车进城，她希望茱蒂丝能在九点半之前准备好。

"等你到了那里，我猜你会喜欢它的，茱蒂丝表姐。"她怂恿道，"你知道，你不能再继续这样下去。它——呃——它会让我们都很沮丧的，并且无穷无尽地沮丧下去。我的意思是，这么好的天气，浪费它多可惜啊。"

"我自己就是一个废物[①]，"茱蒂丝冷冷地说，"我就是一个用过的种子壳……一块果皮……一块皮肤。他都走了……我有什么用？"

"好啦，现在别想那个了，"芙洛拉安慰她，"只要记得在明早九点之前准备好就行。"

在那天晚上离开她之前，芙洛拉设法从她那里得到了一个模棱两可的承诺，即她会按照建议做好准备。只要没人强迫她说话，茱蒂丝似乎并不在乎发生在她身上的事情；于是芙洛拉便利用了她的惰性，将她新近产生的意愿强加在了她软弱的意志上。

离开茱蒂丝后，她差遣亚当去嚎叫村发了一封电报。内容如下：

> 阿道夫·穆德尔医生，
> 国家心理分析研究所，
> 白厅，S. W.
>
> 给你有意思的病例明天星期三一点一刻你能和我们两位在格里马尔迪餐厅一起用午餐吗婴儿的爱是怎样的
> F·波斯特

[①]和上文"浪费"属一个词"waste"。

这天晚上九点，当她坐在她那绿色的小客厅里，坐在敞开的窗户边，一边呼吸着山楂树的馨香，一边给查尔斯写信的时候，她收到了一封打给她的电报（是马克·多勒的南希亲自为她送来的），上面写着：

当然高兴的婴儿会有偏执狂的倾向护士向我保证八个月的则非常正常她知道的比我多多了真是稀世之宝期待着看到你什么天气啊……阿道夫

第二十章

芙洛拉和茱蒂丝在伦敦一起度过的那一天是非常成功的,尽管确实也存在着一些小瑕疵。例如,每隔十五分钟,茱蒂丝的头发就会散落一次,芙洛拉不得不替她重新别好;另外,芙洛拉还被迫要对游客们充满同情和兴趣的询问进行搪塞,因为时不时地,茱蒂丝就会宣称自己是"用过的葫芦和果皮",这自然引发了他们的兴趣。

但等她们的旅程一结束,芙洛拉的担忧也结束了。在格里马尔迪餐厅里,在穆德尔医生和茱蒂丝的对面,她坐在一张靠近窗户的安静的桌子旁,欣慰地看着穆德尔医生统领全局。

作为一名国家级心理分析学家,他承担了众多令人不快的职责,其中之一就是将病人的情感从他们所关注的令人难堪的事情上移开,并转而聚焦在他自己的身上;它们的确在那里聚焦不了太久的时间——他一有可能就会将它们转移到无害的事情上去,比如象棋或是园艺;但每当这些情感被聚焦在他身上的时候,他却着实过得颇为煎熬。明智的政府每年付给他八百英镑的薪水，然而其中的每一便士实际上都是他自己挣来的。

芙洛拉观察到，茱蒂丝的脸很快就发出了暗红色的光，并在穆德尔医生的指导下开始进行沉睡的火山运动，她不禁对他在午餐的平凡谈话中运用的娴熟技巧表示钦佩。

"她很快就会好的。"午餐结束时，他低声安慰芙洛拉，而茱蒂丝则在若有所思地凝望窗户下面繁忙的街道。"我会带她去疗养院，让她和我谈谈。也许她会在那里待六个月。之后我要送她去国外度个小假期。我想，我会让她对古老的教堂感兴趣的，是的，古老的教堂。欧洲有那么多古老的教堂，她得花上余生的全部时间才能把它们看遍。她有钱，对吗？你必须有钱才能看遍所有想看的古老教堂。好吧，那就没问题了。不要自寻烦恼。她会很开心的。所有那些能量……真遗憾，是的，它们都是向内而不是向外的。现在我要让它们向外……去古老的教堂。是的。"

芙洛拉感到有点不安。这不是她第一次看到一个心烦意乱的病人在分析师的意志下变得平静了，但她却从未习惯过这种场面。茱蒂丝真的会更开心吗？她怀疑地看着她的表姐。

当然，茱蒂丝看起来的确已经开心了一些。她注视着穆德尔医生为午餐付账时的每一个动作；芙洛拉从未见过她这么活泼和正常的样子。

"我想，你要和穆德尔医生待一段时间吧，茱蒂丝表姐？"她问。

"他问过我。他很善良……他身上有一股黑暗的力量。"

茉蒂丝回答,"它……就像一只黑色的锣。我猜你就没有感觉到。"

"哦,好吧,我们不可能都那么幸运,"芙洛拉和蔼可亲地说,"但真的,茉蒂丝,如果你去,我认为这确实是一个很好的计划。你需要一个假期,你知道,最近家里闹了这么多——呃——烦心事,这对你没有好处。你要安顿好自己。过一段时间你就可以出国看看欧洲的景色了,古老的教堂之类的。别为农庄担心,鲁本会替你照看的,还会从每个月的收入中拿出一大部分寄给你。"

"阿莫斯……"茉蒂丝喃喃自语。将她与过往生活连在一起的那些丝线,如今似乎已经一根根地断开了,但却仍然将她束缚在脆弱的残丝中。

"哦,我不会为他大惊小怪的,"芙洛拉轻松地说,"他已经和尊敬的埃德伯里牧师去美国了,我对此毫不怀疑。他回来时会通知你的,不必担心。你应该趁着年轻好好玩玩。"

茉蒂丝显然已经决意这么做了,因为她和穆德尔医生一起坐着他的车走了,看上去很满足;至少,她容光焕发、神采奕奕,如脱胎换骨一般,重新打起了精神。即使考虑到她一向爱把自己的情绪放大两倍的习惯,她也很可能是非常兴奋的。

在她们道别之前,芙洛拉安排别人把五条脏兮兮的红色披肩和一堆各式各样的发夹送到了疗养院,之前,这些东西似乎占据了茉蒂丝衣柜的大部分空间;一起送去的还有一笔数量可观的钱,用来为她此后六个月的快乐埋单。自然,穆德尔是值得信任的，她的资金会得到妥善的管理。

于是问题全部解决了。芙洛拉心满意足地看着医生的车开走了。

那天晚上，她回到令人难以宽慰的农庄，在看到农舍第一眼的时候，她竟然产生了一种满意的感觉，外加某种类似喜爱的奇怪感情。

这是一个温和而可爱的夜晚。太阳的光芒仿佛沉甸甸的，因为它们经常朝着夏天日落的方向照射，像长长的金条一样躺在绿叶丛中。湛蓝的天空里没有云，随着夜幕降临，天空的颜色越来越深。在树林和树篱深处慢慢生长的阴影，使整个乡村看起来更加柔和。

"我，"当芙洛拉坐在马车里，探身向前，打量这个场景的时候，她只是简单地想，"用我的小斧头完成了这一切。"一种喜悦和满足之情如同一朵小花，在她心里绽放开来。

但接着，她抬头看了看厨房门正上方的那扇窗户，它窗扉紧闭，有着无动于衷的脸庞，于是她的脸色又变得凝重起来。那是艾达姨妈的房间。艾达姨妈还在那里，继续进行着她失败的战斗。艾达姨妈，"令人难以宽慰"的精神领袖，虽然身处困境，但依然没有被打败。那么，当艾达·杜姆姨妈仍在她的高塔中沉思，她——芙洛拉，真的能为自己在农庄的工作而庆贺，并自夸这些工作就要结束了吗？

"你的晚餐在桌子上，宝贝儿。"比特尔夫人说着打开了大门，让鲁本把"毒蛇"带进院子。"冷牛犊肉和沙拉。我现在要回家了。哦,还有甜点,粉色的。"

"真好,"芙洛拉从马车上爬下来,叹了口气,高兴地说,"谢谢你,比特尔夫人。茱蒂丝小姐今晚不会回来了。她将在伦敦待一段时间。一切都好吗?"

"茱蒂丝小姐今天早上消失的事让她感觉很不好,"比特尔夫人说,她压低了声音,严肃地看了看楼上关着的窗户,"说她现在是独自一人待在柴棚里,没错。她说她数数时不会算上鲁本(她当然不会——鲁本是这群人中的佼佼者)。不过,她的胃口还是很大,我会这么说。今天晚餐吃了三份牛犊肉和两份牛油。你能比得过吗?好吧,这有什么用,又不能给小宝宝买一件新衣服。晚安,芙洛拉小姐。我明天早上八点前到。"

然后她走了。

芙洛拉走进厨房,桌上的一盏灯已经被点亮了。它柔和的光射在果酱罐里一束粉红色玫瑰的花心上。一封查尔斯寄来的信也靠在罐子上,玫瑰在信封上投下了一个又大又圆的阴影。这景象太美了,她欣赏了片刻,然后打开了信封。

天气一直都很晴朗。芙洛拉和大家都希望这样的天气能持续到6月14日,也就是仲夏节那天,届时埃尔芬的婚礼招待会将在农庄举办。

如今,招待会的准备工作是芙洛拉的首要任务。她很担心农庄会给鲁本和她的妹妹丢脸,所以她找到鲁本,坦率地告诉他,她必须有钱为参加婚礼的客人买一些装饰品,并举办一场宴会。对于在农庄举办招待会的主意，鲁本似乎很感兴趣，于是给了她三十英镑，让她拿这笔钱去做她那些该死的事，但他又意味深长地瞥了一眼天花板，补充道：

"老太太怎么办？"

"把她交给我，"芙洛拉果断地说，"我正在想办法对付她，过几天我就要试试。我要马上准备装饰品和食物。哦，还有，我们需要把所有照片都用那臭烘烘的素鸡草花环圈起来吗？我担心那会对梅里亚姆和伦妮特产生不好的影响。她们很容易心烦意乱。"

"那不是我的主意，那是外祖母的主意。随你怎么做，芙洛拉表姨妈。我再也不想看到它的一根枝叶了。"

于是，在得到了他的准许后，芙洛拉开始了她的准备工作。

日子一天天过得很愉快。她有很多事要做，甚至去了三次镇上，因为她正在为招待会做一件新裙子，必须合身才行。斯麦林夫人仍在国外，到了婚礼后的第二天才会回家，所以老鼠广场1号关门了。茱莉亚在戛纳。克劳德·哈特－哈里斯待在奇西克的家中，每年夏天他都会花上一个月的时间对那里修缮一番，因为他说至少能够确定，在那里不会遇到他认识的人。不过，芙洛拉可以自娱自乐，在愉快的孤独中享受午餐和晚餐时光。

每隔一段时间，芙洛拉就会穿上她的连衣裙，监督农庄里的大扫除工作（这是一百年来的头一次）。芙洛拉还一直密切关注着麦八阁先生和伦妮特的事。她认为如果他们能结婚，那自然是最好的。但她十分清楚，婚姻并不是知识分子的长项，她不想让伦妮特背上一个耻辱的包袱着陆。

不过，麦八阁先生倒是的确向伦妮特求过婚。他是那么说的，上帝啊，D.H.劳伦斯[①]说得对，在一个男人和一个女人之间，一定存在着一种喑哑的、黑暗的、迟钝的、苦涩的关系，除了长期而单调的婚姻，还有什么办法能做到这一点呢？至于伦妮特，她立刻就接受了他，并且十分高兴；就这样，他们在一个周末前往镇上的登记处结婚了，并会在14日参加埃尔芬的婚礼招待会。

随着仲夏临近、夜晚渐长，山楂树的香气从敞开的窗外飘入，芙洛拉会独自坐在绿色的小客厅里，阅读《高级常识》中《谨慎而大胆地做好准备应对大纲中未包含物质的双重入侵》的章节。

她知道，这将帮助她更好地对付艾达·杜姆姨妈。德语和拉丁语中的那些长句子庄严肃穆，犹如埃及的巨石；它们像钟声一样敲响，倒流回时间的深处，当读者更仔细地观察它们的音节时，它们仿佛蒙上了智慧的霜，冷酷而无可辩驳。在它们面前，激情、敬畏偷偷溜回了巢穴；而神圣的理性，以及它的姊妹——爱，则被锁在了彼此怀中，双双抬起它们的头，接受

[①]即戴维·赫伯特·劳伦斯（David Herbert Lawrence，1885—1930），20世纪英国小说家、批评家、诗人、画家，代表作品有《儿子与情人》《虹》《恋爱中的女人》和《查泰莱夫人的情人》等。

快乐的花环。

而艾达姨妈无疑是大纲中没有提到的内容。当芙洛拉一晚接着一晚地读下去时,她越来越清楚地意识到,此案正属于某种情况之一(这一章警告学生,该情况是可能存在的),在那种情况下,她必须温顺地等待直觉的帮助。

这一章可以帮她为"入侵"做好心理准备,但也做不了更多了。她必须等待时机。

而在一个宁静而美丽的夜晚,这一刻到来了。晚餐时,她将《高级常识》在一旁放了半个小时,并随意地翻开了《曼斯菲尔德庄园》[1],以此来振奋自己的精神。

"不过,终于结束了;晚上,范妮变得更加镇定了……"

突然间——灵光一闪!确实,一切都结束了;长期以来,她在对付艾达·杜姆姨妈问题上的犹豫和困惑,结束了。不到几秒钟,她就在头脑里形成了清晰的计划,每个细节都一目了然,仿佛计划已经实施完成了。她平静地从袖珍笔记本上扯下一页,写下了如下电报:

  哈特-哈里斯,

  昌西格罗夫,

  奇西克购物中心,

  请立即寄来最新一期 VOGUE 以及巴黎米拉玛酒店简介

---

[1] 英国小说家简·奥斯汀于1814年出版的长篇小说。

和范妮沃德重要照片芙洛拉的爱

然后她叫来了马克·多勒的南希,她刚刚在帮忙一起做大扫除,芙洛拉让她把电报送到嚎叫村的邮局。

当南希在夏日的晴朗暮色中匆匆离去时,芙洛拉虔诚地合上了《高级常识》。她不再需要它了。它可以一直合着,直到她下次再遇到大纲上没有的物质。那天晚上,她平静地躺在床上,自信她已经找到了对付艾达·杜姆姨妈的办法。

现在距离婚礼只有一个星期的时间了,所以芙洛拉非常希望克劳德能马上把她需要的文件寄来。对付艾达姨妈可能需要一些工夫,因此如果想在婚礼当天之前达成目标,一点时间都不能浪费。

不过,克劳德并没有令她失望。这些文件是第二天中午通过航空邮件寄来的。它们被航空邮递员整齐地扔在大牧场中,旁边还有一封克劳德的信,他用悲伤的语气问她到底在搞什么?他还说,除了她更胖了这个事实之外,她还让他想到了一只蚊子。

芙洛拉打开包裹,确定她想要的东西都在里面。然后,她卷起头发,穿上一件清爽的亚麻连衣裙(因为现在是午餐时间),指示比特尔夫人把装有艾达姨妈午餐的托盘给她。

"算了吧,你会累坏的,"比特尔夫人说,"它有半英担[①]

[①] 一英担等于112磅。

重。"

但芙洛拉只是静静地接过托盘（在马克·多勒的南希、鲁本、比特尔夫人、苏珊、菲比、简和莱蒂敬畏的目光下），将《VOGUE》、巴黎米拉玛酒店的简介和范妮·沃德的照片放在了托盘上。

"我要去给艾达姨妈送午餐。"她宣布，"如果我到下午三点还没有下楼，比特尔夫人，麻烦你送些柠檬水来。四点半时你可以端些茶和葡萄干小蛋糕来，那是菲比上周做的。如果我七点钟还没下来，请送上来一个托盘，装上两个人的晚餐。我们十点钟时要享用热牛奶和饼干。现在，再见了，大家。我请求你们不要担心，一切都会好起来的。"

在斯塔卡德一家人和比特尔夫人投来着迷的目光前，芙洛拉已经在胸前稳稳地端好一盘午餐，开始慢慢地爬上通往艾达姨妈房间的楼梯了。他们听见她的脚步声在走廊上渐渐远去……然后它停了，接下来，在夏日的静谧中，在房子的穿堂风中，听众们听见她轻轻敲了敲房门，用清晰的声音说："艾达姨妈，我给你带来了午餐。我可以进来吗？我是芙洛拉。"

一片寂静。这时大家听见门开了，芙洛拉和一托盘午餐穿行而入。

这是近九个小时以来，最后一次有人见到或听到她的动静。

三点钟、四点半、七点钟，比特尔夫人分别按照指示送去了茶点。每次她回来时，都发现空盘子和空杯子被整齐地放在紧闭的房门外。而屋子里则传来一阵平稳起伏的谈话声；尽管她听了好几分钟，却还是一个字也听不清，而这点令人失望的信息，就是她不得不为楼下热切等待的人群带回的全部内容。

七点钟时，麦八阁先生和伦妮特也加入了观望者的行列，而为了等待芙洛拉下楼而等到将近八点的时候，他们决定还是自己先吃饭为好。他们用牛肉、啤酒和腌洋葱做了晚餐，又用焦虑和猜疑进行调味，吃得十分愉快。

晚餐过后，他们再次坐下来观望和等待。比特尔夫人在心里想了十几次，是否应该在九点时带些三明治和可可上楼，去瞧瞧事情有没有什么进展。但鲁本说不行，她不能那么做，既然她被指示在十点钟送热牛奶，那她就该在十点钟送热牛奶；他绝不会让人违背芙洛拉的指示，哪怕是最微小的细节也不行。所以她便原地不动了。

缠绵的暮色中，他们全都轻松地围坐在敞开的门前。不久，比特尔夫人给大家做了大麦汤喝，加入了柠檬来调味。他们坐在那里舒服地喝起来，因为他们的喉咙都很痛；他们一直在滔滔不绝，想知道芙洛拉到底会对艾达·杜姆姨妈说什么，回顾农庄过去二十年的历史细节，互相提醒对方老费格·斯塔卡德一直是个多么讨厌的人，想知道塞思在好莱坞过得怎么样、是否会遇见阿莫斯，埃尔芬的婚礼会有多么美好，又想知道乌尔克和梅里亚姆结婚之后会怎么样，茱蒂丝究竟在伦敦干什么、为什么，又是和谁在一起？外面渐渐暗了下来，空气凉爽多了，夏天的星星也出来了。

他们聊得太投入，以至于完全没听到钟敲了十下，直到快过十点一刻时，比特尔夫人才突然从椅子上跳起来（这让所有人也都跳了起来），大声说："好了！我忘了牛奶！下一步我该忘掉自己的名字了。我马上端上去。"

她正要走到炉灶前，去把木头填到炉灰上，外面的一个声响却让他们全都吓了一跳。他们转头望向厨房漆黑的门廊处。

有人在慢慢地走下楼，迈着轻快但有点拖沓的脚步。

鲁本站起来，划亮了一根火柴，把它举过头顶。光芒越来越亮，透过光芒，芙洛拉正朝漆黑的门廊走来……终于。

她看起来很镇静，但面色苍白，昏昏欲睡，一绺深金色的头发松垂在她的脸颊上。

"嗨，"她愉快地说，"原来你们都在这儿？（你好，麦八阁先生，这个时间你本该睡觉了吧？）我现在可以喝牛奶了吗？比特尔夫人。我就在这下面喝，你不用拿上去给艾达姨妈了。我让她上床睡觉了。她已经睡着了。"

所有人都惊讶得倒吸了一口气。

芙洛拉打了个大哈欠，坐到了鲁本的空椅子上。

灯亮了，窗帘被拉了下来。"我们都在为汝担心。"一阵静谧后，莱蒂责备地说。没人想问任何问题，尽管他们都好奇地瞪大了眼睛。"有好几次，我们几乎就要上去接你了。"

"你太好了。"芙洛拉无精打采地说，一只眼睛盯着比特尔夫人准备牛奶的动作。"但都很好，真的。现在一切都解决了。鲁本，你不用担心，不管是婚礼上还是别的，都不会有大惊小怪的事了，我们可以继续准备食物和装饰品。事实上，某种程度上，每件事都应该做到尽善尽美才行。"

"芙洛拉表姨妈，只有你才能做得到，"鲁本简单地说，"我——我想，你不会告诉我们是怎么回事吧？"

"好吧，"芙洛拉沉浸在牛奶里，"你知道，说来话长。我们谈了几个小时。我不可能把我们说的全告诉你，那得花一整夜的时间。"说到这儿，她打了一个大大的哈欠。"到时候你就会明白的，我是说，在婚礼那天。你等着看吧，这会是个惊喜。一个美妙的惊喜。我现在不能告诉你，不然会破坏一切的。你们就等着瞧吧。它会很美妙的！惊喜！"

这番话快说完的时候，她的声音越来越困倦。就在声音越来越小、渐渐变为寂静之时，比特尔夫人冲上前去，想要接住从她手上掉落的牛奶。但还是太迟了。她睡着了。

"就像一个疲惫的孩子。"麦八阁先生说，他就和大多数冷酷的知识分子一样，内心柔软得如同奶酪。"就像一个疲惫的小孩子。"正当他心不在焉、恍惚出神地伸出手准备抚摸芙洛拉的头发时，比特尔夫人在他的手上狠狠地打了一下，大喊道："爪子拿开！"这话令他非常不安，于是在哀号的伦妮特的追赶下，他大步朝家走去，甚至没有停下来道别。

随后，比特尔夫人把苏珊、莱蒂、菲比、普吕和简推进了她们各自的房间，并在鲁本的帮助下，将芙洛拉从睡梦中唤醒。

她站起身，依旧很困倦，微笑着从鲁本手里接过她的蜡烛。

"晚安,芙洛拉表姨妈。你初次来这里的那一天,对令人难以宽慰的农庄来说真是个好日子。"他低头看着她说。

"我亲爱的人,不要这么说。对我来说这正是最大的消遣。"芙洛拉说,"你就等到婚礼那天看吧,会很有趣的,如果你喜欢。比特尔夫人,你知道我不爱抱怨,但斯塔卡德夫人和我在晚餐时吃的小羊排,稍微有些欠火候。我们都注意到了。事实上,斯塔卡德夫人的那份几乎是生的。"

"真对不起,波斯特小姐。"比特尔夫人说。然后大家都困倦地起身,回去睡觉了。

第二十一章

仲夏节那天，黎明的空气中弥漫着浓重的灰色薄雾，草地和树木上挂着沉甸甸的露珠。

嚎叫村里的小农舍仍在沉睡着，在它们的小花园里，人们或许能看到一支田园诗般的队伍正从一个花坛走向另一个花坛，如同搞破坏的蜜蜂。这正是比特尔夫人的"胚胎爵士乐队"中的三名成员，领导他们的则是父权体系下的艾格尼·比特尔本人。

他们受命去采摘一束束鲜花，用来装饰教堂和农庄的茶点桌。从考文特花园①运来的一卡车粉色和白色的玫瑰牡丹已经被卸载在农庄门口了；即使现在，比特尔夫人和芙洛拉仍怀抱着熟睡的花朵，在院子里来回穿梭不停。

芙洛拉开心地发现了那热腾腾的雾气。这将是炎热的一天，明媚、湛蓝、灿烂。

---

①考文特花园（Covent Garden），英国伦敦重要的集市所在地。

亚当甚至更早就开始活动了，他一直在忙着做桂枝香花环，用来装饰"没出息""没意义""没礼貌""没目的"的犄角。直到他真的要去贴这些装饰品的时候，他才注意到这些奶牛没有一头是留有犄角的。于是不得已，他只好把花环系在了它们的脖子和尾巴上。之后他便将它们领到清晨的放牧场上，唱起了一首他学到的淫秽的婚礼歌曲，那本是唱给乔治四世的婚姻的。

当这一天在热腾腾的雾气之中到来，天空变得蔚蓝而晴朗，农庄像蜂巢一般充满活力。菲比、莱蒂、简和苏珊正在牛奶场里搅打奶油葡萄酒；迈卡拿着一桶冰——里面放着香槟，下到了地窖最黑暗、最凉爽的角落；卡拉韦和哈卡韦在修理位于院门和厨房门之间的遮阳棚；埃兹拉将他的一排豆荚放在大网下，以防它们在节庆期间受损；马克和卢克在厨房里摆好长长的桌子，比特尔夫人和芙洛拉则在打开一个装有银制品和亚麻布的板条箱，那是从伦敦的一家商店寄来的；鲁本在给盛放鲜花的几十个瓶瓶罐罐添水；马克·多勒的南希正在监督煮二十四个鸡蛋的工作，那是为大家的早餐准备的，而在她楼上的床上则躺着芙洛拉的新裙子——一件有褶边和衬芯、精心剪裁过、平行绗缝式的绿色细棉麻连衣裙，以及她那顶白色的平顶草帽。

八点半，所有人都坐在牛奶场里吃早餐，因为厨房中正在为婚礼招待会做准备，今天不能在那里吃饭。

"我这就把她的早餐送上去。"比特尔夫人说，"她今天只能吃冷的了。这里有些果酱和一罐腌洋葱。"

"哦,我刚才看望过艾达姨妈了。"芙洛拉从她的早餐中抬起头说,"除了一个'地狱天使',她早餐什么也不吃。来,给我一个鸡蛋,我为她调配一下。"她站起来,走到新安装好的储物橱柜前。

当芙洛拉把一个鸡蛋、两盎司白兰地、一茶匙奶油和一些冰块扔进果酱罐时,比特尔夫人瞪大了眼睛,其他人也都很感兴趣。

"好了,"芙洛拉说着,把起泡的果酱罐递给比特尔夫人,"你带着这个跑上楼吧。"

于是比特尔夫人便跑了;但有人听见她说,要让她的胃在一点钟之前不咕噜叫,就得弄得像那样一团糟才行。至于斯塔卡德家的其他人,他们也被艾达姨妈在饮食方面的这一戏剧性变化激发了相当浓厚的兴趣。

"是老太太又神志不清了吗?"鲁本焦虑地问,"你看,芙洛拉表姨妈,她会下楼把一切都搞砸吗?"

"不会惊扰到你的甜美生活的,"芙洛拉说,"一切都会好起来的,记住,我告诉过你们会有惊喜的。好吧,这才刚刚开始呢。"

斯塔卡德一家满意了。

早餐结束后,他们像魔鬼一般工作着,因为仪式将在十二点半举行,还有很多事情需要做。

艾格尼·比特尔和"爵士乐队"抱着满怀的旱金莲、须苞石竹和樱桃派前来，然后又被派去进行第二次旅行，继续拿更多的来这里。

鲁本遵照芙洛拉的指示，从橱柜里掏出一把雕花大椅子，艾达姨妈通常会在"数数之夜"坐在上面；马克和卢克（他们太蠢了，以至于让他们把一个地雷埋在房子下面，他们都不会评论什么）则被告知要用玫瑰牡丹花环来对它装饰一番。

现在是十点半。遮阳棚被搭起来了，就像一贯那样，它立刻显得喜庆起来。厨房里，两张长长的桌子已被装饰好了。

芙洛拉为她期待的两种客人准备了两种食物。对于斯塔卡德一家和前来参加招待会的令人头疼的当地农民，她准备的是奶油葡萄酒、冰布丁、鱼子酱三明治、蟹肉馅饼、葡萄酒蛋糕和香槟。对于上流阶层人士，她则准备了苹果酒、自家腌制的冷火腿、自制面包和用当地水果制作的沙拉。上流阶层人士的餐桌上摆满了农家鲜花，粉红色的牡丹花则飘浮在农民吃饭的桌子上。

椽子上挂着一个个由小花编成的花环，如同一串串小小的宝石。它们的红色、橘色、蓝色、粉色，在被熏黑的天花板和墙壁的柔和映衬下闪闪发光。空气中弥漫着樱桃派和水果沙拉的甜味。室外，太阳发出万丈光芒；而室内，厨房里摆满了这些香甜、清凉、可口的食物。

芙洛拉最后环顾了一遍，完全满意了。

已经十一点了。

她上楼去了艾达姨妈的房间，敲了敲门，然后听到一声清脆的回应:"进来,亲爱的。"于是她走进去,小心地关好了身后的门。

菲比正要去房间取婚礼用的礼服,她轻轻地推了推苏珊。

"你看到了吗,人儿?啊!今天的空气里有些奇怪的东西,亲爱的。想想看……我们的伦妮特不再是没结婚的老姑娘了!昨天晚上她来和我道别,然后和她丈夫一起去戈德米尔搭乘十二点半的火车了。"

"你哭了吗,可怜的人儿?"苏珊询问道。

"没有。但她说,一旦说了这些话,她会感到更安全,她的男人也就逃不走了。好吧……现在完成了,亲爱的上帝。他们会来这里吃早餐,作为男人和他的妻子,就同古往今来一样。"

现在,一片寂静降临在清凉、花环遍布、气味芬芳的农庄。太阳庄严地向天顶爬去,影子也变短了。在十几间卧室里,斯塔卡德家的人正奋力挣扎着穿上他们的婚礼礼服。芙洛拉在十一点半整的时候从艾达姨妈的房间出来了,走回了她自己的房间。

她很快就穿好了衣服。她用冷水沐浴,花了十分钟梳好头发,用化妆盒打扮了一番,然后平静、愉悦、优雅地出场了,准备好享受那一天的快乐。

她径直走进厨房,亲自确保一切都进展顺利;而她赶到的也正是时候,及时阻止了麦八阁先生从蛋糕上摘下一颗樱桃的行为——他到得太早了,令人出乎意料。伦妮特恳求着他不要

那么做,但他却笑得像个孩子气的农牧神(或者说他就是这么想的),就在他要取下樱桃的时候,芙洛拉急速冲了进来:

"麦八阁先生!"芙洛拉大喊。

他跳了起来,像是被蜇了一下似的,发出孩子气的笑声。

"啊,亲爱的女士……你来了!"

"是的,你也是,我看见你来了。"芙洛拉说,"每个人都会有很多,麦八阁先生。如果你饿了,比特尔夫人会给你切一些面包和黄油的。你好吗?麦八阁夫人。"芙洛拉亲切地握紧伦妮特的手,夸赞着她那引人注目的小礼服——这件小礼服是她从麦八阁先生的一个女朋友那里借来的;某种程度上,那个人很爱喝酒,还在她的单间公寓里包养了一个温顺的拳击手,她这样做只是出于纯粹的爱。

斯塔卡德家的其他人现在开始下楼了;当教堂的钟声穿过阳光灿烂的田野,他们才注意到已经十二点了,于是认为是时候该去教堂了。

在最后看了一眼繁花烂漫的厨房后,芙洛拉将一只手搭在鲁本的胳膊上,飘然而出,其他人也紧随其后离去。

他们发现教堂外已经聚集了一大群人,因为这场婚礼引发了临近村庄(以及嚎叫村自己)的极大兴趣。小教堂里挤满了人,唯一空着的座位是留给上流阶层人士的,从农庄来的这群人现在也已经找到座位落座。

芙洛拉一坐下来便有闲暇研究一下周围的装饰品了。它们真的很迷人,这项工作是由艾格尼·比特尔在马克·多勒的帮助下完成的。他们一致同意,只有白色的花朵才配得上埃尔芬那极致的青春和无可置疑的纯洁。于是,教堂的长椅上挂满了一串串雏菊,两株高高的百合花像大天使的喇叭般耸立在长椅的尽头,排列在过道两旁。瓶瓶罐罐里装满了白色的香石竹,圣餐台的台阶上堆满了雪白的天竺葵,那是新娘跪下的地方。

这个场景令芙洛拉想起了在马歇尔和斯内格罗夫商店①举办的一次家用织物售卖会,但她抑制住了这种不合时宜的想法,将注意力转移到了莱蒂、简、菲比、普昔和苏珊的身上,她们都已经开始哭了起来。她一声不响地将一沓干净的手帕分发给她们,那是她之前专门寄存在一家商店的,为的就是用在此时此刻。

鲁本紧张地站在门口,等待埃尔芬的到来。太阳照耀着外面,管风琴轻柔而漫不经心地演奏着一首即兴曲,当上流阶层人士进入教堂时,毕恭毕敬的人群发出了嗡嗡的议论声,他们戴着最脏的帽子,充满了好奇。钟楼上的指针一分钟一分钟地跳动,一直跳了半个小时。

芙洛拉小心翼翼地环视教堂,然后定下心来,安静而庄严地等待最后几分钟的到来。

教堂里似乎到处都是斯塔卡德家的人。他们全都在这里,除了她帮助逃走的那四个人以外,他们全都在她的安排下来到了这里。

---

①马歇尔和斯内格罗夫商店(Marshall & Snelgrove),位于英国伦敦牛津街的著名百货商店。

他们全体都在那里，尽情享乐，开心地玩耍，并且以普通人的方式拥有这一切；他们拥有这一切，并不是因为他们强暴了某人，或是殴打了某人，或是具有宗教狂热，或是由于阴郁、世俗的骄傲而注定沉默，或是出于好色之徒的强烈欲望而热爱这片土地，或是诸如此类的原因。不，他们只是在享受一种普通人的活动，就像世界上数百万的普通人一样。

真的，当她想到他们之前都是什么样子，那不过是仅仅五个月以前……

她低下头。她完成了一项伟大的工作，有许多值得感激的事。而在今天，她的成就即将到达巅峰！

终于！管风琴勇敢地奏出《新娘来了！》，所有的脑袋都转向了大门的方向，每一双眼睛都注视着刚刚停在教堂外的那辆大轿车。一阵好奇的窃窃私语声响起。

现在，人群欢呼了起来。一个高挑、云朵般洁白和清爽的东西从汽车里出来，沿着小径迅速飘到了教堂门口。

新娘来了！这是埃尔芬，她面色苍白，神情严肃，满眼闪烁着星光，就像一个新娘该有的样子，倚着鲁本的胳膊上。这是霍克-莫尼特，他那开心的红色脸庞并没有表现出应该感受到的那种紧张。这是霍克-莫尼特夫人，她在灰色的衣装中显得模糊不清。还有健康的琼·霍克-莫尼特，她身穿粉红色的蝉翼纱礼服（一个糟糕的选择——相当糟糕，芙洛拉遗憾地想）。

婚礼队列行进到圣餐台的台阶前，停了下来。

音乐也停了。寂静中,教区牧师严肃的声音迅速响起:

"亲爱的各位……"

直到芙洛拉站在教堂的祭衣室中,微笑地注视着伴郎(拉尔夫·潘-哈蒂根)对新娘献吻时,她才觉察到右手手套的掌心传来了一种不寻常的感觉。她低头看了看,又惊讶又好笑地发现,手套已经从中间裂开了。

这时她才意识到自己刚才是有多么紧张,唯恐哪里会出差错。但什么都没有发生,现在她高兴极了。

苏珊、莱蒂、菲比、普吕和简仍在像镇上的公牛一样哀号着,芙洛拉不得不严厉地告诉她们不要发出这样的噪音;已经有几个人出于善意的关切,询问她们是不是哪里不舒服,抑或听到了什么坏消息。

"当然。"麦八阁先生正在向伦妮特解释,她也哭了,因为她自己只有一场糟糕的"登记处婚礼",既没有可爱的裙子也没有花环。"当然,这些都是最残忍的野蛮行为。这是彻底的异教徒行径……还有一些下流,如果我们只看下面的仪式的话。比如,那种扔鞋的事……"

"麦八阁先生,我们现在要去农庄了。你当然也会来吧?"芙洛拉打断了他,她觉得此刻正是合适的时机。他仓促地许诺伦妮特,如果她停止哭叫,他就为她再举办一场婚礼,一场体面的;宴会结束后,他把她夹在腋下,一溜烟地跑了。

第二十二章

十五分钟后,他们都走到了农庄门口,谈笑风生,体会着一场婚礼(或葬礼)之后那种奇特的欢乐。

农庄看上去多么快乐和欢愉啊,阳光下的遮阳棚都是勇敢的白色和深红色,从敞开的门看去,花环和牡丹的粉云正在漆黑的厨房里熠熠生辉。还有,哦,看呐!有人在"大生意"的脖子上套了一根桂枝香和天竺葵编成的绳子,它正骄傲地在大牧场上踱步,时不时地停下来,用又大又软的眼睛凝望树篱外的婚礼宾客。

"真是好主意,太有创造力了。"霍克-莫尼特夫人虽然这么说,心里却觉得这种做法太粗野了,"还有那些奶牛,我看到了,也戴着花环。真是好主意。"

亚当走上前来,他的眼睛如同荒凉的大西洋,溢满了九十年的眼泪。他在埃尔芬面前停下,慈祥地看着她,向她伸出了握成杯状的手。

"给你的新婚礼物,姑娘。"他伤感地低声说(芙洛拉很恼火,她担心冰块就快要融化了,香槟也会变得温热),"一份礼物,送给我沼泽地里的小老虎。"

他张开双手,露出其中的"沼泽地小老虎窝",里面是四个粉红色的蛋。

"哦,亚当……你真是太好了。"埃尔芬说着,深情地抓住他的胳膊。

"把它放在汝的胸部,它会让汝生四个孩子。"亚当建议道,他还想给出更多指示,但是被芙洛拉打断了。芙洛拉一边将他赶进厨房,一边安慰他并向他保证,埃尔芬一定会按照他建议的那样做的。

芙洛拉领头走入了房间,身后跟着新娘和新郎、霍克-莫尼特夫人和琼、拉尔夫·潘-哈蒂根、鲁本、迈卡、马克、卢克、卡拉韦、哈卡韦、埃兹拉、菲比、苏珊、莱蒂、麦八阁先生和伦妮特、简;后面还跟着一些次等重要的人物,例如比特尔夫人、马克·多勒的南希、艾格尼和爵士乐队、马克·多勒本人,以及乌尔克和梅里亚姆,另外还有"死囚"酒吧的莫瑟太太和其他一些人(因为鲁本认为他们和农庄之间存在着联系,有权前来参加宴会);这些人中包括三个直接在马克·多勒手下工作的农庄工人和老亚当本人。

当芙洛拉跨过门槛,从炎热的阳光下走进凉爽的房间时,她突然站到了一旁,以便让客人们能清楚地看到厨房中的景象:有个人从装饰着牡丹花环的椅子上站了起来,用响亮的声音向他们致意:

"你们都来了！欢迎来到令人难以宽慰的农庄！"

一位英气勃勃的老妇人，从头到脚穿着最时髦的黑色皮革飞行装备，走上前来迎接这群震惊不已的人。她伸出手向他们表示欢迎。

突然间，迈卡发出了一声惊愕的尖叫；不过没关系，反正他的行为也从来没有得体过。

"那是艾达姨妈！那是艾达·杜姆姨妈！"

而其他人在从起初呆若木鸡的状态中回过神之后，也惊诧地大喊大叫起来："什么，那是！"

"太可怕了！"

"这是公然打大自然的脸！"

"是的……还穿了裤子！汝注意到了吗？亲爱的。"

"这是二十年来的第一次……"

"她快 80 岁了。"

"这足以要了她的命。"

"哎呀……多让人开心啊……太出乎意料了。你好，杜姆女士……或者我该说斯塔卡德夫人？……太令人困惑了。"

"哦，外祖母！"

"是老太太本人！"

"好吧，你可以用长柄炭炉把我打趴下！永远都会有奇迹发生！"

"是的……水果和花朵，它们的生长终将让你了解它们！我活着就是为了看到今天！"

艾达姨妈面带微笑，安静地站着，大喊大叫的声音终于渐渐地平息。她看了芙洛拉一两眼，扬起了眉毛，友好的微笑因为忍俊不禁而又加深了一层。

最后她举起手来。安静立刻降临。她说：

"好了，好人们，这一切都令我荣幸之至，但如果我想和我的外孙女以及你们共度时光，我们就必须快一点开始婚礼早餐了。还有不到一小时，我就要搭乘飞机前往巴黎了。"

听到这个消息，混乱再次爆发了。斯塔卡德一家被这惊心动魄的事件吓得目瞪口呆，他们因为震惊而彻底蒙掉了，只有大量的食物才能哄劝他们闭上嘴巴。

于是芙洛拉和拉尔夫·潘-哈蒂根（她开始对那个年轻人表示认同了——是个可塑之才）拿起盛放着蟹肉馅饼的盘子，开始在宾客中间走动起来，劝说大家吃点东西、保存体力。

埃尔芬一直在入迷地看着外祖母，芙洛拉温柔的抚摸令她骤然惊醒，急忙切下了婚礼蛋糕；宴会正式开始了。

很快，每个人都在尽情享乐了。艾达姨妈的出现给大家带来了一个目瞪口呆的惊喜，它为所有人提供了谈资，也增添了食物的美味。当然了，假如她身着她平日里的衣服、以她平日里的方式出场，试图阻挠婚礼的进行，并最终在斯塔卡德一家的激烈反抗中沦为一具尸体，这种情况将给胃口带来更大的刺激。如果你喜欢，那倒是值得一看的。然而，一个人不可能拥有世上的一切，拥有的就已经足够好了。

在客人中走动了一会儿、对大家说了几句吉祥话之后，艾达姨妈又坐回了她那花哨的椅子上,她喝了些香槟,吃起了鱼子酱三明治。

芙洛拉坐在她身边,也在吃鱼子酱。她觉得还是等到最后一分钟再欣赏自己的作品为好。再过半个小时,带艾达姨妈去往巴黎的飞机就将降落在蒂克尔便士牧场上了。显然,艾达姨妈已经彻底意识到,她在过去二十年的时间里生活得是有多么糟糕,现在,她下定决心要好好享受一番。但你永远不知道将会有什么事情发生。

于是芙洛拉坐在那里,一边注视着她的姨妈,一边不时地从帽檐下对别人露出微笑,并在与姨妈交谈的时候找机会引入有关"她的权利"的话题;那些神秘的权利,是六个月前茱蒂丝在写给她的第一封信中提到的。

机会很快来了。艾达姨妈的精神好极了。她第一百次地感谢芙洛拉为她指出范妮·沃德生活得有多么愉快、看上去比她的实际年龄小得多,感谢芙洛拉告诉她米拉玛酒店有多豪华,并强调在这个世界上,一位漂亮、明智、拥有健全体质和坚定意志的幸运老太太,能过上多么愉快的生活。

"我会记住的,亲爱的,"她说,"像你建议的那样保持我的个性。你一定不会再看见我拔眉毛、节食或是溺爱25岁的孩子。非常感谢你,我的小宠物。我能从巴黎给你寄什么漂亮东西呢?"

"一个针线盒,谢谢。我的用坏了。"芙洛拉立刻说,"但是艾达姨妈,如果你愿意,你也可以为我做些别的事。阿莫斯曾对我父亲做了什么错事？茱蒂丝经常提到我的'权利'，那又究竟是什么？我觉得，我不能不问就让你去旅行。"

艾达姨妈的脸色变得凝重起来。她环顾厨房，发现每个人都因为吃得太多、说话太快而没有注意到其他人，于是她放心了。她把她那布满皱纹的手放在芙洛拉清凉而年轻的手上，把她拉近自己，让这对姨妈和外甥女都被芙洛拉那弯曲的帽檐遮住。然后她开始快速地轻声低语。她说了一会儿。若是有人在观察她们，那么他是看不见芙洛拉专注的脸上会有什么变化的。最后，低语声停了。芙洛拉抬起头问：

"那么，山羊死了吗？"

但就在这时，埃尔芬和迪克分散了艾达姨妈的注意力，他们在亚当的陪同下走到了她的面前。她没有听到芙洛拉的问题，芙洛拉也不想在别人面前再重复一遍。

"外祖母，亚当想和我们一起去豪特库图尔庄园住，帮我们照顾奶牛，"埃尔芬说，"可以吗？我们很希望他能来。他对奶牛了若指掌，外祖母。"

"当然可以，亲爱的，"艾达姨妈亲切地说，"但如果他抛弃了'没出息''没礼貌''没意义''没目的'，那么谁来照顾它们呢？"

亚当突然尖声大叫，猛地向前冲去。他粗糙的双手痛苦地扭在一起。

"非也，不要那么说，斯塔卡德太太，夫人。我要带它们走，四个全带。豪奇克庄园可以为我们所有人提供空间。"

"听起来,就像是歌舞喜剧第一幕的终曲。"艾达姨妈说,"好吧,好吧,如果你愿意,就把它们都带上吧。"

"上帝祝福你,上帝祝福你,斯塔卡德太太,夫人。"亚当轻声说,然后赶紧跑去告诉奶牛,让它们为当天下午的行程做好准备。

"那么,山羊死了吗?我的权利是什么?"芙洛拉问道,这次,她的声音更大了一些。可恶,这件事必须搞清楚。

但没有用。霍克-莫尼特夫人恰恰选择了在同一秒走到艾达姨妈面前,低声说她很遗憾斯塔卡德夫人这么快就要走了,他们没人能在这个夏天再见到她了;不过,等她一结束环球旅行回来,她一定会赶来与她共进晚餐;而艾达姨妈说她也很遗憾,很乐意到时候能够一起吃饭。

所以,芙洛拉的提问没有得到回答。

而它注定永远得不到回答了,因为下一个打断她的,是一架飞机的引擎高亢而不祥的嗡嗡声。它离得那么近,即便隔着厨房的喊叫声都能听到;而"爵士乐队"中最年轻的成员(他吃了太多的蟹肉馅饼,现在安静地生病了,刚刚去了埃兹拉的豆荚排那边)也冲了出来,他忘了自己的病,大喊着有一架飞机,一架飞机,掉到了蒂克尔便士牧场上。

所有人都立刻冲进花园去观看,除了霍克-莫尼特夫人、芙洛拉、新娘和新郎以及艾达姨妈。艾达姨妈匆忙将自己的飞行装备扣好,大家互相拥抱、交换信息、承诺会写信并将在圣诞节时相聚于豪特库图尔庄园。面对这样的景象,芙洛拉不能第三次提出她的问题了,那样会显得太过无礼。她只好放弃了她的权利——不管它们有可能是什么——然后永远不会知道,那只山羊究竟死掉了没有。

所有人都涌向牧场为艾达姨妈送行。有人递给飞行员(一个肤色黝黑、斗鸡眼的年轻人)一块婚礼蛋糕,这明显令他十分反感。他们都站在飞机旁谈笑风生,艾格尼·比特尔把别人的香槟酒泼到螺旋桨上了,艾达姨妈则在同大家告别。

然后她爬进驾驶舱,舒服地坐下来。她把下巴用力塞进头盔中,露出慈祥的微笑,俯视着聚集在下面的斯塔卡德一家。芙洛拉站在飞机旁,她拍了拍芙洛拉的肩膀,再次低声向她道谢,感谢她让姨妈的生活发生了转变。

芙洛拉甜甜地笑了,但依然忍不住对山羊和权利的事感到有些失望。

螺旋桨开始转动。飞机颤抖着。

"为艾达姨妈干杯!"乌尔克大喊着,将他的老鼠皮帽子扔到空中。就在他们开始第三次大喊"噢耶!"时,飞机向前跑起来了,继而从地面腾空升起。

它掠过树篱,爬升到榆树的高度,飞跃他们的头顶。人群最后一眼看到的,是艾达姨妈自信的笑脸,她回过头来,正在微笑。她挥挥手,又挥挥手,然后从他们的视线中被带入了天空。

"现在,让我们回去再多喝点,"拉尔夫·潘-哈蒂根提议,然后用一种熟悉却相当讨人喜欢的方式握住芙洛拉的手,

"迪克和新娘就要在半个小时后起飞了,你知道。他们的飞机会在三点半起飞。"

"天哪……大家都要乘飞机走了。"芙洛拉生气地说,"我最好去帮埃尔芬换衣服。"

于是,当其他人都溜回厨房、将尖牙伸进剩余的食物中时,芙洛拉悄悄上楼去了埃尔芬的房间,帮她穿上外出用的蓝色套装。埃尔芬很开心,没有掉一滴眼泪,也不紧张。

她热情地拥抱芙洛拉,无数遍地感谢她的善良,并郑重承诺,永远不会忘记芙洛拉给她的所有忠告;芙洛拉则将一本题了些字的《高级常识》塞到她的手上。两人深情地挽着手,一起下楼了。

第二架飞机准时降落在农庄对面的大牧场上。(几分钟前,"大生意"刚被迈卡从那里引开———一些怀有"快乐精神"的人提议让它留在那里,以便"看看它对飞机有什么看法",但被芙洛拉否决了。)

第二次出发的声音比第一次要吵闹得多。斯塔卡德一家人喝不惯香槟,但他们却很喜欢。人们送上了许多欢呼与祝福,苏珊、普吕、莱蒂、菲比和简流了不少眼泪,而迈卡则发出雷鸣般的咆哮,警告迪克要好好对待他的百合花。

芙洛拉趁乱溜回厨房,告诫正沮丧地收拾房间的比特尔夫人,不要再打开香槟了。

"只有在生病的情况下才会,波斯特小姐。"比特尔夫人向她保证。

芙洛拉回到牧场的时候,飞机正从地面升起。她朝埃尔芬被黑色飞行帽包起来的可爱小脸微笑,而埃尔芬则给了她一个温柔的吻。引擎的轰鸣声变成了一种凯旋般的雷声。他们走了。

"好了,你现在要回来多喝点吗?"拉尔夫·潘-哈蒂根问道,显示出想用胳膊搂住芙洛拉的腰的倾向。

芙洛拉露出了她最美的微笑,然后躲开了他。她非常希望大家都能赶快回家。除了这个时刻令人愉快,而那个时刻令人沮丧以外,婚礼早餐似乎一直在没完没了地进行着。这让她想到了那次"数数"……

("哦!"她忽然想到,"我也永远不会知道艾达姨妈在柴棚里看到什么了。真希望我也问过她这个问题!")

厨房里,派对终于有了结束的迹象。所有的食物都被吃光了,所有的饮料早在很久以前就被喝完了,可爱的花绳在热气中渐渐凋谢,地板上到处都是皱巴巴的纸巾、烟头、碎花、香槟酒瓶塞和溅出的水。在烟草的烟雾和混合气味的重担下,空气似乎在缓慢地下沉。只有玫瑰牡丹毫发未伤,高温促使它们彻底绽放开来,露出了金子般的花心。芙洛拉将鼻子凑到一枝花前,它闻起来又香甜又清凉。

她努力使自己镇静下来。她意识到,在过去的一小时中,她的情绪始终是焦虑而担忧的。她怎么了?她只想独自一个人待着。

在厨房门口向大家道别时,她的心情并不轻松,但她仍勉强维持着愉快的气氛。不过令她欣慰的是，每个人似乎都过得很快乐。每个人，尤其是霍克-莫尼特夫人，她祝贺芙洛拉，赞美她对婚宴的安排、食物的美味和装饰品的精美。

她收到了邀请函，将在下个星期前去与霍克-莫尼特共进晚餐，然后去菲茨罗伊广场拜访麦八阁先生和伦妮特，他们计划住在那边的一个单间公寓里（带有水槽的）。乌尔克和梅里亚姆说，如果波斯特小姐能去"白维斯"喝茶，他们将不胜荣幸；这座别墅是乌尔克用从水田鼠贸易中得到的积蓄买下的，他和他的新娘将在下星期搬进去。

芙洛拉微笑着感谢了他们所有人，并答应去拜访他们。

客人们一个接一个地走了，斯塔卡德一家在喝了香槟、享受了正常生活的新奇之后感到十分困倦，他们纷纷溜回卧室睡觉了。最后一位客人——比特尔夫人——的身影，在"爵士乐队"的陪伴下，消失在小山蜿蜒的道路上，这条小路通向嚎叫村。自那天早晨六点钟起，被从农庄里赶走的宁静，现在又开始胆怯地从各个阴暗的角落里爬出来，重新将它占领。

"波斯特小姐，你看起来累坏了。要不要坐着'老保镖'兜个风？"拉尔夫·潘-哈蒂根说，他正准备启动停在院子里的那辆八缸沃尔沃轿车。

芙洛拉走下厨房门口的两小级台阶，穿过院子来到轿车前。

"我想，我就不去兜风了，谢谢，"她说，"但如果你能将我捎到村子里去，那就太好了，我想打个电话。"

他很高兴。他让她立刻上车坐到他的身边,顷刻间,他们便兜兜转转地从山坡上急速驶进了嚎叫村。这速度使一阵令人感激的凉风拂过了他们发红的面颊。

"我想,你今晚大概不会想和我去镇上吃晚餐吧?美妙的夜晚。如果你愿意,我们还可以去新河俱乐部跳舞?"

"我本会愿意的,但事实是,我刚刚下定决心要在今晚离开农庄。我要去收拾行李。很抱歉,改天会很愉快的。"

"好吧……但是……听着,我能把你送回去吗?"

车停在了邮局外。芙洛拉下车了。

"还是很抱歉,"她笑着对他那失望的年轻面孔说,"但我想,我的表外甥会来接我的。我正要去看看他是否在家。我们早在几个月前就安排好了。"

幸运的是,打到赫特福德郡的电话只延迟了几分钟而已。芙洛拉在闷热的电话亭里等待着,无心在意延迟的事。甚至当铃声响起,在狭小的空间里发出震耳欲聋的声音时,她都并没有感到恼火。

她摘下听筒,侧耳去听。

"你好。"查尔斯平静、深沉的声音从七十英里外的地方传来。它的音量因为距离的缘故而变小了,但悦耳的音色却没有改变。

她微微喘了口气。

"哦……你好,查尔斯。是你吗?我是芙洛拉。听着,你今晚有事吗?"

"如果你需要我,那就没有。"

"嗯……你能做一个美好的天使,今天晚上到农庄来把我接走吗?用'超速警察2号'。今天我们在这里举行了一场婚礼,我把一切都打理得井然有序了。我是说,我在这里没有什么可做的了。而且我真的很累。我希望能被接走……如果你可以……"

"我这就来,"深沉的声音说,"我什么时候到那里?房子周围有较大的场地吗?"

"哦,有的,就在外面。你能在八点之前到吗?现在快五点了。"

"当然。我会在八点到。"

停顿了一下。

"查尔斯。"芙洛拉说。

"嗯?"

"查尔斯……我是说,这会不会给你添麻烦?"

她微笑着挂上了听筒,那里远远传来了查尔斯极小的笑声。

第二十三章

年轻的潘-哈蒂根将她送回农庄。她向他道别,并答应会在不久后和他一起吃饭。然后他开车走了,汽车引擎的噪声渐渐远去,打扰农庄宁静的最后一个入侵者也消失了。宁静重新流回了阳光明媚、空荡荡的房间,如同去而复返的大海。夏日傍晚时分的轻响成了这里唯一的声音。

芙洛拉上楼脱掉她的派对礼裙,换上了一套粗花呢的套装,只要穿上它,她在飞行时就不会觉得冷了。她梳了梳头发,用古龙水清凉了一下双手和额头。然后她收拾好行李,在箱子上贴好写有"老鼠广场1号"的标签,它将在明天被寄走。她随身携带的只有《沉思录》《高级常识》和一直以来被乔叟[①]总结为"一袋子必需品"的东西。

她再次慢慢地走下楼时,已经是六点钟了。

厨房里整洁而空阔。所有宴会的迹象都已荡然无存,只剩

[①]杰弗雷·乔叟(Geoffrey Chaucer, 1343—1400),英国著名小说家、诗人,代表作有小说集《坎特伯雷故事集》。

下遮阳棚，它那红白相间的条纹在傍晚深蓝色的天空下闪闪发光。豆荚排的影子在花园里被拉得很长，它们的花朵在阳光下呈现出透明的红色。一切都很清凉、宁静、幸福而安详。芙洛拉的晚餐被摆放得整整齐齐，斯塔卡德一家人的晚餐却还没有影子。她想，他们一定是在楼上睡着了，不然就是去戈德米尔玩"不正经"了。她希望他们在她离开以前不要下楼来。她很爱他们，但今晚却不想再见到他们了。

她叹了口气，坐在一张舒服的大椅子上放松四肢。她想她会一直在这里坐到六点半，然后吃掉晚餐，再出门走到大牧场上，坐在山楂树下的栅栏门口等待查尔斯到来。

她如梦似幻的沉思被远处轻柔的铃声打断了。她认出了那个声音：是亚当挂在"没礼貌""没意义""没目的""没出息"的脖子上的铃铛发出的（这是他从有声电影里学来的，模仿了一种异国风格）。

就在她聆听那个声音的时候，一支队伍出现了。在她的视线中，那支队伍从蜿蜒的小路上逶迤而来，在蓝天的映衬下露出轮廓，从她坐着的位置那扇敞开的门看去，宛如被镶在一个镜框里。

是亚当和奶牛们，他们正在去往豪特库图尔庄园的路上。

亚当走在最前面，头戴一顶古旧的帽子，穿着他"老年绿色"的灯芯绒衣服；那把小洗碗刷正挂在他的脖子上。他的头朝着下沉的太阳高高扬起，强烈的光线将他染成了金色。他在唱那首为乔治四世的婚礼而作的淫秽小曲。

他的身后是排成一列的奶牛，它们的脖子上仍挂着婚礼上的桂枝香花环。它们心满意足地摇摆着低垂的脑袋，身上的铃铛伴着亚当的歌声不时地响上几下。

它们从门框旁缓缓地经过，走了。除了那条绿色的小路，什么也看不到，它一直升入夜空空灵的蔚蓝色之中。渐远的铃铛声在芙洛拉身边回荡着，越来越柔和，直到消失在寂静中。

芙洛拉微笑着把她的椅子拉到桌子旁，开始吃晚餐。除了一小时后就可以见到查尔斯这件事，别的她什么都没想，她会把她所做的一切都告诉他，然后听听他会说些什么。

吃过晚餐，她给鲁本写了一封情深意切的小信，解释说她在农庄的工作如今已经全部完成，她想回到城里去了。她承诺很快就会来看望他们，并附上了一张一英镑的钞票，以此表示她对比特尔夫人的由衷感谢。

她把信摊开放在桌子上，这样大家就都能读到了，就算是斯塔卡德家的人也不会被它吓到，或是认为它在故弄玄虚。然后她穿上外套，拿起她的"一袋子必需品"，悠闲地走入了凉爽的夜晚。

大牧场上长满了又长又新鲜的青草，它们投下了数百万个又小又长的影子。没有一丝风。现在是英国一年中最可爱的时刻：仲夏夜的七点。

芙洛拉穿过草地，来到栅栏门口，凉爽的草叶在她的脚踝上唰唰作响。她坐在栅栏的台阶上，舒服地依靠着门扉，抬头凝望着山楂树漆黑的粗树枝。在下方，它们被阴影遮住了，而在上方，它们的白花和绿叶在最后一缕阳光中被染成了金色。她能看到纯净的天空下，花朵和树叶正散发着璀璨的光芒。

阴影慢慢地变长。一阵凉爽而新鲜的气息从草叶中冒出来，从树上掉下来。鸟儿们开始唱起它们的催眠曲。

在牧场遥远的另一边，太阳已近乎消失在山楂树如同黑色窗格般的精美花饰后面了。它的光芒穿透树枝，依然沉甸甸的，宛若最柔软的金子。

空气渐渐地冷却。花朵在芙洛拉眼前合上了花瓣，但仍在散发芳香。现在，阴影比光芒多了。最后一只黑鹂——它们总是叽叽喳喳地飞过宁静的夏日傍晚——冲入草地，消失在山楂树林中。

乡村睡着了。芙洛拉把外套裹在身上，抬头凝望渐渐暗淡的苍穹。她看了一眼手表，现在距离八点还有五分钟。她的耳朵听到了一种稳定的、持续的杂音，可能是她自己的血液在跳动，也可能不是。

下一刻，这声音成了整片天空里唯一的声音。一架飞机出现在山楂树林的顶部，向下俯冲而来。机舱的底部触到了地面，然后它从容地滑行着，直到最后停下。

芙洛拉一看见它便站了起来。现在她沿着牧场朝它走去。飞行员正从驾驶舱出来，他解开头盔，朝她望去。他穿过草地来迎接她，手中挥舞着头盔，拽下帽子时，他那黑色的头发被弄乱了。

见到他是最纯粹的幸福，就像再次遇到一位挚友，一位深爱多年、默默思念着的朋友。芙洛拉走入他的怀抱,搂住他的脖子,全心全意地吻了他。

不久后,查尔斯说:

"这是永远的了,对吗?"

芙洛拉轻声说:"永远。"

天快黑了。星星和月亮都出来了,山楂树林在闪烁光芒。最后,芙洛拉和查尔斯叹了口气,看着对方笑了,查尔斯说:

"听着,我想我们该回家了,亲爱的。你知道,玛丽在老鼠广场等着我们呢。她提前一天回来了。你是怎么想的?我们可以到了那边再谈。"

"我怎样都行,"芙洛拉平静地说,"查尔斯,你真好闻。你是往头发上放了什么吗?哦,为了找到那种东西我们花了多少年头,如此一想真是太美妙了!我想应该有五十年了吧!你觉得呢,查尔斯?"

查尔斯说他希望如此,并补充说他没有往头发上放东西;他又不着调地补充了一句,说他很高兴自己能出生在世界上。

他们俩都有点犹豫不决,但查尔斯终于振作起来,开始有目的地在飞机内部东戳戳西戳戳,而芙洛拉则在旁边徘徊,向他讲述她在令人难以宽慰的农庄所做的一切,还说了有关麦八阁先生的事。查尔斯笑了,但他说麦八阁先生是个小蜱虫,芙洛拉应该多加小心才是。他还说她是"当地的管事婆",并补充说,他不喜欢那些干涉别人生活的人。

芙洛拉很高兴听到这个。

"那我可以干涉你的生活吗?"她问。就像所有意志坚强却被所有人不屑一顾的女人一样,她喜欢别人对她颐指气使的样子。那样让人感到放松。

"不。"查尔斯说。他对她无礼地笑了笑,而她注意到,他的牙齿竟然那么洁白和整齐。

"查尔斯,你的牙真漂亮。"

"别大惊小怪的,"查尔斯说,"现在你准备好了吗,亲爱的?因为我准备好了,'超速警察'也准备好了。我们半小时后就到家了。哦,芙洛拉,我太高兴了。我真不敢相信这是真的。"他粗暴地把她抱进怀里,充满渴望地低头看着她的脸,"这是真的,对吗?说'我爱你'。"

芙洛拉被感动得一塌糊涂,告诉他她有多么爱他。

他们爬上飞机。螺旋桨的轰鸣声升入了夜色的静谧之中。很快他们就升到了榆树林的顶端。榆树林被月光染成了淡淡的银色,乡间的风景也在下面蔓延开来。

"再说一遍。"

当农庄渐渐消失在他们下方时,她看见查尔斯的嘴唇动了动,于是猜到了他在说什么。

他正在全神贯注地驾驶飞机,以防碰到榆树林顶端的树枝,所以没法看她。但她却从他那不安的侧脸看出,他担心这可能是个残酷的错误(夜色真是美极了,他们被发现的爱情也是)。

芙洛拉把她温暖的嘴唇贴在他的帽子上。

"我爱你。"她说。他听不清她的声音,但他转过身来,欣慰地对着她的眼睛微笑。

她向上瞥了一眼仲夏夜温柔的蓝色苍穹,在它那庄严的深处,没有一朵云彩笼罩。明天又将是美好的一天。

Cold Comfort Farm
First published in Great Britain in English language by Penguin Books Ltd.
Published under licence from Penguin Books Ltd. Penguin (in English and Chinese) and the Penguin logo are trademarks of Penguin Books Ltd
First published in Penguin Books 1938
Copyright@Stella Gibbons, 1932
Simplified Chinese edition copyright: 2019 New Star Press Co.,Ltd.
All rights reserved.
封底凡无企鹅防伪标志者均属未经授权之非法版本。

图书在版编目（CIP）数据

令人难以宽慰的农庄 ／（英）斯黛拉·吉本思著；巴扬译．
— 北京：新星出版社，2019.11
ISBN 978-7-5133-3740-3

Ⅰ.①令… Ⅱ.①斯… ②巴… Ⅲ.①长篇小说—英国—现代 Ⅳ.①I561.45
中国版本图书馆CIP数据核字（2019）第220602号

令人难以宽慰的农庄

[英]斯黛拉·吉本思 著；巴扬 译

策划｜特约编辑：	巴　扬
责任编辑：	孙立英
责任校对：	刘　义
责任印制：	李珊珊
装帧设计：	冷暖儿 unclezoo

出版发行：	新星出版社
出 版 人：	马汝军
社　　址：	北京市西城区车公庄大街丙3号楼　　100044
网　　址：	www.newstarpress.com
电　　话：	010-88310888
传　　真：	010-65270449
法律顾问：	北京市岳成律师事务所

读者服务：	010-88310811　　service@newstarpress.com
邮购地址：	北京市西城区车公庄大街丙3号楼　　100044

印　　刷：	北京市松源印刷有限公司
开　　本：	787mm×1092mm　　1/32
印　　张：	9.75
字　　数：	196千字
版　　次：	2019年11月第一版　　2019年11月第一次印刷
书　　号：	ISBN 978-7-5133-3740-3
定　　价：	68.00元

版权专有，侵权必究；如有质量问题，请与印刷厂联系调换。